Weltuntergang

Arno Surminski

# Wie Königsberg im Winter

Geschichten gegen den Strom

Hoffmann und Campe

CIP-Kurztitelaufnahme der Deutschen Bibliothek

Surminski, Arno:
Wie Königsberg im Winter: Geschichten gegen d.
Strom / Arno Surminski. – 2. Aufl. – Hamburg:
Hoffmann und Campe, 1981.
ISBN 3-455-07505-3

Copyright © 1981 by Hoffmann und Campe Verlag, Hamburg
Gesetzt aus der Garamond
Satzherstellung: Fotosatz Otto Gutfreund, Darmstadt
Druck und Bindearbeiten: Richterdruck, Würzburg
Printed in Germany

# Inhalt

Erinnerungen des Soldaten Pawel 7
Die Mühle von Waltersdorf 18
Die Himmel rühmen 25
Königin der Landstraße 33
Die Reise in den Sonnabend 40
Veronika im Spreewald 50
Nachts auf der Straße 57
Das Erdbeben von Riva 68
Fest der Liebe 74
Der Anruf 82
Am Tag davor 89
Mona Lisa oder der Frauenhandel 95
Verkehrte Welt 102
Ein Bote für Dobre Miasto 106
Wie Königsberg im Winter 112
Auch in Polen nicht verloren 118
Casa Elli 128
Die Frau am Fenster 136
Amerika ist weit 145
Eine gewisse Karriere 152
Gregor auf den Friedhöfen 163
Die Vergangenheit saß auf der Treppe 170
Das sterbende Haus 176
Tobias oder das verhängnisvolle Denken 187
Veras Zwillinge 193
Gespräch nach drüben 202
Der letzte Besucher 205
Christus kam nicht nach Duderstadt 215

# Erinnerungen des Soldaten Pawel

Zwei Stunden stand er schon neben dem niederbrennenden Feuer. Die Scheune schwelte nur noch, der Leiterwagen auf der anderen Straßenseite qualmte überhaupt nicht mehr. Aber das Feuer auf dem Acker. Der Sergeant hatte befohlen, ein Feuer auf dem schneebedeckten Acker anzuzünden. Ein paar Ballen nasses Stroh, morsche Dachlatten, Wagenräder, dazu ein Kanister stinkendes kaukasisches Dieselöl. Damit hatten die Männer das Feuer angefacht, an dem Pawel mit umgehängter Maschinenpistole stand, eine Papyrossi nach der anderen rauchend, die Männer beobachtend, die sich jenseits des Feuers formierten.

Gab es in seinem Dorf auch so viele alte Männer wie auf dem Acker? Er zählte in Gedanken die Männer seines Dorfes, dann die auf dem Acker. Hier waren mehr. Vielleicht hatte er auch den einen oder anderen in seinem Dorf vergessen, denn drei Jahre war er nicht zu Hause gewesen. Da verblaßte die Erinnerung. Abzuziehen galt es auch jene, die inzwischen gestorben waren. Jedenfalls waren auf dem Acker mehr, viel mehr.

Es ging auf den Abend zu, als der Sergeant aus dem Gebäude trat und Pawel heranwinkte.

»Du nimmst den Trupp mit dreißig Fritzen und bringst ihn in die Stadt«, sagte er und zeigte auf die Männer jenseits des Feuers. »Es sind genau dreißig.«

Er reichte Pawel einen Zettel, auf dem die Zahl dreißig stand, außerdem seine Unterschrift. Der Zettel war wichtig, war eine Art Rechtfertigungspapier an Straßensperren und vor höheren Offizieren, erlaubte es Pawel, ausnahmsweise nach Osten zu marschieren, sich vom Kanonendonner des Krieges zu entfernen.

Pawel fragte nach dem Namen der Stadt. Der Sergeant warf einen Blick auf seine Karte.

»Allenstein«, sagte er. »Die Stadt ist in zwei Stunden zu erreichen, aber du mußt dich beeilen und vor der Dunkelheit da sein, sonst laufen dir die Fritzen weg.«

Pawel warf die halbe Zigarette in den Schneematsch und ging zu dem Haufen hinter dem Feuer. Er zählte noch einmal. Von denen läuft keiner weg, dachte er, während er zählte. Sie sahen alt und gebrechlich aus, einige gingen sogar an Krücken. Pawel hatte schon häufiger gefangene Fritzen in die hinteren Linien gebracht, aber niemals alte Männer. Er wußte auch nicht, was diese Menschen verbrochen hatten und was mit ihnen geschehen sollte. Aber als Soldat stellte er keine Fragen. Zwei Stunden Fußmarsch in die Stadt, der Befehl ist ausgeführt, und du hast Ruhe. Also los!

Von der Front her hörte Pawel die Abschüsse der Artillerie.

Einen Steinwurf vom Feuer unter den Bäumen der Chaussee standen die übrigen, die Frauen und Kinder, die die Soldaten von den Männern getrennt hielten. Es war wichtig, die Männer abzusondern. Es erleichterte die Übersicht. Auch kannst du mit Männern anders umgehen als mit Frauen und schreienden Kleinkindern.

Als der Trupp auf die Chaussee einbog, erinnerte sich Pawel eines ähnlichen Menschenauflaufs in seinem Dorf. Er war sieben Jahre alt oder acht gewesen. Damals kamen die Weißen ins Dorf und trieben die Männer zusammen. Frauen und Kinder versammelten sich vor der Kirche, begleiteten den Abzug der Männer mit biblischem Geschrei. Glocken läuteten. Vier Wochen später war die Hälfte der Männer zurückgekehrt.

Danach zogen die Roten ein, und wieder gab es einen Menschenauflauf, die Weiber schrien um ihre Männer, die Glocken läuteten, bis die Kirche brannte, der Turm einstürzte und die Glocken zum Schweigen brachte. Seit jener Zeit hatte Pawel nie mehr Glocken läuten hören.

Er wunderte sich, wie ruhig es bei den Fritzen zuging. Die Männer husteten oder schneuzten sich, Frauen und Kinder standen schweigend unter den kahlen Bäumen der Allee wie eine verirrte Herde.

»Laß dich nicht auf Gespräche mit ihnen ein!« rief der Sergeant. »Wenn einer abhauen will, nimmst du die da!« Er zeigte auf die Maschinenpistole, die Pawel umgehängt trug, den Lauf nach unten. Pawel vermied es, die Männer anzublicken. Ein alter Soldat, der längst gefallen war, hatte ihm den guten Rat gegeben, niemals Gefangenen in die Augen zu sehen. Sonst fängst du an, Unterschiede zu machen, hatte er gesagt. Du findest den einen sympathisch, den anderen nicht. Es kann sein, daß du Ähnlichkeiten mit einem guten Bekannten entdeckst, oder es kommt das Schlimmste: Du hast Mitleid. Zähle die Gefangenen, wie ein Bauer Zaunpfähle zählt, aber meide ihre Augen!

Vor dem Chausseegraben hielt die Kolonne. Pawel sprang über den zugeschneiten Graben und winkte den Männern, ihm zu folgen. Es sah spaßig aus, wie die Fritzen sich mühten, durch den Graben zu kommen, wie sie ihre Krücken verloren, im Schnee steckenblieben, einer den anderen herauszog.

»Dawei! Dawei!« schrie der Sergeant und schoß in die Luft, so wie ein Pferdekutscher mit der Peitsche knallt.

Pawel war froh, daß die Soldaten auf der Chaussee eine Kette gebildet hatten. Sie trennten die Frauen und Kinder von dem abmarschierenden Trupp. Als die Kolonne nach Osten einschwenkte, entstand Bewegung hinter der Postenkette. Eine hohe Stimme kreischte. Ein Kind begann zu weinen, andere stimmten ein. Namen wurden gerufen.

»Gustel! Gustel, wo gehst du hin?«

»Lieber Himmel, ihr könnt uns doch nicht die Männer wegnehmen! Sie sind alt und krank, sie haben nichts verbrochen!«

Pawel blickte sich scheu um. Nun also doch noch das Geschrei wie damals vor der Kirche in seinem Dorf in Südrußland. Nur Glocken läuteten keine.

Frauen und Kinder drängten gegen die Postenkette. Pawel sah, wie sie winkten. Er hörte ihre immer lauter werdenden Stimmen. Plötzlich schwärmten sie aus, umgingen die Soldaten, rannten auf dem Acker hinter der Kolonne her. Es wurde immer lauter, und obwohl Pawel seine Männer antrieb, konnte er nicht verhindern, daß die Menge sie einholte. Zu beiden Seiten der Straße liefen Frauen und Kinder im pappigen, matschigen Schnee, riefen, weinten, schrien und winkten. Und der Soldat Pawel dachte: Das ist schlimmer als Krieg.

Um zu zeigen, daß ihm der Lärm nichts ausmachte, steckte er sich eine Papyrossi an. Aber sie schrien noch lauter, und Pawel fing an sich zu ärgern und nahm die Maschinenpistole und gab einen kurzen Feuerstoß in die Baumkronen. Da herrschte Ruhe. Für kurze Zeit jedenfalls. Aber gleich fing es wieder an, und Pawel mußte darauf achten, daß niemand durch den Graben auf die Straße kam. Die Weinenden vom Acker durften sich nicht mit der Kolonne vermischen. Er hatte dreißig Männer auf der Kommandantur abzuliefern, nicht mehr und nicht weniger. Keine heulenden Weiber und keine rotznasigen Kinder, dreißig Männer und weiter nichts.

Die Frauen schickten die Kinder vor. Die Kleinen sprangen in den schneegefüllten Graben und versuchten an der Böschung emporzuklettern. Pawel machte ein furchtbar böses Gesicht, um sie einzuschüchtern. Ach, es tat ihm leid, aber er mußte sogar den Lauf seiner Maschinenpistole auf die Kinder richten. Natürlich wollte er nicht schießen, aber Respekt mußte sein. Nun macht es dem Soldaten Pawel doch nicht so schwer! Der hat nur einen Befehl auszuführen. Er kann nichts dafür, er kann es nicht ändern. So ist der Krieg. Und Pawel ist nur ein einfacher Soldat aus einem Dorf in Südrußland. Und es läuteten nicht einmal die Glocken.

Er hoffte auf die Erschöpfung. Lange konnten die auf dem Acker nicht mithalten. Je schneller die Kolonne marschierte, desto eher ging den Frauen und Kindern die Puste aus. Deshalb trieb Pawel seine Männer an, drückte den Langsamen, den Hinterherhumpelnden die Maschinenpistole in die Kniekehlen und schimpfte: »Dawei! Dawei! Es wird bald dunkel.«

Es dauerte dann doch einen guten Kilometer, bis das Geschrei schwächer wurde. Erschöpft blieben die Frauen stehen, einige setzten sich in den Schnee, verbargen das Gesicht in den Händen. Die Kinder liefen noch ein Stück mit, bis auch sie nicht mehr konnten. Ein Junge allerdings gab nicht auf. Ausdauernd wie ein Milchwagenpferd trabte er neben der Straße her, ohne Mütze, die Joppe aufgeknöpft, über der Schulter einen roten Schal. Der Bengel überholte sogar die Kolonne, blieb stehen, wartete, bis die Männer näherkamen. Dann schrie er: »Ich will meinen Vater haben!« Pawel verstand den Satz nicht, aber er konnte sich denken, was er bedeutete. Er beobachtete den Jungen und war fest entschlossen, den verdammten kleinen Faschisten nicht über den Graben zu lassen.

In weitem Abstand folgte eine Frau, rief immer wieder einen Namen. Es wird seine Mutter sein, dachte Pawel. Hör mal zu, Fritze! Du sollst zu deiner Mutter gehen. Sie macht sich Sorgen um dich. Du hast hier nichts zu suchen. Das ist Krieg und Männersache und nichts für Kinder!

Solche Gedanken hatte Pawel, als er sich den Jungen anschaute. Er bewunderte die Ausdauer, mit der er seinem Vater folgte. Das war ein zäher Bursche, der nicht aufgab. Verstohlen blickte er hinüber, versuchte das Alter zu schätzen. Na ja, er wird so alt sein, wie Pawel damals war, als sie die Männer aus dem Dorf abholten. In diesem Augenblick fiel ihm ein, daß sein Großvater zu den Männern gehört hatte, doch wußte er nicht mehr, ob die Weißen oder Roten ihn mitgenommen hatten. Hast du damals auch geweint? fragte er sich. Die Antwort wollte ihm nicht einfallen. Er erinnerte sich nur, seinem Großvater nachgelaufen zu sein. Es war Sommer gewesen, weit und breit hatte es keinen Schneematsch gegeben, der Klee hatte rötliche Blüten, und als er müde war, hatte er sich in ein Kleefeld gelegt und den Wolken nachgesehen... Nein, er wußte nicht mehr, ob er damals geweint hatte.

Pawel hielt Ausschau nach dem Vater des Jungen, wartete auf ein Zeichen der Verständigung zwischen Straßenrand und Chaussee. Einer der Männer wird sich umdrehen, dem Jungen zuwinken oder einen Gruß hinüberrufen. Aber sie gingen alle dreißig schweigend ihren Weg, die Blicke auf die Straße geheftet, als hätten sie mit dem Jungen nichts zu schaffen. Auch die Frau war nicht mehr zu hören. Pawel war allein mit seinen dreißig Männern und dem Jungen und der Maschinenpistole, die er entsichert unter dem Arm trug. Eine seltsame Stille. Der Junge rief nicht mehr, keuchte nur hörbar neben der Kolonne. Krähen überflogen die Straße, ließen sich vor ihnen in den Baumkronen nieder. Es begann zu dunkeln. Auf einmal sah Pawel, wie ein Mann in der letzten Reihe ein Taschentuch zog und sich schneuzte. Es war ein hochgeschossener Mann, der einen braunen Mantel trug, etwas gebrechlich von Statur, das rechte Bein zog er nach. Als der Mann das Taschentuch einsteckte, drehte er sich zur Seite. Da sah Pawel sein gerötetes Gesicht. Vielleicht ist er der Vater, dachte Pawel und ging ein wenig schneller, um dem Mann ins Gesicht zu schauen. Nun ja, es war kein besonderes Gesicht. Der Mensch schien wirklich Schnupfen zu haben, jedenfalls waren Nase und Augen stark gerötet. Als er aufblickte, glaubte Pawel, eine gewisse Ähnlichkeit mit dem Jungen zu erkennen.

In der nächsten Ortschaft kam ihnen ein Lastauto mit Soldaten entgegen. Pawel ließ seinen Trupp halten, stellte sich auf die

Straße und schwenkte die Maschinenpistole. Das Auto stoppte, ein Offizier sprang aus dem Führerhaus, fragte, was zum Teufel los sei. »Seht ihr den kleinen Faschisten dort auf dem Feld!« rief Pawel. »Er läuft schon eine halbe Stunde hinter mir her, weil sein Vater unter den Gefangenen ist. Nehmt ihn mit. Zwei Dörfer zurück ist seine Mutter.«

Der Offizier stellte sich breitbeinig auf die Chaussee und winkte, aber der Junge rannte über den Acker auf ein Gehöft zu. Die Soldaten lachten, als sie den kleinen Faschisten laufen sahen, aber der Offizier fluchte. Er schoß einmal... zweimal in den trüben Winterhimmel. Als der Junge sich in den Schnee fallen ließ, lachten die Soldaten noch mehr.

Pawel beobachtete den Mann im braunen Mantel. Wie er aus der Kolonne trat. Wie er hastig auf den Offizier zueilte, als wolle er ihn zur Rede stellen, durch ein Gespräch aufhalten.

Also doch der Vater, dachte Pawel. Er stellte sich ihm in den Weg, drängte ihn zurück in die Kolonne.

Der Offizier schickte zwei Mann auf das Feld, um den Jungen zu holen. Sie brachten ihn tatsächlich, und kurz vor dem Graben ließen sie ihn los. Er suchte sich eine flache Stelle, nahm Anlauf und sprang. Pawel sah ihn zum erstenmal aus der Nähe, ein Bursche mit Sommersprossen und rötlichen Haaren. Strümpfe und Schuhwerk waren durchweicht, die Hände steckten in dicken Fäustlingen. Pawel wollte ihn auf den Lastwagen heben, aber der Bengel sprang zur Seite, stand plötzlich in der Kolonne der dreißig Männer. Der im braunen Mantel breitete die Arme aus.

»Mein Gott, Junge«, sagte er nur, weiter nichts.

Die Soldaten packten ihn, warfen ihn auf das Lastauto, wie man ein Bund Stroh hinaufwirft. Die anderen oben fingen ihn auf, und einer schob dem zappelnden Jungen ein Stück Würfelzucker in den Mund.

»Noch ist Krieg, wir können uns nicht mit Kinderspielchen aufhalten«, schimpfte der Offizier.

Pawel wartete, bis das Auto abgefahren war. Dann ging er zu dem Mann im braunen Mantel, um ihm etwas Gutes zu sagen.

»Sie bringen deinen Jungen zurück zur Mutter.«

Pawel wußte nicht, ob der Mann den Satz verstanden hatte. Deshalb wiederholte er ihn, lachte und klopfte dem Mann auf die Schulter. Als der Autolärm verstummt war, befahl Pawel den Weitermarsch. Er spazierte, die Maschinenpistole im Arm, neben der Kolonne und blickte fortwährend den braunen Mantel an. Plötzlich drängte er sich unter die Marschierenden und hielt dem Mann seine Zigarettenschachtel hin.

»Du hast einen guten Sohn«, sagte er und hielt die Hand einen Meter vierzig über den Boden und lachte und zeigte zu dem abfahrenden Lastauto und lachte wieder und schlug ihm auf die Schulter.

Der Mann zog umständlich den Handschuh von der linken Hand, griff nach der angebotenen Zigarette. An der Art, wie er sie in den Mund steckte, erkannte Pawel, daß er kein Raucher war, nur so mitrauchte, weil er das Geschenk nicht auszuschlagen wagte. Die Kolonne mußte halten, nur weil Pawel dem Mann Feuer geben wollte. »Ich sage dir, du hast einen guten Sohn. Aus dem wird ein anständiger Kerl.«

Der Mann im braunen Mantel antwortete nicht, schneuzte nur seine Nase, denn er war wirklich erkältet, was vorkommen kann, wenn Krieg ist und bei diesem Schneematsch auf der zugigen Chaussee. Sie standen herum, bis Pawel und der Mann im braunen Mantel mit der Zigarette fertig waren. Nun ist genug, dachte Pawel. Es wurde Zeit, in die Stadt zu kommen. Nichts konnte den Soldaten Pawel mehr aufhalten, weder tapfere kleine Jungen noch weinende Mütter oder traurige Väter. Er wollte seinen Auftrag hinter sich bringen, die dreißig Mann vor Einbruch der Dunkelheit abliefern, um endlich Ruhe zu haben.

Er ließ sich zurückfallen, marschierte da, wo er hingehörte, am

Ende des Zuges. Die Männer vor ihm verschwammen zu leblosen Gegenständen, die mechanisch einen Fuß vor den anderen setzten. Er dachte wieder an seinen Großvater, den die Weißen oder die Roten geholt hatten. Aber das war lange, lange her. Und damals gab es noch Glocken, und roter Klee blühte in Fülle.

Nach einer halben Stunde brachte ihn der Mann im braunen Mantel in die düstere Schneelandschaft zurück. Er humpelte stärker, schaffte kaum noch den Anschluß. Pawel stieß ihn an, bedeutete ihm, schneller zu marschieren. Der Mann zeigte auf sein rechtes Bein.

»Wir sind bald in der Stadt!« schimpfte Pawel. »Da hast du Zeit genug für das Bein.«

Er sah, wie der Mann sich beeilte, die Kolonne einzuholen. Er schaffte es tatsächlich, wenn auch mit schmerzverzerrtem Gesicht. In diesem Augenblick kam Pawel die Frage in den Sinn, warum der Junge wohl so hartnäckig seinen Vater verfolgt hatte. Was hat ihn dazu getrieben? Ihm fielen mehrere Antworten ein. Vielleicht hat der Junge Geburtstag. Oder der Vater hatte ihm etwas versprochen und das Versprechen nicht eingehalten. Was versprechen Väter ihren kleinen Söhnen, wenn sie nicht gerade mit Krieg zu tun haben? Einen Flitzbogen zu basteln, ein Katapult zu schnitzen, eine Geschichte zu erzählen, eine Geschichte mit gutem Ausgang, in der Sommer ist und Glocken läuten und der Klee rot und üppig blüht. Pawel versuchte eine Geschichte mit gutem Ausgang zu erfinden. Wie wäre es, wenn er den Mann im Straßengraben sitzen ließe. Eine halbe Stunde später kämen die Frauen und Kinder. Sie würden ihn umringen, ihn anfassen, um zu sehen, ob er noch lebe. Ein Wunder, werden sie sagen, ein richtiges Wunder. Der Mann im braunen Mantel wird aufstehen und seinem Sohn über das Haar streichen. Ihm allein habe ich es zu verdanken, wird er sagen, und ein bißchen auch dem Soldaten Pawel, der aus einem Dorf in Südrußland in die Gegend von

Allenstein gekommen ist, um dort einen Befehl auszuführen. So ungefähr stellte Pawel sich eine Geschichte mit gutem Ausgang vor. Sie gefiel ihm, diese Geschichte. Und als der Mann im braunen Mantel wieder zurückblieb, weil sein Bein schmerzte, packte Pawel ihn am Arm und deutete auf den Straßengraben. Entsetzt blickte ihn der Mann an. Pawel stieß ihn hinab, richtete den Lauf der Maschinenpistole auf den zitternden Menschen. So stand er, bis der Mann die Hände hob. Da lachte Pawel.

»Du hast einen guten Sohn«, sagte er, drehte sich ruckartig um und folgte seiner Kolonne. Der Mann im braunen Mantel blieb im Graben sitzen, so wie es in Pawels guter Geschichte ausgemacht war.

Im nächsten Dorf fiel Pawel der Zettel ein, auf dem die Zahl dreißig stand. Sie werden dich fragen, warum du nur neunundzwanzig Männer nach Allenstein bringst, dachte er. Was hast du mit dem dreißigsten gemacht, Soldat Pawel? Ist er dir abgehauen? Hast du geschlafen und dich von ihm übertölpeln lassen? Hast du ihn auf der Flucht erschossen? Sie werden dich verhören, dachte Pawel. Sie werden herausbekommen, wie es wirklich gewesen ist. Sie werden sagen, du bist ein Schwächling, Soldat Pawel. Du hast ein zu weiches Herz für diesen Krieg. Du mußt an die Front, um dich zu bewähren. Ein ganzer Mensch fehlte ihm. Einer von dreißig. Weißt du noch, was mit den Kolchosbauern geschah, wenn sie einen halben Sack Kartoffeln unterschlugen? Du hast einen ganzen Menschen unterschlagen, Pawel! Ein Dummkopf bist du, Soldat Pawel! Ein Dummkopf, der Strafe verdient hat.

Als sie an einem Gehöft vorbeikamen, sah Pawel einen alten Mann, der sich an einer vereisten Pumpe zu schaffen machte. Pawel ließ halten, trat ein paar Schritte vor und feuerte das halbe Magazin in die Luft. Der alte Mann ließ den Wassereimer fallen und hob entsetzt die Hände. Pawel winkte ihn heran. Zögernd, noch immer die Hände erhoben, kam er.

»Was wollt ihr von mir?« fragte er ängstlich.
Pawel zeigte auf den freien Platz in der letzten Reihe, schob
ihm die Maschinenpistole in den Rücken, drängte ihn zu dem
Platz hin. »Mein Gott, ich habe doch nichts getan!« jammerte
der Mann.
»Wir haben alle nichts getan«, sagte der, der ihm am nächsten
stand. »Krieg ist Krieg!« fluchte Pawel.
Er wollte den Befehl zum Abmarsch geben, als eine Frau aus
dem Haus gelaufen kam mit einem Pelzmantel über dem Arm.
Sie jammerte nicht, weinte nicht, bettelte nicht. Sie breitete nur
den Mantel aus und hängte ihn dem Mann über die Schulter.
Und sie schlug den Kragen hoch, und sie knöpfte den Mantel
vorne zu; dabei berührten ihre Hände seine Hände.
Nun war es genug. Pawel hatte keine Zeit mehr. In einer
halben Stunde mußte er in der Stadt sein und die dreißig
Männer abliefern. Es wird keine Verhöre geben und keine
Protokolle. Auf der Kommandantur wird er sich den Bauch
vollschlagen und anschließend lange, lange schlafen.
Zufrieden steckte er sich eine Zigarette an, rauchte allein. Die
Männer im Gleichschritt vor ihm. Nie wieder wird Pawel
einem von ihnen ins Gesicht blicken. Die hereinbrechende
Dunkelheit kam ihm zu Hilfe. Sie legte sich auf die Baumkro-
nen und den schmutzigen Schnee. Vor sich sah er die Umrisse
der müden Gestalten, hörte ihre Schritte, ihr Husten und
Schneuzen. Aber noch deutlicher hörte er hinter sich das
Grummeln der Front.

# Die Mühle von Waltersdorf

Tagelang diese Windstille. Keine Bewegung in den Wolken und den blätterlosen Bäumen. Nebligtrübe Dämmerung über dem Land, dessen frisches Weiß längst in schmutziges Grau übergegangen war. So ist es immer, wenn alter Schnee lange liegt. Dann sind die Wege ausgefahren, der Dreck kommt von unten hoch, oder er fällt von oben. Es wird Zeit, daß ein Windstoß den Spuk auseinanderfegt, diese ganze dumpfe, tiefhängende Düsternis, die das Land unbewohnt erscheinen läßt. Und danach muß frischer Schnee fallen oder Regen, der den Dreck wegspült, so daß die Erde wieder sauber wird und frisch und vielleicht auch noch einmal grün.

Im Vorraum häuften sich die Kornsäcke, bildeten einen Wall an der Holzwand hinauf bis zum weißgepuderten Gebälk. Seit zehn Tagen ruhte die Arbeit wegen der endlosen Windstille. Und als am elften Tag der Abend dämmerte, kam der Bürgermeister im Einspännerschlitten, fuhr einmal um die Mühle wie die Fuhrwerke, die Korn bringen, hielt vor der Rampe, auf der die Säcke abgeladen werden.

»Nun wird es auch für dich Zeit«, sagte der Mann im Einspännerschlitten zu Müller Naujak. »Morgen bei Tagesanbruch fahren wir los.«

Naujak war vor die Tür getreten und hielt den nassen Finger in die Luft.

»Es wird Wind geben«, brummte er.

»Ob Wind oder nicht, du kannst nicht weiterarbeiten, wenn der Krieg kommt. Bisher war es immer so, daß Windmühlen zuerst in Brand geschossen wurden. In allen Kriegen hat es die Mühlen getroffen; es wird diesmal nicht anders sein.«

Naujak schüttelte den Kopf. Er wollte doch lieber noch ein bißchen bleiben und auf Wind warten. Ostwind wäre ihm am liebsten. Der wehte stetig und ausdauernd, der fegte nicht mit unberechenbaren Böen über das Land. Ostwind tat den Mühlen gut.

Der nächste Tag begann mit einem frostklaren Morgen. Die aufgehende Sonne fraß den Dunst, übergoß die Mühle mit hellem Rot. Plötzlich glitzerte wieder der schmutzige Schnee.

Da kamen die ersten Wagen aus dem Dorf.

»Komm mit!« riefen die Leute, als sie an der Mühle vorbeifuhren. »Komm mit, es wird doch keinen Wind geben.«

Naujak sah ihnen nach, wußte genau, daß sie sich irrten. Ein langes Leben hatte er darauf verwendet, Wind vorauszusagen. Er sah es an den Wolken, am Vogelflug, an der Art, wie die Sonne den Morgendunst fraß. Wartet nur ab, es wird genug Wind geben.

Der alte Naujak kann die Mühle nicht lassen, sagten die Leute. Er ist alt und ein bißchen wunderlich, aber er ist ein guter Müller. Wenn wir zurückkommen, wird er alles gemahlen haben.

Als die Sonne die Baumwipfel der Chaussee erreichte, kam tatsächlich Wind auf, Ostwind, der den Mühlen zusagt. Er trieb Schneekrümel vor sich her, ließ sie wie Sandkörner gegen das Holz prasseln. Ja, das war Musik, das war der Wind, den Naujak brauchte, um die Berge von Korn zu mahlen, die sich in der Mühle aufgetürmt hatten. Er löste die Mühlenflügel, drehte sie in den Wind, schob sie an, bis der Wind in die Seiten griff und ihm die Arbeit abnahm. Das Gebälk begann zu knarren und zu zittern. Die Erde dröhnte wie immer, wenn die

Flügel mit voller Wucht rotierten, ihr Windzug riß eine tiefe Spur in den Schnee.

»Endlich lebst du!« rief Naujak und schüttete die ersten Säcke in den Trichter. Sogleich erfüllte der gute Geruch frischen Mehls den Raum, ein Geruch, der hungrig macht und zugleich satt.

Als er vor die Tür trat, um nach dem Wind zu sehen, hörte er Gewehrfeuer. Vereinzelte Schüsse, weit entfernt, aber vom Ostwind zugetragen, als wäre drüben auf der anderen Seite der Chaussee eine Treibjagd auf Hasen.

Es wird der Krieg sein, dachte Naujak und fröstelte. Da war es besser hineinzugehen und zuzuschauen, wie die Steine die Körner zerrieben und das Mehl aus der Holzrinne in den Sack lief. Er hörte nicht mehr, wie eine Granate jenseits der Chaussee explodierte. Eine zweite Granate schlug auf dem Eis des Dorfteichs ein. Naujak nahm es nicht wahr, weil er mit den Säcken zu tun hatte und die Arme bis zu den Ellenbogen in das frische Mehl tauchte. Da war es warm. Als er aus dem Fenster blickte, sah er die Rauchsäule. Sie hing wie ein schwarzer Trichter über dem Waldrand etwa da, wo das Vorwerk der Domäne liegen mußte.

Einem fleißigen Menschen, der Mehl für das tägliche Brot mahlt, kann nichts geschehen, dachte er. Brot brauchen alle. Wer soll das viele Korn mahlen, wenn nicht Müller Naujak?

Kleinmittag hielt er oben in der Kuppel. Bei geöffneter Dachluke. Das Land vor sich ausgebreitet. Über dem Torfbruch hingen weiße Wölkchen, die sich rasch verflüchtigten. Ja, es mußte das Vorwerk der Domäne sein. Ruhig und ohne Lärm brannte es nieder. Keine Feuersirene war zu vernehmen, kein vierspänniger Spritzenwagen jagte über die Feldwege der Rauchsäule entgegen.

In früheren Kriegen sind Windmühlen Aussichtsplätze für Späher und Artilleriebeobachter gewesen. Vielleicht hat man sie deshalb so gern in Brand geschossen. Aber wer klettert heute noch in Mühlen, um nach dem Feind zu sehen? Gab es etwas Friedlicheres als Windmühlen? Aber sie stehen so auffällig herum, bieten sich an als Zielscheibe. Vielleicht sind brennende Windmühlen ein faszinierendes Schauspiel, eine Abwechslung im Einerlei des Krieges.

Um die Mittagszeit wurde es draußen ruhiger. Gewöhnlich kam um diese Zeit ein Junge aus dem Dorf und brachte warmes Essen in die Mühle. Aber sie waren alle fort, die Essenkocher und die Essenbringer. Selbst der Himmel war leergefegt von allen Lebewesen und Wolken, nicht einmal Krähen saßen auf dem Schneeacker hinter der Mühle. Wann hat es jemals einen so heftigen Ostwind gegeben? Und das bei klarem Himmel und Sonnenschein! Naujak saß auf der Schwelle und aß sein Mittagbrot, aß es mit der Bedächtigkeit, die einem alten Menschen zukommt, der über dreißig Jahre in der Mühle gearbeitet hat, der auch im Schlaf noch mahlte und dem nichts wichtiger erschien als guter Wind. Nach der Mahlzeit rauchte er, wie es seine Gewohnheit war, ein Pfeifchen und war noch nicht damit zu Ende, als er das dumpfe Dröhnen vernahm. Es stieg aus der Talsenke, kam die Chaussee entlanggekrochen, ein Lärm ohne Ursache. Er wartete, bis das Dröhnen sichtbar wurde. Auf der Chaussee kamen Panzer. Hinter den grauen Ungetümen sah er weiße Punkte, eine lange Kette der Treiber.

Er hätte nun die Mühle anhalten müssen. Eine Mühle mit drehenden Flügeln ist eine Herausforderung für jeden Soldaten. Wie ein fliehendes Wild, ein kreisender Raubvogel den Jäger herausfordert, so stehst du mit deiner Windmühle vor dem Feind, Müller Naujak. Aber davon wußte er nichts, denn er war schon sehr alt und ein bißchen wunderlich, wie die Leute sagten. Außerdem hatte er viel zu tun. Er brachte es nicht über sich, die Arbeit zu beenden, nur weil draußen Krieg war. Arbeit ist immer gut. Wer arbeitet, dem kann nichts geschehen.

Die Panzer erreichten den Dorfeingang. Dort hielten sie, richteten die Kanonen auf die leeren Häuser, schossen aber nicht. Ein Trupp Soldaten versammelte sich vor der Abzweigung zur Mühle.

»Habt ihr so etwas schon gesehen!« rief einer und zeigte auf die Mühle. »Die Rote Armee kämpft gegen Windmühlenflügel.« Er hob sein Gewehr und feuerte in Richtung Mühle.

»Was ist los, Wassil? Kannst du nicht einmal eine Windmühle treffen?« schrie ein anderer.

Die Soldaten lachten.

»He, Aljoscha, wie hält man deutsche Windmühlen an?«

»Du mußt ihr die Flügel stutzen.«

»Wo hast du schießen gelernt, Wassil? Auf zweihundert Meter triffst du nicht einmal einen Windmühlenflügel.«

»Treffen ist keine Kunst, aber die verdammten Flügel halten nicht an.«

»He, Spaßvogel, bring endlich die Mühle zum Stehen!«

»Das wäre doch gelacht, wenn wir nicht mit einer deutschen Windmühle fertig würden.«

Die Kugeln zerfetzten die Bespannung, schlugen ins Runddach, zertrümmerten die kleinen quadratischen Fenster. Aber die Mühle arbeitete weiter.

Einer der Soldaten ging zu dem Panzer, der ihnen am nächsten stand. »He, Pjotr«, sagte er zu dem Mann, der aus der Luke schaute. »Wäre das nicht eine gute Zielübung für einen Panzerkanonier?«

Die Panzerkanone schwenkte um 90 Grad. Die Soldaten versammelten sich neben dem Koloß, wollten sehen, wie er mit der Mühle fertig wird. Sie wetteten, ob die Mühle mit einem Geschoß zu schaffen sei.

»Du hast schon verloren, Aljoscha!«

Die erste Granate sauste über das Ziel hinweg, schlug auf flachem Acker ein und verteilte schwarze Erde. Das zweite Geschoß streifte einen Mühlenflügel. Holzstücke wirbelten

22

durch die Luft, prasselten aufs Dach, blieben als dunkle Punkte im Schnee liegen. Aber die Flügel drehten sich, mit halber Kraft nur, aber sie drehten sich.

»Was sagst du dazu, Aljoscha? Die Mühle ist nicht kleinzukriegen!«

Die dritte Granate riß der Mühle das Dach ab. Es flog in einem Stück wie ein aufgeschreckter Vogel zur Seite, senkte sich auf die dreckige Erde. Aber noch immer drehten sich schwerfällig die Flügel. Es bedurfte einer vierten Granate, da gab die Mühle auf. Die Flügel zerbarsten, knickten ab zur Erde. Eine Wolke Mehlstaub breitete sich aus, umhüllte gnädig die Trümmer.

»Aljoscha, nimm dir zwei Mann und geh zur Mühle!« sagte der Offizier. »Aber sei vorsichtig, es könnte jemand drin sein.«

In Rufweite blieben sie stehen, die Maschinenpistolen im Anschlag. Aljoscha brüllte die zerstörte Mühle an. Als er keine Antwort erhielt, jagte er ihr das volle Magazin ins Holz. Danach umkreisten sie den Trümmerhaufen. Ein Soldat stieß die schiefhängende Tür auf und warf eine Handgranate. Die Detonation schleuderte ein Stück der Rampe fort und riß ein Loch in die untere Steinwand, knapp über dem Erdboden. Aus dem Loch rieselte trockenes Getreide, vermischte sich mit dem schmutzigen Schnee.

Kein Mensch in der Mühle. Kein Verletzter stöhnte. Keine Leiche auf dem Fußboden. Der blaue, klare Himmel blickte von oben herein. Die Stiege zum Dach schwebte ohne Halt zwischen den Balken.

»Kann eine Windmühle arbeiten, ohne daß ein Mensch da ist?« fragte Aljoscha.

»Das ist schon möglich«, antwortete ein älterer Soldat. »Eine Mühle kann sich im heftigen Wind losreißen. Als ich Kind war, habe ich das in der Nähe von Astrachan erlebt. Da fing eine Mühle nachts an, ihre Flügel zu bewegen. Die Leute dachten, der Teufel sei in die Mühle gefahren, und ließen die Kirchenglocken läuten. Aber ich sage dir, die Mühle hatte sich nur losgerissen, weiter nichts.«

Aljoscha nahm Platz auf einem Balken und steckte sich eine Zigarette an. Er hielt das brennende Streichholz unter einen leeren Mehlsack, bis bläuliche Flammen aus dem Leinen züngelten. Dann warf er den Sack auf einen Bretterhaufen und sah zu, wie das Holz das Feuer annahm, ohne sich zu wehren, wie der Rauch sich seinen Weg in den offenen Himmel bahnte. Als es nicht mehr auszuhalten war vor Hitze, gingen sie zu den anderen zurück.

Nun brennst du also doch, du alte Mühle von Waltersdorf, brennst wie unzählige Mühlen in unzähligen Kriegen. Immer noch sind die Zeiten schlecht für Mühlen wie für Menschen.

Nur Müller Naujak konnte das Feuer nichts anhaben. Der lag verschüttet unter Bergen von gutem Getreide. Und um ihn der Geruch von Ernte und Brot. Es war immer noch Ostwind, und es blieb noch viel zu tun.

# Die Himmel rühmen

Es gab wenig zu lachen nach zwölf Jahren Trockenheit. Deutschland, Deutschland über alles, die Fahne hoch und für Beerdigungen den guten Kameraden. Den Kohlenklau am Schwarzen Brett und den Schwarzen Mann zur schwarzen Zeit. Planmäßiger Rückzug, Vermißtenmeldungen, Kleiderkarten und Weitermarschieren. Wenn das vorüber ist, sehnst du dich nach Bildern, auf denen die Kinder Ringel-Rangel-Rosen spielen, Kamine rauchen, alte Leute mit Pfeifchen im Mund vor der Haustür sitzen und die Sonne wieder so scheint wie früher. Gefragt sind unverfängliche Lieder, Heideröslein, gesungen von einem gemischten Chor, ein Schäfer, der sich zum Tanz putzt, juchhei!
Als die Engländer die Sperrstunde aufhoben, kam der Mann ins Dorf. Vorher ging es nicht, weil er nicht sicher war, vor Sonnenuntergang in Lübeck oder Hamburg zu sein oder da, wo er herkam. Er sah zum Lachen aus, aber es lachte niemand, weil viele so herumliefen. Er trug diesen grauen Mantel, den der Krieg übriggelassen hatte, eine seiner besten Hinterlassenschaften. Aber er paßte nicht. Der Mann sah so alt aus, er konnte den Mantel unmöglich rechtmäßig erworben haben. Geliehen oder gestohlen, das wäre wahrscheinlicher. An dem Rucksack trug er schwer. Bücher sind eine furchtbare Last, sie kommen gleich nach Eisen. Ein Bändchen Schumannscher Lieder mochte noch gehen, aber mittelalterliche Madrigale in

Leder und zweieinhalb Kilo Johann Sebastian Bach. Das bot er an und wollte weiter nichts als Kartoffeln.

Die im Dorf sahen ihm den gebildeten Menschen nicht an, aber sie vermuteten es, als er ihnen den Inhalt seines Rucksacks zeigte. Nee, nee, mein Lieber, das ist nichts für uns. Hast du kein Buch mit plattdeutschen Liedchen? Lütt Matten de Hoos oder die endlose Geschichte von Herrn Pastor sien Koo wären wohl eine Kiepe Kartoffeln wert. Sie schickten ihn zur Baronesse. Die spielte doch Abend für Abend. Sie hat keinen Mann, sie hat ein Klavier, sagten die Leute im Dorf. Sogar in der Sperrstunde hatte sie gespielt, meistens bei geöffnetem Fenster. Da war die Musik über die leeren Straßen gezogen wie ein endloses, klagendes Echo. Eine Abordnung des Dorfes hatte sie nach Kriegsende besucht und um heitere Lieder gebeten. Also spielte sie die ungarischen Tänze von Brahms, an jedem Werktag einen, aber am Sonntag »Die Himmel rühmen«.

Also geh mal zur Baronesse! Wenn es einen Menschen im Dorf gibt, der mit zweieinhalb Kilo Johann Sebastian Bach etwas anzufangen weiß, ist sie es.

Es gab einen richtigen Herrensitz, voll belegt mit Flüchtlingen. An ihm mußte der Mann vorbei, um zu dem Gartenhäuschen zu gelangen, in dem sie lebte, umgeben vom roten Laub der Kirschbäume. Sie war die letzte ihrer Familie. Nach dem 20. Juli 1944 hatte es der Ortsgruppenleiter für gut befunden, sie zur Arbeit in die Möllner Munitionsfabrik zu schicken. Die Blaublütigen sind auch nichts Besseres, hatte er gesagt, im Gegenteil. Jetzt züchtete sie Geflügel. Den Obstgarten bevölkerten graue Gänse, die zu schreien begannen, als er den Hang hinaufkam.

Sie arbeitete im Garten, trug die langschäftigen, männlichen Gummistiefel, die sie vom Vater geerbt hatte. Sie harkte Laub und lud es auf einen Handwagen, der so rot aussah wie das späte Laub der Kirschbäume. Als sie ihn an der Pforte entdeckte, ließ sie die Harke fallen. Mein Gott, der Mann im viel zu weiten Militärmantel kam ihr bekannt vor. Er reichte die Bücher über den Zaun und fragte: »Haben Sie nicht ein paar Kartoffeln für mich?«

Sie erkannte ihn an den Büchern. Das waren Bücher, die sie als Zwanzigjährige durchgearbeitet hatte. Zweimal in der Woche per Kutsche zum Klavierunterricht nach Wandsbek in die preußische Stadt vor den Toren Hamburgs.

»Ist es so schlimm, daß Sie Ihre Musikbibliothek aufs Land tragen müssen, Professor?«

Er erinnerte sich nicht an sie, denn er hatte Tausende von Musikschülerinnen gehabt, und dreißig Jahre sind eine lange Zeit, und Frauen sehen sowieso im Alter anders aus.

Sie öffnete ihm die Gartenpforte. Sie faßte seinen Arm, führte den alten Mann an den aufgeregten Gänsen vorbei, nahm ihm den Rucksack ab, half ihm aus dem Mantel.

»Da steht ja ein Bechsteinflügel«, war das erste, was er sagte, als er das Haus betrat.

Sie wollte gleich spielen, ihm zeigen, daß sie in dreißig Jahren nichts verlernt habe, aber er fragte nur: »Haben Sie wirklich keine Kartoffeln?«

Sie holte Brot und Gänseschmalz und einen Becher Magermilch. Während des Essens erzählte er. Bis 1943 habe er in der Stadt musiziert. Dann seien ihm die Instrumente verbrannt. Nur das Leben habe er gerettet und die Bibliothek, die er am Tag des Kriegsausbruchs in den Keller gebracht hatte. Mit den Büchern sei er in die Vorstadt gezogen, habe Heiteres komponiert zur Abwehr des Düsteren, das sich draußen zusammenbraute. Sieben ländliche Tänze. Aber wer fragte schon nach ländlichen Tänzen?

Sie betrachtete seine Hände, deren schlanke Eleganz sie einst bewundert hatte und die jetzt grau und knöcherig aussahen. Doch die Stimme war unverändert. Plötzlich war es wieder so wie damals, als sie sich ganz der Musik hingegeben hatte, nicht wissend, was sie mehr liebte, die Musik oder den Mann, der ihr die Musik nahebrachte. Die meisten Mädchen hatten für ihn geschwärmt. Mit fünfunddreißig Jahren schon dieses schlohweiße Haar, das ihm das Aussehen eines Künstlers gab. In dem Sommer, in dem der Erste Weltkrieg ausbrach, hatte sie ihn ins Herrenhaus ihres Vaters eingeladen, aber er war nicht gekommen. Warum nur war er nicht gekommen?

Nach dem Essen bat sie ihn an den Flügel. Doch er schüttelte den Kopf. Da spielte sie allein, spielte »Die Himmel rühmen«. Und während sie spielte, kam es ihr vor, als sei das Gartenhaus verzaubert, als bebten die Wände und zitterten die Balken, und ein tiefes Gefühl stieg in ihr auf, erfaßte ihren Kopf und machte sie ganz schwindelig.

»Halten Sie es für angebracht, ein halbes Jahr nach der Katastrophe dieses Lied zu spielen?« fragte er plötzlich.

Sie stockte, sah ihn verwundert an.

»Beethoven ist doch immer gut«, sagte sie leise.

Da erinnerte er sich an sie. Das war die kleine Baronesse, die Beethoven über alles geliebt, die sogar Beethovens Geburtshaus besucht und ihn anschließend eingeladen hatte, um von der Reise zu erzählen. Er lächelte, und sie dachte, das Lächeln gelte ihr, aber es galt der kleinen Baronesse, die damals Beethoven über alles geliebt hatte. Und das war schon mehr als dreißig Jahre her.

Sie wagte nicht zu fragen, ob er allein sei. In jenem Sommer vor dem Ersten Weltkrieg hatte er seine Verehrerinnen in tiefe Verzweiflung gestürzt, als er sich mit einer Bankierstochter verlobte. Sie wußte nicht, wie es weitergegangen war. Vielleicht hatte er sie geheiratet, vielleicht war sie längst tot.

Sie bat ihn wiederzukommen. Nur der Musik wegen. Nach langer Zeit der Verödung brauchten die Menschen Musik. Sie könnten im Dorf einen gemischten Chor gründen. Und er der Chorleiter. Die Proben bei ihr im Gartenhaus, weil sie den Flügel besaß. Und Weihnachten die erste Aufführung.

»Wissen Sie, es ist das erste Weihnachtsfest im Frieden.«

»Haben Sie wirklich keine Kartoffeln?«
Ach, die Kartoffeln. Sie holte ihm eine Tasche voll, weigerte
sich aber, dafür die Bücher zu nehmen. Nein, sie gehörten ihm.
Aufbewahren wolle sie die Bücher gern. Er habe genug an den
Kartoffeln zu tragen. Aber er käme ja wieder.
In den nächsten Tagen ging sie von Haus zu Haus und fragte
nach musikalischen Leuten. Erstaunlich, wie viele auf einmal
singen konnten. Bäuerinnen und Mägde, Altenteiler und
Knechte, sogar die Flüchtlinge aus dem Herrenhaus meldeten
sich, wollten endlich mal etwas anderes hören als das Zittern
der morschen Knochen. Tenor und Baß blieben, eine Folge des
langen Krieges, schwach besetzt, dafür quoll der Sopran über.
Die Baronesse fuhr mit dem Fahrrad in die Stadt, holte von der
englischen Kommandantur die Genehmigung für die Übungs-
abende, denn nach Einbruch der Dunkelheit durften sich in
diesem traurigen Deutschland nicht mehr als fünf Menschen
ohne Genehmigung versammeln. Sie heftete handgeschriebene
Zettel an die Bäume. Sie korrespondierte mit ihrem Professor,
bat die Bauersfrauen, ein Stückchen Speck und ein paar Kartoffeln mitzubringen, denn jeder Arbeiter sei seines Lohnes wert,
erst recht natürlich ein so großer Künstler wie ihr Professor.
Sie heizte den Kachelofen ein. Sie kochte einen Wassereimer
voll Pfefferminztee. Sie richtete Essen für ihn her, denn er wird
Hunger haben, wenn er aus der Stadt kommt. In früheren
Zeiten hätte sie ihn mit der Kutsche von der Bahn abholen
lassen. Aber die Bauern brauchten ihre Pferde auf den Äckern.
Abends, das versprachen sie, wird ein Bollerwagen den Professor zur Bahn bringen, aber am Nachmittag mußte die Baronesse ihn mit dem Fahrrad abholen. Sie hängte den zweirädri-
gen Karren hinter das Fahrrad, mit dem sie täglich Grünfutter
für ihre Gänse holte. Den Boden legte sie mit trockenem Stroh
und einer Pferdedecke aus. Als sie den Professor aus dem Zug
steigen sah, erschrak sie. Er trug einen Frack wie früher zu den
Konzerten, ein steifes, weißes Hemd und glänzende Lack-

schuhe. Sein Haar leuchtete, als wäre Schnee darauf gefallen, und sie kam sich ziemlich schäbig vor, denn sie sah aus wie eine Frau, die gerade Gänse gefüttert hat, die zehn Kilometer gegen den Wind geradelt ist, stark durchgeschwitzt unter den Armen und an den Füßen die langschäftigen Gummistiefel ihres Vaters.

Er zögerte, in die Karre zu steigen.

»In China werden die Leute nur so spazierengefahren«, lachte sie.

Da überwand er sich, ließ sich von ihr in die Decke wickeln, saß steif hinter der Frau, die kräftig in die Pedale trat. Er sah das gleichmäßige Auf und Ab ihrer Füße und verfolgte den Schmutz, der von den Stiefeln bröckelte. Er roch ihren Schweiß und manchmal auch ihren Atem.

Vor dem Abendessen zog sie sich um. Sie kam in dem langen, seidenen Kleid, das sie vor dem Krieg getragen hatte und dann nicht mehr, weil sie sich fünf Jahre lang schämte, in einem so kostbaren Gewand aufzutreten, während andere Not litten und starben. Das Kleid gab einen wohltuenden Kontrast zu dem würdigen Schwarz seines Fracks. Sie fand, daß sie gut darin aussah und seiner wert war.

Um halb acht kamen sie, die einfachen Frauen und Männer, die vor zwei Stunden noch auf dem Felde gearbeitet hatten. Auch sie trugen ihre guten Kleider, die sonst nur zu Kindtaufen, Hochzeiten und Beerdigungen aus den Schränken geholt werden durften. Sie brachten Töpfe mit Schmalz und Därme voller Leberwurst mit, denn Kunst geht nach Brot, das wußten schon die Alten.

Er fragte, wer Noten lesen könne. Sie lachten.

»Warum brauchen wir Noten, Professor?«

»Wir wollen singen, wie uns der Schnabel gewachsen ist, Professor!«

»Mach es bloß nicht so doll mit uns, Professor! Wir wollen uns ein bißchen amüsieren, weiter nix.«

Er hatte sein Kantatenbüchlein mitgebracht, auch eigene Kompositionen. Aber sie wollten einfach nur singen. Am liebsten Volkslieder. »Im Märzen der Bauer«, das paßte zu ihrem Dorf. Oder etwas Lustiges. »Wir sind alle kleine Sünderlein«, ja, das paßte auch.

Er klappte seine Bücher zu und ließ sie singen, was ihnen Spaß machte. Die Baronesse am Flügel, er stehend vor dem Chor, aber nur kurze Zeit, dann setzte er sich geschwächt in den Lehnstuhl. Sollte es je zu öffentlichen Auftritten des Chores kommen, werde er selbstverständlich stehend dirigieren, versprach er.

Draußen auf der Dorfstraße hatten sich Leute eingefunden, um die Geburt des gemischten Chores mitzuerleben. Sie klatschten laut Beifall.

Als der Strom ausfiel, holte die Baronesse eine Kerze. Die Kerze stand auf dem Flügel, warf überlebensgroße Schatten an die Wand, und sie sangen ins Halbdunkel hinein. Der Professor saß lächelnd im Lehnstuhl und hörte ihnen zu. Er konnte nicht mehr dirigieren. Seine Arme lagen kraftlos auf den Sessellehnen.

»Zum ersten Weihnachtsfest nach dem Kriege sollten wir ›Die Himmel rühmen‹ einüben«, schlug die Baronesse vor. Der Professor nickte und schaute auf die Uhr und meinte, er müsse bald reisen, und packte ein, was die Leute für ihn mitgebracht hatten. Das war das Wichtigste.

»Der letzte Zug geht um halb elf«, sagte er, als alle gegangen waren.

»Sie könnten auch hier übernachten, ich habe Platz genug.«

Er schien es nicht gehört zu haben. Er blickte in das Kerzenlicht, das von ihrem Atem flackerte, sah sie kaum, weil sie jenseits des Lichtes saß.

»Ach, wissen Sie«, sagte er nach langer Pause, »ich bleibe nachts ungern fort. Ich habe Angst, sie könnten heimkehren und vor verschlossener Tür stehen.«

»Wer?«

»Meine Frau und die Tochter.«

»Ach so«, flüsterte sie.

»Sie sind nach den schweren Bombenangriffen in den Osten evakuiert worden. Die letzte Nachricht erhielt ich aus Marienwerder.«

Das elektrische Licht kam wieder.

»Ein halbes Jahr nach Kriegsende müßten sich die Verstreuten doch langsam einfinden, glauben Sie nicht auch?«

»Ja, es wird Zeit«, sagte sie und pustete die Kerze aus.

Draußen fuhr der Pferdewagen vor. Sie begleitete ihn zur Bahn. »Kommen Sie wieder?« fragte sie, als sie ihm beim Einsteigen in den Zug half.

»In meinem Alter muß man täglich mit Unpäßlichkeiten rechnen. Wenn ich nicht kommen kann, sollten Sie für mich einspringen und den Chor leiten.«

»Ob wir es bis Weihnachten schaffen?«

»Gewiß doch, meine liebe Baronesse, Beethoven ist immer gut.«

# Königin der Landstraße

Paul Kaminski lebte seit zwei Jahren in dem holsteinischen Dorf, hauste, so muß man schon sagen, mit Katze und Kaninchen unter einem Dach. Auch das Pferd nicht zu vergessen, das im Holzschuppen unterstand, ein altes Pferd mit dem königlichen Namen Regina. Der Himmel mochte wissen, wer auf diesen Namen gekommen war. Zwei Jahre brauchten sie, um ihn in dem entlegenen Nest aufzustöbern, in das er sich verkrochen hatte, als der furchtbare Krieg zu seinem furchtbaren Ende kam. Aber nun hatten sie ihn mit seiner Regina, der einzigen Königin. Und damit begann die Geschichte.

Paul Kaminski ließ die höflichen Briefe des Rechtsanwalts unbeantwortet. Auch ein Gespräch, um das ein Bekannter des Herrn Gnissau nachgesucht hatte, fand keinen guten Ausgang. Das Unheil steuerte auf jenen unglückseligen Prozeß zu, dessen Verhandlungstermin in die strenge Kälte des Winters 1947 fiel.

Die Straßen zur Kreisstadt waren vereist, aber Paul Kaminski kam. Er ritt zum Gerichtsgebäude auf dem Pferd, das »Gegenstand des Prozesses« war, wie der Richter es so treffend ausdrückte. Er band das Tier an einen vereisten Wasserhydranten, legte ihm das mitgebrachte Heu vor, tätschelte den Hals und betrat den überheizten Gerichtssaal, in dem der Prozeß Gnissau gegen Kaminski verhandelt wurde.

Es gab nichts Besonderes an dem Prozeß um Kaminskis Königin. Kein Publikum im Saal. Ein alter Gerichtsdiener in grüner Uniform saß auf der letzten Bank. Eine neugierige Schreibkraft lächelte ihn verwundert an. Der Richter stocherte mit einem Füllfederhalter in den Akten herum, ohne Paul Kaminski wahrzunehmen. Ein fremder Anwalt las monoton seine Anträge vor. Eigentlich sei der Fall ja sonnenklar, meinte er. An den Eigentumsverhältnissen gäbe es keinen Zweifel. Notfalls werde er Zeugen aufbieten.

»Geben Sie zu, daß das Pferd dem Kläger gehört?« fragte der Richter und sah Kaminski zum erstenmal an.

Der erhob sich und bejahte die Frage.

»Wenn es so ist, verstehe ich nicht, warum wir verhandeln«, meinte der Richter.

Kaminski rechnete damit, das Gericht werde nun tiefer in seinen Fall eindringen. Es hätte fragen können, warum um alles in der Welt er so hartnäckig an diesem Pferd festhielt, das eben doch nur ein ganz gewöhnliches Ackerpferd war, allerdings mit königlichem Namen. Auch hätte er nach den Wegen und Umwegen fragen können, die Kaminski mit seiner Regina gegangen war. Für derartige Fragen hatte er lange Antworten vorbereitet, beginnend drei Jahre vor Ausbruch des Krieges und endend im Frühsommer 1945 in dem kleinen Dorf in Holstein. Aber das Gericht fragte nicht.

»Eigentlich wollte ich einen Beweisbeschluß verkünden«, sprach der Richter zu dem fremden Rechtsanwalt. »Aber da der Beklage die Eigentumsrechte anerkennt, kann ich die Sache gleich zur Entscheidung nehmen.«

Das war das Ende der Verhandlung. Keine zehn Minuten hatte sie gedauert. Am Mittag werde es ein Urteil geben. Die Parteien brauchten nicht darauf zu warten, es werde ihnen zugestellt.

Kaminski ging zu dem Pferd, das ruhig sein Heu fraß. Er setzte sich dicht neben seinen Kopf, wollte warten auf die Mittagszeit und das Urteil, aber dann fror er und mußte doch das Gasthaus betreten, eigentlich nur der Wärme wegen. Er bestellte hellroten Glühwein mit Süßstoffzusatz, wärmte die Hände an dem Getränk und wartete auf das Urteil.

So saß er, bis sich eine Hand auf seine Schulter legte. Das war der fremde Rechtsanwalt, der im Gerichtssaal die Sache des Herrn Gnissau vertreten hatte. Er nahm, ohne zu fragen, an Kaminskis Tisch Platz und bestellte auch einen Glühwein.

»Ich verstehe nicht, warum Sie sich diese Unkosten machen«, sagte er.

Kaminski lächelte ihn freundlich an. »Bestellen Sie Herrn Gnissau einen schönen Gruß. Ich hätte mich gern mit ihm unterhalten.«

»Kennen Sie ihn schon länger?«

»Solange wie meine Regina, er war unser Gutsherr.«

»Herr Gnissau hat mir von seinem Gut im Osten erzählt. Stimmt es, daß er an die fünftausend Morgen besaß?«

»Ja, und ein gutes Stück Wald dazu«, bestätigte Kaminski. »Seit 1936 habe ich bei ihm gearbeitet.«

»Das Pferd gehörte wohl auch zum Gut?«

Kaminski nickte und begann zu erzählen von seiner Zeit als Gespannführer. Vierspännig sei er durchs Dorf kutschiert. Diese Staubwolken über den Sommerwegen. Beladene Erntefuhren. Im Herbst habe er Kartoffeln und Rüben an die Bahn gefahren, im Winter Brennholz aus dem Wald geholt, und die Kinder haben ihre Schlitten hinter seinen Wagen gehängt...

»Wissen Sie eigentlich, was für ein Gefühl das ist, wenn ein Mensch im Frühjahr vierspännig pflügt? Mein Gott, da dröhnt und bricht die Erde, und es dampft und atmet.«

»Ein Gespannführer hat doch nicht das Recht, sich ein Pferd anzueignen.«

»Nach den Paragraphen ist das wohl richtig«, antwortete Kaminski und trank den Rest Glühwein aus.

»Wo haben Sie eigentlich die drei anderen Pferde gelassen?«

Kaminski sah es dem Fremden an, wie er neugierig geworden

35

war und Unrat witterte. Plötzlich ging es nicht nur um die Regina, nein, ein ganzes Vierergespann war spurlos verschwunden.

»Na, da kam doch die Flucht«, sagte er müde.

»Erzählen Sie von der Flucht!«

Kaminski schüttelte den Kopf. Die Geschichte lag erst zwei Jahre zurück. Sie war eben erst verheilt, und er hatte Angst, sie könnte wieder aufbrechen. Aber der fremde Mann drang in ihn, bestand darauf zu erfahren, was aus den drei Pferden geworden war. Sonst nähme es ein schlimmes Ende. Er werde Strafanzeige erstatten.

Also, damals im Januar 1945 hatte er die vier Pferde vor einen Leiterwagen gespannt und war zum Gutshaus gefahren, wie es Herr Gnissau befohlen hatte. Bettwäsche, schöne Damasttücher, Wäschekörbe voller Geschirr kamen auf seinen Wagen, sogar die Gutsbücherei, die in Leder gebundenen dicken Wälzer, die sich im Laufe der Jahrhunderte angesammelt hatten. Eigentlich waren Bücher viel zu schwer, um auf die Flucht mitgenommen zu werden, aber der Herr Gnissau wollte es so. Bis zum Haff ging es gut. Dort verlor er sein erstes Pferd. Das Tier rutschte auf dem Eis aus, fiel so unglücklich, daß es ein Bein brach. Ein deutscher Soldat hat es erschossen, um der Quälerei ein Ende zu bereiten. Aber der Zwischenfall warf ihn zurück, er verlor den Treck aus den Augen.

»Besaßen Sie Angehörige?« unterbrach ihn der fremde Rechtsanwalt.

Zu jener Zeit hatte Kaminski eine Oma, die Frau und zwei Kinder. Die fuhren auf einem anderen Wagen mit, weil seiner zu schwer beladen war. Damals war er ziemlich unglücklich. So allein mit den drei Pferden und den vielen Kostbarkeiten des Gutes. Er war dem Menschenstrom gefolgt, der die Nehrung abwärts trieb. Wenn möglich, war er in der Dunkelheit gefahren, hatte die hellen Tage mit den Tieren im waldigen Gelände verbracht, um den Tieffliegern auszuweichen.

Trotz der Vorsicht kam ihm ein zweites Pferd abhanden. Das geschah unten im Danziger Werder. Deutsche Soldaten spannten es aus, um eine steckengebliebene Kanone aus dem Dreck zu ziehen. Aber mit zwei Pferden war er noch gut bedient, obwohl sich das Gewicht der Bücher stärker bemerkbar machte und er häufiger Pausen einlegen mußte.

Bis Pommern kam er. Da ruhte er eine Woche aus und wartete auf den Treck. Aber niemand kam, auch der Herr Gnissau nicht. Als sich das Gerücht verbreitete, die Oderbrücken seien nur noch für wenige Tage passierbar, spannte er an, fuhr Tag und Nacht und kam glücklich vor dem Kriege über den Strom. Aber für die Pferde war es zuviel gewesen. Eines begann zu husten, verweigerte die Nahrung, legte sich – das geschah im sicheren Mecklenburg – in eine Scheune und krepierte ohne viel Aufhebens. Nur seine Regina, die Königin der Landstraße, hielt ihm die Treue. Er warf die Gutsbücherei in den Chausseegraben, behielt nur ein wenig Bettwäsche und Geschirr, fuhr einspännig weiter und ging, um das Tier zu schonen, zu Fuß neben dem Wagen. Er glaubte sich schon in Sicherheit, als ihn englische Tiefflieger in der Nähe von Lübeck einholten. Sie schossen mit schöner, leuchtender Munition seinen Leiterwagen in Brand. Kaminski überlebte, weil er nicht auf dem Wagen saß, sondern vorn neben dem Pferd ging. Nein, gerettet hat er nichts aus den Flammen. Das Geschirr ging in Scherben, und die Bettwäsche verbrannte. Nur das Pferd hat er ausgespannt, ist mit ihm davongeritten immer weiter nach Westen bis in das entlegene holsteinische Dorf.

Der Rechtsanwalt trat ans Fenster und blickte hinaus.

»Da steht sie, meine Regina«, sagte Kaminski. »Sie ist nun elf Jahre alt. Ich weiß es genau, weil sie geboren wurde, als ich in die Dienste des Herrn Gnissau trat.«

»Und wo ist Ihre Familie geblieben?« fragte der Rechtsanwalt. Kaminski stand nun auch auf, blickte mit zusammengekniffenen Augen nach draußen.

»Das muß auf der Nehrung passiert sein bei einem der vielen Fliegerangriffe. Da hat es unseren Treck auf der Straße getroffen.«

Es entstand eine lange Pause.

»Sie wohnen also ganz allein?«

Kaminski schüttelte den Kopf. »Nein, nein, so allein nun auch wieder nicht. Ich habe ein paar Karnickel, die Katze und vor allem meine Regina.«

»Sie glauben, die Regina gehört Ihnen, weil Sie das Pferd gerettet haben?«

Kaminski nickte, obwohl er nicht genau wußte, ob er das Pferd oder das Pferd ihn gerettet hatte.

»An solche Fälle haben die Schöpfer des Bürgerlichen Gesetzbuches nicht gedacht«, meinte der Rechtsanwalt. »Verstehen Sie bitte Herrn Gnissau nicht falsch. Der muß im Westen neu anfangen. Er will im Hannoverschen einen Fuhrbetrieb eröffnen. Jawohl, ein Gutsbesitzer fängt als Fuhrunternehmer an, so sind die Zeiten nun mal. Für ihn ist es ein Glücksfall, daß eines seiner Pferde im Holsteinischen aufgetaucht ist. Das ist sein Startkapital, verstehen Sie das?«

Ja, ja, Paul Kaminski verstand schon. Die Regina sei für einen Fuhrbetrieb gut zu gebrauchen, sagte er. Elf Jahre sei sie zwar alt, aber auf der Flucht habe sie viel gelernt. Sie sei zäh und ausdauernd, vor allem aber treu.

Sie gingen gemeinsam zur Urteilsverkündung in den Gerichtssaal. Im Namen des Volkes wurde Paul Kaminski verurteilt, das Pferd namens Regina herauszugeben.

»Ich habe es Ihnen gleich gesagt«, meinte der Rechtsanwalt. »Für diese Fälle kennt das Gesetz keine Ausnahme.«

Kaminski wollte ihm das Pferd gleich mitgeben, wie das Urteil es befahl, wollte zu Fuß in sein Dorf wandern zu Karnickeln und Katze, die ihm noch geblieben waren.

»Was soll ich mit einem Pferd in der Anwaltskanzlei?« lachte der fremde Mann. »Reiten Sie ruhig mit Ihrer Regina nach

Hause. Ich werde Ihnen schreiben, wann die Übergabe zu erfolgen hat.«

Der Heimritt war ein unerwartetes Geschenk. Den Wind im Rücken, ritt Kaninski auf der verschneiten Straße, und es kam ihm so vor, als habe er diesen unglückseligen Prozeß gewonnen, als gehöre sie ihm für immer und ewig, die Regina.

Wochen später kam der Brief. In nüchterner Amtssprache teilte der Rechtsanwalt mit, Herr Gnissau habe sich nach Überdenken aller Umstände entschlossen, Paul Kaminski ein Angebot zu unterbreiten. Er solle das Pferd ins Hannoversche bringen und mit ihm in die Dienste des Herrn Gnissau treten. Er brauche nicht nur ein Pferd, sondern auch einen Kutscher.

»Im übrigen wünscht mein Mandant, daß die Reise dem Pferd zuliebe in den Frühling verschoben wird.«

Kaminski verkaufte, was er schon wieder besaß. Auch die Karnickel. Dann ritt er los. An einem warmen Frühlingstag, wie es der Herr Gnissau befohlen hatte. Er ließ sich viel Zeit auf der Reise ins Hannoversche. Denn eine Königin der Landstraße, die über das Haff gekommen ist, die Pommern und Mecklenburg durchquert hat, kennt keine Eile mehr.

# Die Reise in den Sonnabend

Die Kreisstadt als Mittelpunkt, in dem die Kreise begannen, weit ausholten, über Pflasterstraßen und Feldwege tief ins Land führten und im Bogen zurückkehrten. Sechs Kreise und jeder eines schweren Tages Arbeit. Sechs Reisen über die Dörfer bei Schnee und Eis, in Regenwetter und Sommerhitze. Wie lange willst du das aushalten, Viktor Pallaschke?

»Bis die Zeiten besser werden«, pflegte er auf Fragen dieser Art zu antworten. Und die Frager sagten meistens: »Da kannst du lange warten.«

Am siebten Wochentag ruhte er aus. Vor allem des Pferdes wegen. Gegen halb zehn traten die Kinder vor die Baracke, danach die Frau, als letzter Pallaschke, der die Tür abschloß und den Knüppel vom Wagen holte, den er im Haselnußknick geschnitten hatte. Er brauchte den Stock, weil er stark humpelte. Er hätte das Pferd nehmen können, aber es wäre ungerecht gewesen, das Pferd auch am Sonntag vor den Wagen zu spannen. Deshalb humpelte er lieber die anderthalb Kilometer und das sogar bei schlechtem Wetter.

»Zu Hause sind wir immer mit der Kutsche in die Kirche gefahren«, sagte die Frau.

Er sah sie an, als hätte sie etwas Furchtbares ausgesprochen. Die Kinder gingen voraus, Pallaschke mit der Frau und dem Haselnußknüppel hinterher. Es war Sonntagmorgen kurz nach halb zehn, und es regnete ein bißchen.

Als die Kirche in Sichtweite kam, blieb der Zweitälteste stehen. Er drängte sich an seinen Vater, griff nach der rechten Hand, die Pallaschke frei hatte, weil er den Knüppel in der linken trug.

»Laß uns doch noch einmal fahren, Papa«, sagte der Junge. Pallaschke schüttelte den Kopf. »Ich werde am Sonnabend überhaupt nicht mehr fahren.« Der Junge ließ die Hand los und lief zu seiner Mutter.

»Weißt du, warum Papa am Sonnabend nicht mehr fahren will?«

»Du sollst nicht immer davon anfangen«, sagte sie. Aber vor dem Kirchenportal stieß sie Pallaschke an, beugte sich zu ihm und kam mit den Lippen ganz nahe an sein Ohr.

»Es kann so nicht weitergehen, Viktor. Du hast die ganze Nacht nicht geschlafen. Der Mensch darf nicht zuviel in sich hineinfressen, das macht ihn krank.«

Pallaschke ließ der Familie den Vortritt. Erst die Frau, dann die Kinder. Er blieb neben der Bank stehen, drehte umständlich die Mütze in den Händen, stand und stand, hielt es länger aus, als für ein kurzes Gebet nötig gewesen wäre. Sie nahmen immer dieselbe Bank im rückwärtigen Teil der Kirche unter dem bunten Fenster, auf dem der rettende Christophorus durch das Wasser watete. Es war die Bank der Familie Pallaschke aus der Baracke in der Vorstadt, die Bank mit den vielen Kindern und dem humpelnden Vater, der unnötigen Lärm verursachte, weil er den Knüppel fallen ließ, den er aus dem Knick geschnitten hatte und den er brauchte wegen seiner kranken Beine.

Viktor Pallaschke gab sich redliche Mühe, dem Text zu folgen, den Liedern etwas Tröstliches abzugewinnen. Aber seine Gedanken schweiften aus, eilten zu den sechs Kreisen, zu den Dörfern voller Lumpen, Papier und Alteisen. Den sechsten Kreis liebten die Kinder über alles. Es war der Sonnabendkreis, der im Westen aus der Stadt führte auf das Dorf Bracken zu,

41

dort an der Ziegelei vorbei nach Alsendorf, dazwischen ein Waldstück, Barkhof lag schon jenseits des Waldes. Es folgte Woldhagen. Von dort aus sah man den Kirchturm der Stadt und war schon fast zu Hause. Die Kinder hingen an dem Sonnabendkreis, weil sie Pallaschke begleiten durften. Immer eines zur Zeit in alphabetischer Reihenfolge nach den Vornamen, Anneliese als erste und Susanne als letzte. Die Größeren durften, wenn sie dran waren, sogar die Schule schwänzen. »Unser Gerhard hat Halsweh«, schrieb die Frau meistens auf den Entschuldigungszettel, und der Lehrer wunderte sich, warum das Halsweh die Pallaschkekinder aus der Baracke immer am Sonnabend heimsuchte. Zum Sonnabendkreis gehörte die Meierei am Ortsausgang von Barkhof. Der rote Ziegelbau lag abseits der großen Straße, umgeben von sumpfigen Wiesen, an einem Weg, dessen geköpfte Weiden wie Gespenster die Landschaft bewachten. Immer wenn er zur Meierei abbog, begannen die verrosteten Pflugeisen, Kuhketten und Milchkannen auf seinem Wagen zu scheppern. Jedes Gespräch mußte verstummen.

Den Kindern wird es leid tun, dachte er. Sie gerieten immer in freudige Aufregung, wenn es zur Meierei ging. Aber Pallaschke brachte diesen Weg nicht mehr hinter sich. Nein, nicht den Sonnabendkreis. Wenn er jemals wieder am Sonnabend hinausführe, dann ohne die Meierei.

Pallaschke hatte gehofft, im Gottesdienst werde es abklingen. Aber es wurde immer stärker. Er hörte kein Wort, das vorn gesprochen oder gesungen wurde, er klammerte sich nur an den Knüppel, preßte ihn, bis er heiß wurde. Er sah es noch einmal, nicht allein den gestrigen Tag, sondern die vielen Sonnabende vorher, die so ähnlich verlaufen waren. Wie er den Wagen auf den Hinterhof der Meierei kutschierte, das Pferd an den dafür vorgesehenen Lindenbaum band, die Stränge löste, dem Tier ein Bund Haferstroh vor die Füße warf. Von der Pumpe holte er einen Eimer Wasser, tränkte das Pferd, während das Mädchen frierend auf dem Bock saß und zuschaute. Als er das Tier versorgt hatte, hob er das Kind vom Wagen, nahm es an die Hand und humpelte auf die Hintertür zu. Ausdauernd säuberte er die Schuhe, hielt das Kind an, ein Gleiches zu tun. Bevor er die Tür öffnete, sah er vorsorglich nach, ob das Schuhwerk des Kindes wirklich sauber war. Er ging hinein, ohne anzuklopfen, denn er kannte sich aus in dem geräumigen Flur, in dem leere Milchkannen wie angetretene Soldaten standen, akkurat ausgerichtet, die Öffnung nach unten. Immer wenn er die Kannen sah, mußte er daran denken, daß sie ein schönes Stück Geld brächten, wenn er sie bekäme. Jede wog an die zehn Pfund und war aus reinem Metall.

In der Küche schlug ihnen angenehme Wärme entgegen. Auf dem Herd klapperte der Deckel eines Topfes, in dem Wasser siedete. Es roch nach Milch und Käse, vor allem nach Käse. Pallaschke steuerte, ohne zu zögern, auf den Küchentisch zu, nahm Platz, stellte die Krücken an die Fensterbank, hob das Kind auf den Schoß und wartete.

»Ist Tante Lene krank?«

»Tante Lene kommt bald«, sagte Pallaschke. Er sah, wie das Kind an den Nägeln kaute, wie es ängstlich über seine Schultern zum Herd blickte, weil der Deckel auf dem Kochtopf immer lauter klapperte. Lange Zeit geschah nichts, nur der Deckel gab Geräusche von sich, bis Pallaschke hinging und ihn so auf den Topf legte, daß der heiße Dampf entweichen konnte. Eine schlanke Dampfsäule stieg zur Decke, verteilte sich unter dem grauen Küchenputz. Vom Dampf beschlug sogar das Küchenfenster.

»Weiß Tante Lene, daß wir da sind?«

»Sie wird zu tun haben«, beruhigte Pallaschke das Kind und wischte mit dem Ärmel die Fensterscheibe frei, weil er sein Pferd sehen wollte, wie es am Lindenbaum stand und Haferstroh fraß.

Endlich betrat die Frau die Küche. Sie schien in Eile zu sein, blickte nur flüchtig zu den Besuchern, goß erst einmal das kochende Wasser ab.

»Grüße dich, Lene!« rief Pallaschke. Das Mädchen glitt von seinen Knien, ging zögernd auf die Frau zu, wartete, bis ihre rechte Hand frei war, griff danach und machte einen Knicks.

»Ich komme mit euren vielen Namen ganz durcheinander. Bist du die Anneliese oder die Susanne?«

»Ich bin die Erika«, flüsterte das Kind.

Von hinten mischte sich Pallaschke ein. »Die Erika ist unsere vierte, sie kommt Ostern zur Schule.«

Die Frau hantierte am Küchenschrank, verwahrte Geschirr, das sich angesammelt hatte, und gab kaltes Wasser zu dem heißen.

»Wie konntet ihr euch nur sechs Kinder anschaffen?« sagte sie beiläufig. »In diesen schlechten Zeiten! Es war unverantwortlich, findest du nicht auch?«

Sie brachte eine Kanne, gefüllt mit Milch, und stellte sie wortlos auf den Tisch. Pallaschke wartete kurze Zeit, ob vielleicht noch Becher kämen. Schließlich setzte er dem Kind die Kanne an die Lippen. Danach trank er selber.

»Wir haben beide einen weißen Bart!« lachte das Mädchen.

Die Frau verließ die Küche, kam aber bald wieder. Sie brachte ein halbes Roggenbrot, dazu ein Stück Speck, gelb vom Rauch und angenehm im Geruch. Pallaschke legte den Speck auf die ausgestreckte Hand; er reichte von den Fingerspitzen bis zum Handgelenk, so ein schönes Stück war es.

»Hast du viel gesammelt?« fragte die Frau.

»Der Sonnabend ist mein bester Tag. Die Leute haben Zeit und sind in guter Stimmung, weil morgen Feiertag ist.«

Die Frau ging zum Herd und rührte in einem Topf, in dem Pallaschke Erbsensuppe vermutete.

»Wann fängst du endlich etwas Vernünftiges an? Du kannst doch nicht den Rest deines Lebens mit Schrott herumfahren, Viktor! Du bist erst vierzig Jahre alt.«

Ja, das stimmte, er war erst vierzig, aber einige Jahre hatten doppelt gezählt, so daß er sich älter fühlte. Außerdem humpelte er.

»Kranke Beine machen alt, Lene«, sagte er und versuchte zu lachen.

»Wenn das unsere Eltern erlebt hätten! Der Krieg ist drei Jahre aus, aber ihr Sohn ist immer noch ein Lumpensammler. Mit sechs Kindern in einer Baracke hausen, mit einem mageren Pferd über Land fahren, um Unrat zu suchen...«

»Ich bin froh, daß ich das Pferd habe«, unterbrach Pallaschke ihre Aufzählung. »Andere sind mit dem angekommen, was sie am Leibe trugen, wir hatten wenigstens noch Pferd und Wagen.«

»Was ist bloß aus Viktor Pallaschke geworden, dem gescheiten Jungen, dem besten Schüler der Stadt Mohrungen? Der konnte doch alles. Um den brauchst du dich nicht zu sorgen, Mutter... Der geht seinen Weg, Mutter... Ja, er geht seinen Weg und fährt Schrott zusammen.«

Pallaschke biß sich auf die Lippen, weil er nicht reden wollte. Aber seine Schläfen wurden heiß, und er mußte etwas sagen. »Du hast gut lachen, Lene! Du bist vor dem Krieg rausgekommen, hast reich geheiratet und das Elend im Osten nicht miterlebt. Du verstehst von diesen Dingen nichts.«

»Wenn du anfängst, mir Vorwürfe zu machen, brauchst du nicht mehr wiederzukommen«, sagte die Frau und hörte auf, in der Suppe zu rühren.

Pallaschke schwieg. Er sah dem Kind zu, das mit dem Finger nasse Krümel aus dem Brotlaib pulte und in den Mund steckte.

»Du hast wohl schrecklichen Hunger, Susanne!« rief die Frau und sah das Kind strafend an.

»Ich bin doch die Erika, Tante Lene.«

Pallaschke klappte sein Taschenmesser auf. Er schnitt eine Scheibe Brot ab, damit das Kind ordentlich essen konnte, wie es sich gehörte, und der Frau am Herd keinen Anlaß gab, sich zu ärgern. Während er schnitt, er schnitt noch eine Scheibe ab und noch eine, fiel ihm ein, wie er es vor Monaten gewagt hatte, zwei Kinder auf die Sonnabendreise mitzunehmen.

»Das geht nicht, Viktor«, hatte sie gesagt. »Immer nur ein Kind zur Zeit. Ich kann nicht eure ganze Bagage durchfüttern. Warum habt ihr euch so viele Kinder angeschafft?«

Pallaschke schnitt und schnitt. Er merkte gar nicht, wie er die Daumenkuppe verletzte. Er sah auch nicht das Blut, und als er es endlich sah, nahm er die Brotscheibe, an der Blut klebte, brach den blutbefleckten Teil ab und steckte ihn in den Mund.

Die Frau ging wieder hinaus. Diesmal blieb sie länger fort. Als sie wiederkehrte, brachte sie ein schmutziges Paar Gummistiefel mit. »Kannst du die gebrauchen?«

Obwohl er sich über die dreckigen Stiefel freute, mußte er sich zwingen, danke zu sagen. Er sagte es schließlich nur, weil das Kind neben ihm saß und man Kindern ein gutes Beispiel geben muß. Sie tranken die Milchkanne leer. Auch vom Speck blieb nichts übrig. Den Rest Brot wickelte Pallaschke in sein Taschentuch. So war es abgemacht. Was sie nicht aufaßen, durften sie mitnehmen für die anderen.

Pallaschke holte den Lappen, der am Handlauf des Herds hing, und wischte den Tisch ab. Lene sollte des Besuches wegen keine zusätzliche Arbeit haben.

Als sie gehen wollten, griff die Frau nach der Hand des Kindes. »Ich will dir etwas zeigen«, sagte sie.

Pallaschke blieb sitzen, aber als die beiden weg waren, stand er doch auf und humpelte hinterher. An der Tür zur guten Stube stockte er, weil seine Schuhe ihm nicht sauber genug vorkamen. Durch den Türspalt sah er sie. Sie standen vor einem Klavier. Die Frau öffnete den Deckel, nahm die Hand des Kindes und ließ sie auf die Tastatur fallen. Ein heller Ton. Pallaschke sah, wie sein Kind erschrak. Die Frau lachte.

»Gibt es schon wieder Klaviere zu kaufen?« rief er.
»Du weißt doch, wie heute gekauft wird«, erwiderte die Frau.
»Ein paar Pfund Butter, ein Stückchen Speck, dafür bekommst du sogar Klaviere.«
Das Kind klimperte zaghaft auf den hellen Tönen.
»Wer soll denn bei euch spielen?« fragte Pallaschke von der Tür her.
In diesem Augenblick verflog das Lachen der Frau, Pallaschke wußte sofort, daß er zuviel gesagt hatte.
»Das wird sich finden«, antwortete sie streng. »Erst muß man ein Klavier haben, dann den Klavierspieler, nicht umgekehrt wie bei euch.«
Sie klappte den Deckel mit einer solchen Wucht zu, daß das Kind zusammenzuckte.
»Es ist genug!« sagte sie schroff.
Pallaschke wartete an der Tür.
»Kannst du mir ein paar Eier geben, Lene?«
»Die Hühner legen nicht gut, weil es kalt ist.«
»Vielleicht hast du eine Kanne Milch übrig.«
»Buttermilch kannst du haben, nur Buttermilch.«
Ja, das wäre ihm auch recht. Buttermilchsuppe, mit Sirup gesüßt, gibt ein gutes Mittagessen.
Er humpelte zum Wagen und holte die Kanne, die er für solche Gelegenheiten stets bei sich hatte.
»Deine Kannen werden auch immer größer«, meinte sie.
Als sie mit der Buttermilch aus dem Keller kam, blieb sie vor Pallaschke stehen.
»Hast du an den alten Sparkassendirektor von Mohrungen geschrieben? Es muß doch eine Stelle geben, die dir hilft, in deinen Beruf zurückzukehren. So geht es nicht weiter. Bald werden die Kinder hinter deinem Klapperwagen herlaufen und Spottlieder singen. Weißt du noch, wie die Kinder in Mohrungen gesungen haben, wenn die Zigeuner in die Stadt kamen oder der Jude Piontek? Ja, du erinnerst mich an den Kleiderju-

47

den Piontek, nur daß der keine Lumpen holte, sondern Lumpen brachte.«

»Ich habe an alle geschrieben«, sagte er leise. »Es hat nicht geholfen.«

»Mit deiner großen Familie kommst du nicht einmal aus der Baracke raus«, schimpfte die Frau. »Wer will heutzutage sechs Kinder aufnehmen?«

»Lieber sechs als gar keine Kinder«, erwiderte Pallaschke. Er hatte das noch nie zu ihr gesagt. Es tat ihm auch sofort leid, weil sie seine Schwester war und nun auch bald in die Jahre kam, wo das Gebären von selbst aufhörte. Aber es war plötzlich heraus, und er konnte es nicht zurückholen.

Die Frau sagte nichts, und er sagte nichts. Verlegen beugte er sich zu dem Kind.

»Wir müssen reisen, Erika, Tante Lene hat noch viel zu tun.«

Die Heimfahrt geriet wie immer zu einem Fest, jedenfalls für das Kind. Das ausgeruhte Pferd trabte bis in die Vorstadt, und das Kind plapperte von der guten Tante Lene, der liebsten aller Tanten, die nicht nur Milch und Brot besaß, sondern nun sogar ein Klavier, auf dem Kinder klimpern durften. Als sie die Baracke erreichten, lief das Mädchen voraus, um die große Neuigkeit zu verkünden.

Pallaschke brachte das Pferd in den Schuppen, verschloß das gesammelte Altmaterial, damit es über Nacht nicht gestohlen wurde. Als er die Baracke betrat, saß die Familie um den Tisch und wartete. Er wickelte das mitgebrachte Brot aus und stellte die Kanne mit Buttermilch vor die Frau. Als sie gegessen und getrunken hatten, sagte er plötzlich: »Ich werde am Sonnabend nicht mehr reisen.«

Die Kinder blickten ihn groß an. Die Frau erhob sich. Sie kam um den Tisch und legte den Arm auf seine Schulter.

»Hat sie wieder etwas gesagt?« flüsterte sie.

Auch die Kinder stürmten auf ihn ein.

»Warum nicht mehr am Sonnabend?... Laß doch lieber die Montagreise ausfallen oder den Mittwoch!... Die Sonnabendreise ist die schönste aller Reisen... Tante Lene wird auf uns warten... Das Klavier wird auf uns warten... Und die schöne Milch, Papa!«

Der mächtige Klang der Orgel schreckte ihn auf.

»Aufstehen, Papa«, sagte der Zweitälteste, der neben ihm saß. Gehorsam erhob er sich. Das Brausen von der Empore vermischte sich mit dem Rumpeln des Pferdewagens, dem Klappern der Milchkannen und dem hellen Geklimper eines fremden Klaviers. Außerdem war da noch der Deckel eines Kochtopfes, der wild auf den Rand schlug, weil unter ihm Wasser siedete.

Die Frau hängte sich an seinen Arm.

»Na, siehst du, es hat geholfen«, sagte sie, als sie draußen standen. »Ich sehe es dir an, es geht dir viel besser.«

Der Zweitälteste griff wieder nach seiner Hand.

»Wenigstens einmal laß uns noch fahren, Papa, weil ich doch am Sonnabend dran bin.«

»Also gut«, murmelte Pallaschke, »wir werden fahren. Ein einziges Mal werden wir noch fahren.«

# Veronika im Spreewald

Ihm kam es auf Nägel an. Auch Schrauben und Dübel nahm er mit, wenn sie gerade herumlagen, vor allem aber Nägel. Die großen Stücke interessierten ihn nur, wenn sie Nägel enthielten. Sie mochten aussehen, wie sie wollten, die Sessel, Küchenanrichten und Furnierplatten, die so schön glatt waren, daß sie im Laternenlicht glänzten, er konnte sie nicht mitnehmen, weil sein Keller überfüllt war.

Das Licht seiner Taschenlampe stach in das Gerümpel, wurde von einem geborstenen Spiegel zurückgeworfen. Aus Erfahrung wußte er, daß unter zerfetzten Sesselbezügen häufig Nägel lagen. Und erst diese famosen Holzschrauben, die in den Bettgestellen steckten! Er hatte seinen Schraubenzieher vergessen. Dafür trug er einen kleinen Hammer in der Monteurhose, hielt aber darauf, nur mäßigen Lärm zu verursachen. Es war schließlich Nacht.

Wie gesagt, er suchte Nägel, aber auf einmal sah er das Bild. Tief unten im Gerümpel. Ein altes quadratisches Schwarzweißfoto. Es lag auf dem geborstenen Spiegel. Das Licht der Taschenlampe traf genau das Gesicht. Es wird aus der wurmstichigen Schublade gefallen sein, dachte er. Ein Gartenhaus, davor eine alte Frau, auf der Bank sitzend. Im Hintergrund jemand mit Gießkanne, ob Mann, Frau oder Kind, war nicht zu erkennen. Er wollte das Bild schon wegwerfen, als er den roten Deckel sah. Dunkelrot, um genau zu sein. Ein Album vielleicht, ja ganz sicher ein Album. Er schob einen verrosteten Kochtopf zur Seite und zerrte an dem dunkelroten Deckel. Glassplitter klirrten, ein schief stehender Küchenstuhl fiel um. Das war ein uraltes Stück. Ledereinband. Vorn auf dem Deckel eine aufgehende Sonne oder eine untergehende Sonne, halb verdeckt von Hügeln, auf denen Zypressen wuchsen. Da hat jemand sein Fotoalbum in den Sperrmüll geworfen, dachte er. Was bewegt einen Menschen, so mit seinen alten Fotos umzugehen? Vielleicht verfolgten ihn die Bilder. Vielleicht litt er unter den Erinnerungen, die zusammengepreßt in diesen Seiten ruhten. Da will einer einen neuen Anfang machen. Um es zu schaffen, muß er sich von den alten Bildern trennen. Oder ganz anders: Die Bilder sind versehentlich in den Unrat gekommen. Jemand hat sein unbrauchbares Mobiliar auf die Straße gestellt und vergessen, das Fotoalbum aus der Schublade zu nehmen.

Er überflog die Seiten, suchte Namen und Adresse, einen Hinweis auf den rechtmäßigen Besitzer. Aber er fand nur Vornamen: »Anna und Karl«, »Heinz als Soldat«, »Pfingsten 1929«, »Heinz auf Urlaub nach dem Frankreichfeldzug«. Nägel wollte er suchen, aber nun hielten ihn die alten Bilder auf. Er setzte sich auf den Küchenstuhl, begann in dem Album zu blättern, mitten in der Nacht, das Buch schräg ins Licht der Straßenlaterne haltend. Na ja, es war schon ein komischer Anblick: Da sitzt einer nachts zehn nach elf vor einem Sperrmüllhaufen und blättert in Büchern.

Gleich vorn das Foto einer Frau, die einen kleinen Jungen im Matrosenanzug auf den Knien hält. »Veronika mit Kind«, lautete die Unterschrift. Eine auffallend saubere Handschrift, die Buchstaben wie gemalt. Er fühlte sich nicht wohl beim Anblick des Bildes, kam sich vor wie ein Voyeur, der in das Innenleben fremder Familien eindringt. Sie sah übrigens hübsch aus, diese Veronika, eine Schönheit aus Kaisers Zeiten mit weißer Schürze und weißem Häubchen. Er drehte das Buch um und fing von hinten an. »Heißer Sommer 76«. Das war die letzte Eintragung. Das dazugehörige Bild zeigte eine alte Frau vor üppig blühenden Bauernrosen.

Verdammt noch mal, du bist gekommen, um Nägel zu sammeln, und nun sitzt du auf einem alten Küchenstuhl unter sternenlosem Himmel, ein verstaubtes Fotoalbum in der Hand, und neben dir rascheln die vorzeitig gefallenen Blätter im Rinnstein. Ihn fröstelte, weil er so untätig herumsaß und Bilder betrachtete.

Er sah sich um, blickte zu den Häuserfassaden, deren Fenster verschwenderisch Licht an den Abend abgaben. Es wird das fünfstöckige Mietshaus sein, das mit den Laubengängen, dachte er. Er nahm das Album unter den Arm und schlenderte auf die Tür zu. Links fünf Namen, rechts fünf Namen: Karger... Schneider... Wilkomeit... Hinz... Grüner. Du bist nicht ganz bei Trost! Läufst mit einem alten Fotoalbum hausieren. Weiß der Himmel, in was du da hineingerätst. Aber vielleicht gibt es Leute, die an diesen Bildern hängen, die traurig sind, wenn sie sie nicht zurückbekommen.

Er drückte den Klingelknopf neben dem Namen Grüner. Es tat ihm sofort leid, weil es mitten in der Nacht war. Aber es ließ sich nicht mehr ändern, und weglaufen mochte er auch nicht.

Es dauerte lange, bis die Tür geöffnet wurde. Ein Schwall Wärme entwich. Ein älterer Mann verdeckte einen Teil des Fernsehgeräts, das im Hintergrund flimmerte. Er hörte die Stimme eines Schlagersängers und dazwischen das aufgeregte Zwitschern eines Wellensittichs.

»Ich habe vor Ihrem Haus ein Fotoalbum gefunden«, sagte er. »Jemand wird es aus Versehen auf den Sperrmüll geworfen haben. Vielleicht kennen Sie die Leute.«

Er schlug das Buch auf.

»Das sind ja Bilder von Anno Tobak«, sagte der Mann. »Kein Mensch weiß, wie die Leute jetzt aussehen. Aus unserem Haus

sind sie jedenfalls nicht. Ich sage es immer wieder, jeder soll seinen Mist vor der eigenen Haustür abladen. Aber nein, die von Nummer fünfzehn schleppen den Müll zu uns, damit sie Platz haben für ihre Autos!«
Der Schlagersänger verstummte.
»Ist was?« rief eine Frauenstimme.
»Ich kann Ihnen nicht helfen«, sagte der Mann betont laut.
»Außerdem ist es eine Zumutung, zu nachtschlafender Zeit bei fremden Leuten zu klingeln, nur weil ein Fotoalbum im Sperrmüll liegt.«
Das hast du davon. Kümmere dich um Nägel und nicht um anderer Leute Bilder. Er trug das Album auf die Straße, warf es in den Unrat, in dem er es gefunden hatte, und zog weiter. Erst als der Regen einsetzte, fielen ihm die Bilder wieder ein. Sie werden aufweichen, dachte er. Die schöne, gemalte Schrift wird auseinanderlaufen, es wird ein häßlicher, schmieriger Brei werden.
Er ging zurück und schob das Fotoalbum unter seine Jacke, eigentlich nicht, um es in Besitz zu nehmen, sondern um es vor dem Regen zu schützen, der heftiger wurde, der hörbar auf die Furnierbretter trommelte, der ihn auch nach Hause trieb. Es hatte keinen Sinn mehr, nach Nägeln zu suchen.
In der Wohnung warf er das Fotoalbum einfach auf den Fußboden. Er entleerte die Taschen, sortierte Nägel und Schrauben der Länge nach und legte die angerosteten in eine Blechdose mit rostlösender Flüssigkeit. Dann reinigte er sich gründlich. Das Album fiel ihm ein, als er zu Bett gehen wollte.
Er nahm es mit zum Fenster, schaltete die Stehlampe ein, setzte sich in den Sessel und betrachtete in Ruhe die vergilbten Seiten mit den unscharfen bräunlichen Fotos. Ein dreiviertel Jahrhundert im Bild, mit der Zeit immer schärfer werdend, immer deutlicher. Er löste einige Bilder ab, weil er hoffte, auf der Rückseite Hinweise zu finden. Ein Herr mit Zigarre und Krückstock vor der Eingangstür eines Kolonialwarenladens

trug die Jahreszahl 1912. »Veronika mit Kind« hatte auf der Rückseite den Vermerk: »August 1928 im Spreewald«.

Ob die junge Frau aus dem Spreewald identisch war mit der alten Frau vor den Bauernrosen im heißen Sommer 1976? Er versuchte einzelne Ähnlichkeiten herauszufinden, verglich Gesichtspartien, entdeckte eine gewisse Rechtslastigkeit in der Körperhaltung der alten Frau, die schon auf dem Bild aus dem Spreewald angedeutet war.

Auf einmal sah er von den Bildern auf und hinüber zu den Fenstern in den Mietshäusern der anderen Straßenseite. Zu welcher Fensterscheibe mochte das Album gehören? Aus welcher Wohnung war es auf den Sperrmüll geraten, versehentlich oder absichtlich? Hieß Veronika mit Nachnamen Bachmann oder Koslowski oder wie die Leute drüben hießen? Vom Ansehen kannte er die meisten. In den zehn Jahren, die er hier wohnte, waren sie oft an ihm vorübergegangen, oder sie hatten drüben auf dem Balkon Geranien begossen oder einfach nur aus dem Fenster geschaut.

Es brannte nur noch vereinzelt Licht drüben in den Mietshäusern. Nach Mitternacht begann dort die Zeit, in der leise Radiomusik das Einschlafen begleitet, in der einsame Alkoholiker vor ihren Telefonen sitzen und falsche Nummern wählen, um Signale auszusenden in die Nacht, das Stück zu dreiundzwanzig Pfennigen. Zwei Fenster waren ohne Gardinen. Das kam selten vor, denn auf Gardinen achteten die drüben eigentlich immer. Vielleicht stand die Wohnung leer oder wurde gerade renoviert. Was geschieht eigentlich, wenn ein alleinstehender Mensch stirbt? Die Behörde schaltet sich ein, weil keine Angehörigen da sind. Ein Beamter des Sozialamtes veranlaßt die Einäscherung, er beauftragt ein Abfuhrunternehmen, die Wohnung zu räumen. Brauchbares Mobiliar geht zum Auktionator, der Rest kommt auf den Sperrmüll. Und wohin kommen alte Fotoalben mit Erinnerungen an den Spreewald aus dem Sommer 1928? Sie lösen sich auf im Regen. Und der Junge im Matrosenanzug, was ist aus ihm geworden? Er wird gefallen sein, sehr wahrscheinlich wird er gefallen sein. 1928 im Spreewald war er vielleicht sechs Jahre alt. Das reichte, um rechtzeitig zum Sterben zu kommen. Danach nur noch »Veronika ohne Kind«. Und ein Beamter des Sozialamtes mußte kommen, um die verwaiste Wohnung räumen zu lassen.

Als er aufwachte, hörte er draußen die Maschine, die alte Möbel fraß. Die Türken lachten, einer pfiff ein unbekanntes Lied. Er beeilte sich, aus dem Haus zu kommen. Natürlich hätte er das Fotoalbum gleich zu den Türken tragen und in den Müllcontainer werfen können. Aber das ging nicht. Er fühlte sich verpflichtet, die Bilder zu jenem Müllhaufen zu bringen, auf dem er sie gefunden hatte. Dort schob er das Album unter den geborstenen Spiegel, achtete darauf, daß es trocken lag. Danach ging er zur anderen Straßenseite, um auf die Türken zu warten. Sie kamen fröhlich mit ihrem roten Auto um die Kurve, hievten die großen Stücke in den Container, ließen das Holz krachen und das Metall kreischen. Für die Türken war das eine Arbeit wie Heuernten. Sie verschwendeten keinen Gedanken an das, was ihnen der Schnitter an den Weg gelegt hatte. Holz, besudelt mit Erinnerungen, beklebt mit Tränen und getrockneter Marmelade. Geborstene Spiegel, die jugendliche Schönheit und den Verfall des Alters ertragen hatten. Betten, in denen Leben entstanden und Leben vergangen war. Bilder von Toten, Bilder aus dem Spreewald und aus dem heißen Sommer 1976.

Während die Türken arbeiteten, schlenderte er zu dem Haus mit den gardinenlosen Fenstern. Die lagen im dritten Stock links. Veronika Grube. Der Name stand noch dran, der Mann vom Sozialamt hatte vergessen, ihn zu entfernen.

Er setzte sich auf die Treppe und sah, wie die Türken die Reste zusammenfegten, vor allem Holzspäne und Spiegelglassplitter. Als sie fertig waren, hängten sie sich an ihr Auto und fuhren zum nächsten Sperrmüllhaufen.

Er ging zurück zu der Stelle. Manchmal lagen noch Nägel und Schrauben herum, die beim Verladen aus dem Holz gefallen waren. Doch er fand nur Glassplitter, Reste des zertrümmerten Spiegels, aber inmitten der Glassplitter das Bild: Veronika Grube mit Kind. Mutter und Kind lagen mit dem Gesicht zur Erde, der Hinweis auf den Spreewald war kaum noch zu entziffern. Er bückte sich, wischte das Bild an der Hose ab und steckte es in die Brusttasche. Natürlich hatte er keine Verwendung für so ein Bild, und es ging ihn eigentlich auch gar nichts an. Aber er brachte es nicht über sich, die beiden einfach so im Schmutz liegen zu lassen.

# Nachts auf der Straße

Er hatte sich geschworen, diese Geschichte niemals zu erzählen. Sie stand nicht im Polizeiprotokoll, auch nicht in seinem Tagebuch, nicht einmal Haseloh wußte von ihr. Die Geschichte gab es nur in seinem Kopf. Da war sie gut aufgehoben, er wollte sie mitnehmen, denn es half keinem Menschen, diese Geschichte zu erfahren. Sie erfüllte keinen guten Zweck, war nicht lehrreich und schon über zehn Jahre alt. Jeschke wunderte sich, daß ihn immer noch ein wenig Scham überkam, wenn er an die Geschichte dachte. Obwohl er keine Schuld trug, war sie ihm unangenehm, diese ferne Geschichte. In vertrauter Umgebung hätte er sie nicht erzählen können, aber im Ausland, weit entfernt von der Geschichte, da ging es auf einmal.

Das war an jenem Sommerabend, der nicht dunkel werden wollte. Sie saßen hinter Lappeenranta am Lagerfeuer, und jemand fing an, unheimliche Geschichten zu erzählen. Aber sie taugten nichts, weil es Geschichten aus Büchern waren. Da stand Jeschke auf und sagte, er wüßte eine Geschichte, die sich wirklich zugetragen habe. Eine Geschichte aus der Zeit, als Tag für Tag Kinder überfahren wurden, ab und zu auch Großmütter oder Großväter. In jener Zeit brausten Autos noch lärmend wie Eisenbahnlokomotiven durch übervölkerte Städte, das Blech hatte Vorfahrt, und Jeschke arbeitete im Streifendienst der Wache 18, fuhr nachts auf den Straßen, die dem Blech gehörten und den grünen, gelben und roten Ampeln. Ein Teil des Hafens, mehrere vom Krieg verschont gebliebene Wohnstraßen und ein paar Kneipen am Wasser, die sich an Anständigkeit und grellem Licht überboten, das war der Bezirk der Wache 18. Weil er Junggeselle war, bekam er mehr Nachtdienst als die anderen. Dann fuhr er mit Haseloh die Straßen ab, die fast immer naß aussahen, ja, in der Erinnerung gab es eigentlich nur nasse Straßen in ihrem Bezirk. Wenn sie nicht fuhren, saß Jeschke neben dem Diensttelefon und Haseloh ein paar Schritte hinter ihm. Sie lasen Kriminalromane, in denen das Gute verhältnismäßig oft siegte und die Arbeit der Polizei so angenehm dargestellt wurde, daß Haseloh vorschlug, die Bücher als Werbung für den Polizeinachwuchs zu verschenken.

Damals riefen die Leute nicht so häufig an. Sie hatten hauptsächlich die Telefonnummern von Freunden und Verwandten im Kopf, an die Polizei dachten sie zuletzt. Aber einer meldete sich fast jeden Abend. Zwischen elf und zwölf. Er nannte keinen Namen, sagte nur, ein Betrunkener sei gerade in sein Auto gestiegen und fahre die Hafenstraße aufwärts Richtung Innenstadt. Er gab Kennzeichen, Fabrikat und Farbe des Autos durch, dann legte der Kerl auf. Jeschke fand es unfair, solchen Anzeigen nachzugehen. Da trieb sich ein Verrückter herum und wartete auf angetrunkene Autofahrer, und die Polizei sollte sein schäbiges Spiel mitmachen.

Haseloh dachte darüber anders. »Du vergißt, daß es nicht um falsches Parken geht. Hast du schon mal gesehen, wie ein Betrunkener in eine Fußgängergruppe gerast ist?«

Da Haseloh den höheren Dienstrang hatte, lief es so, wie Haseloh es wollte. Jeschke rief das Verkehrsamt an, ließ sich Namen und Adresse des Halters geben. Dann jagten sie los. Haseloh strengte sich immer mächtig an, den Betrunkenen noch vor seiner eigenen Haustür zu stellen. War er schon in der Wohnung, klingelten sie ihn raus. Was dann folgte, war Routine. Fahrzeugpapiere, Blutprobe, vorläufiger Entzug des Führerscheins und so weiter. Die 18 hatte die größte Erfolgsquote, was die Alkoholdelikte anging. Die Kneipenwirte schrieben einen Brief an den Polizeipräsidenten, beklagten sich wegen der Geschäftsschädigung. Es komme bald niemand mehr in die Lokale am Hafen, wenn sich herumspreche, daß im Bezirk 18 ein Verrückter angetrunkene Autofahrer anzeige. Es gab eine Konferenz beim Polizeipräsidenten. Jeschke sagte, es sei ein schmutziges Geschäft, aber Haseloh meinte, er fahre lieber solche Einsätze als die, auf denen Blut fließe und man die Knochen hinhalten müsse. Am Schluß erhob sich der Polizeipräsident und hielt eine kleine Rede. »Stellt euch vor, Leute, wir ignorieren die Anrufe. Daraufhin befördert ein betrunkener Autofahrer einen Fußgänger ins Jenseits, und am nächsten Morgen ruft der Unbekannte bei der Presse an. Er erzählt denen, der Fußgänger hätte noch leben können, weil die Polizei gewarnt war. Aber die Polizei gehe solchen Anzeigen nicht nach, damit den Kneipenwirten nicht das Geschäft verdorben werde. Wenn das in der Zeitung steht, sind wir in Teufels Küche!«

Sie fuhren also weiter, und die 18 hatte die größte Erfolgsquote aller Wachen der Stadt. Aber Jeschke konnte sich nicht damit abfinden. Er dachte mehr, als ihm lieb war, an den seltsamen Menschen, der sich die Zeit damit vertrieb, Betrunkenen aufzulauern. Was ging in dem Kerl vor? Er hätte ihm gern einmal gegenüber gesessen, um seine Geschichte zu hören, um zu erfahren, ob der Mann wirklich den Verstand verloren hatte.

Weil er ständig an die Sache dachte, fiel ihm auf, daß die angezeigten Autofahrer immer aus Kneipen kamen. Betrunkene von privaten Feiern gab es in ihrer Erfolgsstatistik nicht. Auch kamen sie meistens aus den Lokalen der Hafenstraße. Der Kerl wird in der Nähe des Hafens wohnen. Vielleicht sitzt er selbst in den Kneipen und studiert seine Opfer, bevor er anruft. Oder es ist die Bedienung. Es soll Kellner geben, die es ihren Gästen heimzahlen, wenn sie nicht reichlich Trinkgeld spendieren.

»Wenn dich der Mensch so interessiert, nimm seine Stimme auf«, schlug Haseloh vor. »Du wirst staunen, was die im Sprachlabor herausfinden. Die können dir sagen, wie alt er ist, wo er geboren wurde, ob er Frau und Kinder hat und abends mit einem Hund spazierengeht.«

Als Jeschke die Stimme hatte, nahm er sie mit nach Hause. Immer wieder spielte er sich das Band vor, versuchte, sich über die Stimme in den Menschen hineinzudenken. Damals hatte er reichlich Zeit, weil er noch Junggeselle war. An dienstfreien Abenden besuchte er in Zivil den Hafen, beobachtete die Spaziergänger und die Telefonzellen. Aber du kannst einem Mann in der Telefonzelle nicht ansehen, ob er mit seiner Freundin telefoniert, mit der Revierwache 18 oder mit seiner alten Mutter. Nein, es half nichts, Jeschke mußte in die Lokale, in den »Franzosenkeller«, den »Roten Anker«, vielleicht auch ins feine »Lilo«. Und es mußte bald geschehen, weil ihn die Sache beschäftigte, als wäre es seine eigene. Er kam von dem Menschen nicht mehr los, von der Stimme, die monoton Strafanzeigen aufgab, als lese sie Seewetterberichte, jede Nacht einmal.

An einem grauen Abend im Oktober saß Jeschke im »Franzosenkeller«. Draußen regnete es, und drinnen war wenig Besuch. Ein Liebespaar in der Nische am Eingang, halb verdeckt von der Kleiderablage, ein alter Herr, der mit Steckfiguren eine Partie Schach nachspielte. Gegen neun Uhr fuhren zwei Autos vor, und plötzlich kam Leben in die Bude. Eine Fußballmannschaft platzte in den »Franzosenkeller«, umlagerte den runden Tisch mit dem Vereinswimpel. Die jungen Leute feierten einen Sieg oder eine Niederlage; irgendeinen Grund zum Feiern gab es in ihrem Alter immer. Einer warf Geld in den Musikautomaten. Als die Musik einsetzte, betrat der Mann den »Franzosenkeller«. Jeschke bemerkte ihn anfangs nicht, weil die Musik ziemlich laut spielte und er das Klappen der Tür überhört hatte. Erst als er den Windzug spürte, blickte er sich um und sah ihn stehen im altmodischen Regenmantel, von dem Wasser tropfte. Er hatte Mühe, den triefenden Mantel auszuziehen. Als er es geschafft hatte, lehnte er sich an die Musikbox und sah den jungen Leuten zu.

»Willst du einen trinken, Opa?«

So alt ist er doch gar nicht, dachte Jeschke. Vielleicht vierzig oder ein bißchen älter. Er sah aus wie ein Familienvater, der gerade von der Arbeit kommt. Der Mann ging zum Tresen und kam mit einer Flasche Limonade zurück. Jeschke hätte gern seine Stimme gehört. Aber der Mann stand vor den einarmigen Banditen, steckte Geldstücke in die Apparate, trank seine Limonade und schwieg. Plötzlich spuckte ein Automat Geld aus.

»He, Opa, du hast gewonnen! Wer gewinnt, gibt einen aus!«

Das waren die jungen Leute. Der Kellner brachte ihnen Bierkrüge. Einen behielt er übrig und stellte ihn vor den Mann mit der Limonade.

»Die Fußballer haben ein Bier für Sie ausgegeben«, sagte er.

Der Mann wartete, bis das Licht in sämtlichen Automaten erloschen war. Dann nahm er den vollen Krug und ging damit an den runden Tisch.

»Ich trinke keinen Alkohol«, sagte er.

»Na, du bist vielleicht ein komischer Heiliger!«

»In eurem Alter habe ich auch getrunken, aber seit sieben Jahren trinke ich keinen Tropfen mehr.«

Das war die Stimme. Jeschke erkannte sie sofort und wunderte sich, wie normal der Mensch aussah. Kein wildes Flackern in den Augen, keine roten Flecken auf der Stirn verrieten ihn. Nur diese monotone Stimme.

Nach elf verstummte die Musik. Die jungen Leute bestellten die letzte Runde. Das Liebespaar ließ ein Taxi rufen, knutschte im dunklen Flur, bis das Taxi kam. Der Mann zog den altmodischen Regenmantel über und ging. Jeschke sah, wie er draußen eine Zigarette ansteckte und hastig die Straße überquerte. Dann nur noch das Glimmen der Zigarette unter dem Mauervorsprung. Er stand neben dem Fallrohr der Regenrinne, wo es verdammt laut sein mußte, denn das gesammelte Wasser stürzte ins Rohr und an ihm vorbei in die Erde. Oben trat sogar Wasser über und plätscherte auf den Weg.

Als die jungen Leute zahlten, verließ auch Jeschke den »Franzosenkeller«, blieb aber im dunklen Eingang stehen. Er hörte sie auf der Straße palavern. Ein Motor sprang an, zwei Scheinwerfer tasteten über das nasse Kopfsteinpflaster, tauchten den Mann an der Hauswand kurz in grelles Licht. Als die Autos an der nächsten Kreuzung abbogen, trat er auf die Straße. Jeschke sah ihn laufen, über Pfützen von Regenwasser springen. Plötzlich war er in der Telefonzelle, die vereinsamt am Hafenplatz stand, ein heller Fleck in der regnerischen Nacht.

Wie kommst du an den Kerl heran? dachte Jeschke, als er ihm nachging. Bevor er die Telefonzelle erreichte, kam ihm die Idee mit dem Betrunkenen. Er begann zu schwanken, hielt sich an Hausecken fest, umarmte Lichtmasten, griff nach der Tür der Telefonzelle und schlug mit den Fäusten gegen das Glas. Ärgerlich legte der Mann den Hörer auf und blickte aus der Tür.

»Kannst du mir mal die Budapester Straße zeigen?«

»Wir sind in der Budapester Straße«, sagte der Fremde streng. Er wollte sich an Jeschke vorbeidrücken, aber der packte seinen Ärmel.

»Ich bin ziemlich schwer betrunken, aber soviel Verstand habe ich noch im Kopf, in diesem Zustand nicht Auto zu fahren.«

Der Mann beugte sich vor und starrte in Jeschkes Gesicht.

»Das ist vernünftig, wirklich sehr vernünftig von Ihnen«, murmelte er. Die Stimme wurde wärmer, verlor ihre monotone Gleichgültigkeit. Der Mann lächelte, er hatte es plötzlich nicht mehr eilig.

»Wohnen Sie in der Nähe?« fragte er. »Wenn es nicht weit ist, werde ich Sie nach Hause bringen, damit man Sie nicht überfährt. Früher sagte man, Kinder und Betrunkene haben einen Schutzengel, aber das stimmt in unserer Zeit nicht mehr.«

»Ich wohne am anderen Ende der Stadt«, sagte Jeschke. »Heute komme ich nicht mehr nach Hause. Ich werde auf einer Bank im Park schlafen. Ich hole mir eine Decke aus dem Auto und lege mich in den Park.«

»Das geht auf keinen Fall, nicht bei diesem Wetter«, sagte der Fremde.

Jeschke wußte, daß es unten am Hafen weder einen Park noch eine Bank gab, aber er riß sich los und tat so, als suche er Park und Bank für sein Nachtlager. Der Mann sah ihm nach. Als Jeschke bedenklich nahe ans Wasser geriet, kam er ihm nachgelaufen.

»Haben Sie kein Geld für ein Taxi?«

Jeschke schüttelte den Kopf. »In diesem Zustand nimmt mich sowieso kein Taxi mit.«

Sie standen unter einer Laterne. Das Licht fiel in ihre Gesichter. Jeschke staunte, wie freundlich sein Gegenüber aussah.

»Wissen Sie, was Ihnen fehlt?« sagte er auf einmal. »Sie brauchen einen ordentlichen Kaffee. Ich wohne nicht weit von hier. Kommen Sie mit, ich werde Ihnen einen Kaffee kochen. Wenn Sie den getrunken haben und Ihre Kleidung getrocknet ist, wird Sie auch ein Taxi mitnehmen. Ich gebe Ihnen das Geld dafür. Sie können es mir nächste Woche zurückschicken, wenn nicht, ist es auch nicht schlimm.«

Sie bogen von der Budapester Straße in einen schmalen Seitenweg zu den dunklen Reihen der Wohnblocks, die den Krieg überdauert hatten und abstoßend dreckig aussahen.

»Dort oben.« Der Mann zeigte zu einem Fenster im fünften Stock, aus dem spärlicher Lichtschein fiel.

»Meine Tochter läßt meistens die Nachttischlampe brennen.«

»Ihre Frau wird uns rausschmeißen, wenn Sie einen Kerl wie mich in die Wohnung bringen«, brummte Jeschke.

»Ich habe keine Frau.«

»Aber die Tochter wird aufwachen.«

»Nein, sie hat einen festen Schlaf.«

Jeschke war plötzlich hellwach. Und nicht nur das. Es wurde ihm unheimlich. Der Fremde atmete schwer. Sie gingen nebeneinander die Treppe hinauf, hinterließen nasse Spuren auf dem Holz. Das Licht im Treppenhaus ging aus und wieder an. Jeschke gab sich Mühe, keinen Lärm zu verursachen.

»Wie alt ist Ihre Tochter?« fragte er vor der Wohnungstür, weil ihm das Schweigen unerträglich wurde.

Der Mann zögerte, schien die Jahre nachzuzählen, sagte schließlich dreizehn und öffnete vorsichtig die Tür.

»Ab jetzt dürfen wir nicht mehr sprechen«, flüsterte er, schob Jeschke in die warme Stube, drückte ihn in einen Sessel, machte aber kein Licht. Vom Sessel aus erkannte Jeschke hochgeschossene Zimmerpflanzen, vermutlich Gummibäume. Fransen an der Tischdecke. Undeutliche Familienfotos an den Wänden. Ein viereckiges Radiogerät auf einer alten Truhe.

In der Küche klapperte der Mann mit dem Kaffeegeschirr.

Ein schmaler Lichtstreifen fiel durch einen Türspalt, teilte die dunkle Wohnstube diagonal.

In der Küche rauschte Wasser.

Eine Uhr schlug weit entfernt in einer anderen Wohnung.

Es roch nach Kaffee.

Als Jeschke die Tür berührte, erschrak er. Sie war nur angelehnt, gab seinem Händedruck nach. Ein grelles, quälendes Lichtband traf sein Gesicht und verfing sich in dem wirren Geschlinge der Gummibäume. Jeschke erkannte Teddybären, einen Plüschosterhasen mit hängenden Ohren, eine Kinderkarre, in der eine altmodische Puppe saß. An der Wand baumelte ein arbeitsloser Kasper, ließ traurig Arme und Zipfelmütze hängen. Ein mächtiger Schirm über der Nachttischlampe hüllte den oberen Teil des Raumes in Dunkel. Wie eine Wolke hing der Schatten über dem Kinderbett. Gegenüber stand ein großes Bett. Beide Betten leer, das Bettzeug wohlgeordnet. Neben der Nachttischlampe lag ein Foto in einem rohen Holzrahmen. Das Bild zeigte ein kleines Kind, ein Mädchen, ungefähr fünf Jahre alt, das ängstlich eine Puppe umklammerte.

Jeschke nahm das Foto in die Hand. Auf der Rückseite entdeckte er einen vergilbten Zeitungsausschnitt. Zwei Spalten Text umrahmten ein graues Zeitungsfoto. Es zeigte eine Straße bei Regenwetter, ein querstehendes Auto, ein Kind, neben einem Zebrastreifen liegend. Per Hand hatte jemand das Datum 19. 10. 1961 hinzugesetzt.

»Rühren Sie das Bild nicht an!« schrie er.

Jeschke sah ihn auf sich zukommen. In der Hand ein Küchenmesser. Und nun doch das wilde Flackern in den Augen. Den Mund hielt er weit geöffnet.

»Niemand darf in das Zimmer meiner Tochter!«

Er stand schon auf der Schwelle. Jeschke sah das Messer, das immer größer wurde und plötzlich über ihm hing.

Der macht ernst, dachte er und schleuderte ihm die Tür entgegen. Das Messer fuhr ins Holz. Während der Mann versuchte, es aus der Tür zu reißen, versetzte Jeschke ihm einen Faustschlag. Aber es schien, als habe er gegen eine Wand geschlagen. Er kam auf ihn zu, mein Gott, so gewaltig hatte er ihn gar nicht in Erinnerung. Er warf einen mächtigen Schatten gegen die Wand und auf das leere Kinderbett. Der ist verrückt, dachte Jeschke, er ist wirklich verrückt. Es gab keine zweite Tür. Jeschke griff nach einem Stuhl, um irgend etwas zwischen sich und den Tobenden zu bringen. Hinter ihm waren nur noch die Wand und das Fenster, und an der Wand hing der traurige Kasper mit den laschen Armen. Er riß die kleine Figur vom Nagel, hielt sie dem Mann entgegen, als wolle er böse Geister bannen.

Tatsächlich blieb er stehen, starrte die Puppe an und begann zu weinen. Jeschke stürzte sich auf ihn, überwältigte ihn mühelos, warf ihn zu Boden. Er wehrte sich nicht. »Ich will Ihnen nichts tun«, keuchte Jeschke, als er den Mann unter sich hatte.

»Mir nicht, aber meinem Kind.«

Jeschke ließ von ihm ab und richtete sich auf. »Sie haben gar kein Kind«, sagte er. Er ging zu dem Bett und zog die Decke zurück. Eine nackte Puppe lag da mit geschlossenen Augen.

»Sie können nicht für den Rest Ihres Lebens neben einem Kind schlafen, das es nicht mehr gibt«, sagte Jeschke und setzte sich neben ihn. Der Mann lag auf dem Fußboden, die Hände vor dem Gesicht. Er weinte nicht mehr. Aber plötzlich sprang er auf, stürzte an Jeschke vorbei auf das Fenster zu. Mit einem Satz war er auf der Fensterbank.

Jeschke ahnte, was er vorhatte, aber er unternahm nichts. Er fand damals, es müsse so kommen, wie es kommen sollte, er dürfe sich da nicht einmischen. So sah er zu, wie der Mann auf der Fensterbank stand, die Arme ausgebreitet wie ein gewaltiger, ausgestopfter Vogel. Dann fiel er aus dem offenen Fenster, fiel einfach wie ein Blumentopf in die Dunkelheit. Ohne einen Laut von sich zu geben, schlug er durch das Astwerk der Linden und klatschte auf die Betonplatten...

So war das damals. Gemeldet hat er den Vorfall nicht, weil er sich nicht im Dienst zutrug, sondern seine eigene private Geschichte war. Die Sache ist als einer der üblichen Selbstmorde, wie sie in größeren Städten Tag für Tag vorkommen, in die Polizeiakten eingegangen. Aber Jeschke beschaffte sich aus dem Polizeiarchiv die Akten über den Verkehrsunfall vom 19. Oktober 1961. Ein betrunkener Autofahrer hatte ein fünfjähriges Mädchen überfahren. Und der Vater des Kindes stand auf der anderen Straßenseite und mußte hilflos zusehen. Kaum war das Kind begraben, fing er an, wunderlich zu werden. Sie brachten ihn in eine Nervenheilanstalt. Die Frau lief ihm weg, da wurde er noch wunderlicher. Und genau sieben Jahre danach, am 19. Oktober 1968, sprang er aus dem Fenster, ohne daß Jeschke eine Hand gerührt hatte.

Haseloh sagte ein paar Tage später: »Was ist eigentlich mit unserem Freund los? Der ruft ja gar nicht mehr an.«

# Das Erdbeben von Riva

Es ist schon fünf Jahre her oder sechs, und wir leben immer noch. War es nun 75 oder 76? Im Mai sind wir runtergefahren, und danach kam der schöne Sommer. Weißt du noch, Hannes, wie wir die ersten Berge gesehen haben? Bauer willst du da unten nicht spielen, hast du gesagt, weil es viel zu steil ist für unseren Trecker. Wir bleiben im schönen Marschenlande, hast du gesagt, da kann der Mensch wenigstens weit sehen.

Ja, wenn wir Alten schon mal losziehen. Wenn es dem Esel zu wohl ist, geht er aufs Eis tanzen, heißt es im Sprichwort. Und ich sagte noch zu unserem Schreiber von der Raiffeisenkasse. Kann auch nichts passieren? sagte ich. Aber beste Frau, sagte er, Nordwind fährt nicht zum erstenmal in den Süden. Nordwind weiß da unten gut Bescheid.

Einen schönen Bus hat Nordwind uns ja gegeben, alles was recht ist. Kornblumenblau, und hinten hing die Fahne von Schleswig-Holstein. »Meerumschlungen« hast du immer gesungen, Hannes. Als wir über die Elbe fuhren, hat der Fahrer gesagt: Nun singen wir »So ein Tag, so wunderschön wie heute«. Ach, wie waren wir Alten vergnügt! In der Lüneburger Heide kamen Tina Meckelburg schon die Tränen. Und als wir am Harz vorbeikamen, hat Ollie Petersen gesagt: Laß uns nicht weiterfahren, hier sind Berge genug.

In Bayern lag ja noch Schnee. Wer hätte das gedacht, Mai und noch Schnee. Hier kannst mir einen Bauernhof schenken, hast du gesagt, Hannes. Wer weiß, wer weiß, vielleicht kommt da mal was runter. So ein Stück Berg haut unseren schönen kornblumenblauen Bus kaputt. Wißt ihr noch, wie wir immer tiefer in die Schlucht fuhren! An beiden Seiten war es düster wie in Opas Rübenmiete. Wie leicht fällt einem da etwas auf den Kopf.

Alle mal anschnallen, wir fahren Achterbahn! hat der Fahrer gerufen, als es losging mit der Schlangenstraße. Links rum und rechts rum, bis der Kopf ganz düselig wurde. Tina Meckelburg hat wieder geweint, weil es höher und höher drehte und gar nicht aufhören wollte und die Häuser unten so klein aussahen wie Karnickelställe. Die fahren mit uns in die Wolken! Wir wollen doch gar nicht so hoch hinaus, sagte Ollie Petersen, und Opa Timm hat seine Pillen rausgeholt, weil oben die Luft so furchtbar dünn ist und der Blutdruck mächtig ansteigt.

Ja, ja, wenn unsereiner eine Reise tut. Wir Alten vom Dorf haben uns in der Weltgeschichte rumgetrieben, statt zu Hause die Kühe zu melken.

Abends waren wir ja noch lustig. Aber Übermut tut selten gut, sagt schon das Sprichwort. Tina Meckelburg hatte ab halb sieben Schluckauf. Wer weiß, wer an die gedacht hat? Sie ist schon früh zu Bett gegangen. Ach, ihr mit eurem enzianischen Abend, hat sie gesagt, das ist nur ein anderer Schnack für Köhm und Bier. Die schlief die ganze Nacht und hat nichts gemerkt von dem Spektakel.

Wäre nicht der Enzianabend gewesen, es hätte uns im Bett getroffen. Der olle Carstens wollte unbedingt Trompete blasen, weil er schon im ersten Krieg Trompete geblasen hat. Er ließ nicht locker, bis sie ihm die Trompete gaben. Die Italiener sind wirklich freundliche Menschen; für das, was in ihrer Erde rumort, können sie ja nichts.

»Zu Bett, zu Bett, wer eine hat!« spielte der olle Carstens, und die Italiener haben Beifall geklatscht.

Molto bene! Molto bene! rief der Oberste von der Kapelle. Ja, wir alten Bauern aus dem Marschenland können auch vergnügt sein.

Wißt ihr noch, wie die Palmen rauschten. Die gelben Zitronen haben ins Fenster gesehen, und Opa Timm mußten sie am Ärmel festhalten, weil er in den Apfelsinenbaum klettern wollte, um zu ernten, nachts um halb elf. Riva ist so schön wie Capri, hat der Fahrer von Nordwind gesagt. Der Mensch muß es wissen, weil er viel rumgekommen ist. Der ist schon mal mit seinem Nordwindbus aus Albersdorf über den Petersplatz gekurvt, als der Papst gerade spazierenging.

Schuld hatte der olle Carstens. Weil der unbedingt Trompete blasen wollte, kamen wir so spät ins Bett. Der See lag wunderschön in der Nacht, und die Lichter blinkerten von den Bergen runter wie aus unserem Kuhstall, wenn November ist und du über die Wiesen ins Dorf gehst. Daß wir das noch erleben dürfen, hast du immer gesagt, Hannes. Nur Carstens und Opa Timm sind weitergezogen, um das Nachtleben von Riva auszuprobieren. Nicht, was ihr denkt, nein, Mädchen kamen nicht vor in Riva. Opa Timm wollte bloß sehen, ob es in Italien Oldesloer Korn gibt. Lieber Gott, ich mag nicht daran denken, wenn es die beiden in der Kneipe totgeschlagen hätte.

Wer weiß noch, wie unser Hotel hieß? Nein, es hatte keinen deutschen Namen. Irgend etwas mit Mira kam darin vor. Wunderbar, hat der Fahrer von Nordwind gesagt. Jedenfalls lag es dicht am Wasser. Ollie Petersen wollte gleich in den See springen, als es losging. Die Italiener haben sie mit Gewalt zurückhalten müssen.

Ich stand gerade am Waschbecken und ließ Wasser reinlaufen, da fing es an.

Hannes, sagte ich, was rumorst du da rum?

Ich, sagte er, ich lieg' doch ganz ruhig.

Na, siehst du nicht, wie die Lampe wackelt, sagte ich.

Da stand ich im langen Unterrock vor dem Spiegel. Auf einmal schwappte das Wasser aus dem Becken, platsch auf meine

Füße. In der anderen Stube kreischte Ollie Petersen.

Mach endlich was, Hannes, sagte ich.

Da kam er aus dem Bett gekrochen. Kaum war er draußen, machte es pardauz, und die Lampe fiel von der Decke mitten ins Bettzeug. Gut, daß du aufgestanden bist, sonst hätte es Malheur geben können, sagte ich.

Das ist Erdbeben! schrie Hannes.

Mein Gott, wir sind verloren! Ihr glaubt ja nicht, wie der Putz runtergekommen ist. Das Jesusbild hing ganz schief. Und die schöne Tapete. Alles Risse kreuz und quer.

Steh nicht so verdattert rum und halt das Bettgestell fest, sagte ich. Wenigstens beten kannst du. Wann willst du beten, wenn nicht bei Erdbeben?

Auf einmal ging das Licht aus.

Raus! schrie Hannes. Er bekam gerade noch die Büx zu fassen. Aber an der Tür fiel mir der Ring ein. Der lag auf dem Waschbecken. Nein, den Ring willst du wohl heil nach Friesland zurückbringen, dachte ich. Bald fünfzig Jahre hast du ihn getragen und sollst ihn jetzt fern der Heimat liegenlassen.

Was grabbelst du auf dem Fußboden rum? hat Hannes gesagt.

Mensch, Hannes, da liegt doch unser Ring, er ist mir vom Waschbecken gekullert. Lieber Gott, wir müssen alle sterben. Halt mich bloß fest, Hannes!

Nichts wie weg hier! schrie er, aber ich hab' den Ring doch noch erwischt. Hier ist er. Seht nur, wie schön er blinkert.

Wißt ihr noch, wie wir uns draußen getroffen haben. Wie Schafe im Gewitter standen wir rum.

Nach Hause, nichts wie nach Hause. Bloß weg aus dieser Gegend! So etwas kommt in Norddeutschland nicht vor. Weserbergland ist doch auch ganz schön. Was haben wir alten Leute in Italien zu suchen?

Spaßig sah das schon aus mit uns. Die meisten waren ja im Nachthemd. Man gut, daß warme Luft war, sonst hätten wir uns noch verkühlt. Nur der olle Carstens und Opa Timm kamen nicht über, weil es duster war und sie den Weg von der Kneipe zum Hotel nicht finden konnten.

Ollie Petersen hat den Fahrer von Nordwind aus dem Bett geholt. Wir mögen hier nicht mehr sein, hat sie gesagt. Wir wollen nach Hause. Die Italiener sind so freundliche Menschen, aber sie haben ein furchtbar rummeliges Land, in dem du nicht mal ruhig schlafen kannst. Nein, wir wollen hier nicht sterben! Wir haben Familie und werden zu Hause gebraucht.

Aber ihr habt doch bis Venedig bezahlt, sagte der Fahrer von Nordwind.

Behalt dein Venedig, wir wollen nach Hause!

Ich kann mit euch nicht mitten in der Nacht losfahren, sagte er. Die Straßen sind verschüttet, und außerdem seid ihr nicht ordentlich angezogen. So wie ihr aussäht, lassen sie keinen Menschen über die Grenze.

Als wir mit dem Fahrer von Nordwind verhandelten, kamen der olle Carstens und Opa Timm an.

Wer hat das Licht ausgeknipst? grölte Carstens, und Opa Timm schwenkte eine Buddel Oldesloer Korn, die er doch noch gefunden hatte. Aber frag nicht, wo. Unter dem Fahrersitz in unserem schönen kornblumenblauen Bus.

Als das Licht wiederkam, haben wir uns angesehen und gelacht. Barfuß im Nachthemd! Ollie Petersen ohne Gebiß und ich mit der Pudelmütze auf dem Kopf. Erst wollte keiner reingehen. Aber da kam der freundliche Italiener und hat Ollie Petersen eingehakt. Fragt nicht, wie es drin ausgesehen hat! Der Putz auf dem Fußboden. Die Wände zerrissen wie in unserem alten Kälberstall, und auf dem schönen, geblümten Bettzeug lag der Dreck von der Decke.

Ich geh' nicht mehr ins Bett, hat Hannes gesagt. Wir setzen uns ans Fenster und warten, bis es hell wird. Und da saßen wir denn. Es blinkten wieder so schön die Lichter oben am Berg, als wenn nichts gewesen wäre. Auch die Palmen am See rauschten, und die gelben Zitronen guckten in unser Fenster. Hannes, sagte ich, wenn es nun noch mal rummelt, kracht das ganze Haus zusammen, und wir beide sind mausetot. Dann soll das wohl so sein, sagte er.

Aber wenigstens meinen Ring hab' ich gerettet, sagte ich. Und dann haben wir uns richtig schön angezogen, damit es uns nicht mehr im Nachtzeug überrascht.

Als die Sonne aufging, standen wir alle vor dem Bus. Der freundliche Italiener kam angelaufen und sagte, es gebe schönen Kaffee für uns.

Nix Kaffee, hat Hannes gesagt, wir fahren nach Hause.

Wir haben großes Glück gehabt, sagte der freundliche Italiener. Weiter unten hat das Unglück über tausend Menschen totgeschlagen. Deshalb sollten wir doch wenigstens noch Kaffee bei ihm trinken.

Ihr glaubt nicht, wie wir uns gefreut haben, daß wir noch lebten. Opa Timm hat unser italienisches Geld eingesammelt und Spirituosen gekauft. Für zweihunderttausend Lire haben wir uns im Bus einen angetüdelt. Aber keinem hat es leid getan um das schöne Geld. Wir haben uns richtig gefreut, weil wir noch lebten. Als der Bus die Berge runterfuhr, haben wir das Lied von den Nordseewellen gesungen, und Tina Meckelburg hatte wieder den Schluckauf und Wasser in den Augen.

Ich sag' ja, zu Hause ist zu Hause, und das Weserbergland ist hoch genug.

Das ist nun schon fünf Jahre her oder sechs. Alle, die damals mit Nordwind nach Italien gefahren sind, leben noch. Ist das nicht wundervoll? Und meinen Ring hab' ich auch noch.

In diesem Sommer macht Nordwind eine Tour an die schöne blaue Donau. Rummelt da auch nicht die Erde? hab' ich den Schreiber von der Raiffeisenkasse gefragt.

Beste Frau, sagte er, so etwas erlebt der Mensch nur einmal. Sie haben es hinter sich, ihnen kann überhaupt nichts mehr passieren.

# Fest der Liebe

»Sind Sie Weihnachten auch allein?«
Die Frau wußte sofort, daß sie gemeint war. Sie ließ die
Illustrierte sinken, blickte über den Rand des Papiers, das ein
wenig zitterte, wie Zeitungsränder zittern, wenn sie einfach im
Raum hängen.
»Ich glaube schon«, antwortete sie zögernd, ärgerte sich aber
zugleich, einem fremden Mann auf eine solche Frage Antwort
gegeben zu haben.
»So ist das heute überall. Alleinsein, Alleinsein.«
Der Mann sprach gegen die Zeitung, die noch stärker zitterte,
weil sein Atem das Papier bewegte.
Sie hörte nicht mehr hin. Sie las auch nicht. Sie starrte nur auf
das Papier. Dabei dachte sie an die Tochter in Australien, die
irgendwann zur Weihnachtszeit, wenn es drüben furchtbar
heiß ist, zu Besuch kommen wollte. Aber Weihnachten ist ja
öfter.
»Wenn Sie auch allein sind, können wir zusammen feiern«,
schlug der Mann vor. »Wo steht geschrieben, daß wir allein in
den vier Wänden sitzen und in den Fernseher starren müssen,
wenn es auch zu zweit geht?«
Er lachte.
Sie kannte ihn vom Ansehen her, wußte aber nicht, wie er hieß.
Er kam manchmal aus dem Friseurladen gegenüber ihrer Wohnung. Dann stand er mit frisch geschorenem Kopf auf der

Straße und steckte sich eine Zigarre an. Sicher wohnte er in ihrer Straße. Aber weiter unten. Hinter Nummer 70 vielleicht. Ihre Straße besaß mehr als hundert Nummern, und hinter jeder Nummer lebten an die dreißig Menschen.

»Der Nächste bitte.«

Das war die Stimme aus dem Lautsprecher. Der Mann sprang auf, hängte den Hut, den er in der Hand gehalten hatte, an den Kleiderhaken und verschwand.

»Sie können es sich ja überlegen«, sagte er im Hinausgehen.

Er sprach ziemlich laut, so daß es alle im Wartezimmer hörten. Der Frau war es peinlich. Sie blickte von einem zum anderen, um herauszufinden, was die Leute über sie dachten. Aber sie saßen stumm mit ihren Krankheiten auf den Stühlen, und einige dachten wohl auch an Weihnachten. Die Sprechstundenhilfe hatte einen Tannenkranz über den Illustriertentisch gehängt, so daß es fast unmöglich war, nicht an Weihnachten zu denken.

Zehn Minuten später kam er zurück, um seinen Mantel zu holen.

»Na, wie ist das?« fragte er. »Wollen Sie Weihnachten zu mir kommen, oder soll ich Sie besuchen?«

Er schob ihr einen Zettel mit Namen und Adresse hin. Nun schoß ihr tatsächlich die Röte ins Gesicht. Sie klemmte den Zettel zwischen die Seiten der Illustrierten. Nur fort damit! Nur kein Aufsehen erregen!

»Wir leben Jahrzehnte zusammen in einem Viertel, treffen uns beim Einkaufen oder Spazierengehen, aber Weihnachtenfeiern, das macht jeder für sich allein.«

Nach diesem Satz sahen die Leute nun doch auf. Die Frau war froh, daß die Lautsprecherstimme sie ins Behandlungszimmer rief.

»Wir können ja telefonieren«, sagte er, als sie schon den Türdrücker in der Hand hatte.

Anfangs ärgerte sie sich über die Aufdringlichkeit. Erst als sie auf der Straße stand, lachte sie. So ein Draufgänger! Aber eigentlich hatte er recht. Warum in den Tagen, die sowieso die dunkelsten sind, allein bleiben? Aber es war ungehörig, so etwas laut vor den Menschen im Wartezimmer zu sagen.

Den ganzen Tag über beschäftigte sie sich mit dem Mann. Sie las mehrere Male den Zettel, den er ihr gegeben hatte. Sie lachte über ihn, dem es nichts ausgemacht hatte, sie in einem überfüllten Wartezimmer anzusprechen. Schließlich lachte sie über sich, weil sie aufgeregt war wie ein junges Mädchen, das zum erstenmal verabredet ist. Weihnachten mit einem fremden Mann allein in der Wohnung! Das beschränkte sich doch nicht aufs Christliedersingen und Pfefferkuchenessen. Noch nie hatte sie ihn in Begleitung einer Frau gesehen. Er wird verwitwet sein, dachte sie. Genauso wie du, dachte sie. Seitdem sie Witwe war, hatte sie nichts mehr mit Männern zu tun gehabt. Um ehrlich zu sein, sie hatte es auch nicht vermißt; erstaunlich, wie schnell man sich dieser Dinge entwöhnen kann, wenn man einfach nicht daran denkt. Am Abend ertappte sie sich vor dem Spiegel. Aus Jux und Zeitvertreib, wie sie sich einredete, puderte sie das Gesicht und steckte das Haar so, wie es die Zeitschriften für modisch hielten. Nein, nein, nur nicht so gewollt jugendlich! Du bist eine alte Frau, du darfst nicht auffallen wollen.

Er rief tatsächlich an, das heißt, bevor er anrief, schickte er Blumen. Ein Junge brachte eine in Zeitungspapier gewickelte Christrose. Auf der Karte, die dem Blumenpapier beilag, stand der Satz: »Auf Wiedersehen am Heiligen Abend.«

Als das Telefon schrillte, hatte sie sich längst entschieden. Natürlich mit den üblichen Wenns und Abers. Wenn sie gesundheitlich nicht auf der Höhe sei, müsse sie kurzfristig absagen. Vielleicht käme auch die Tochter aus Australien zu Besuch. Aber sonst am Heiligen Abend zur Kaffeezeit. Nach Kaffee und Kuchen müsse sie allerdings in die Kirche. Das sei so Brauch. Mit Anne sei sie stets am Heiligen Abend zur

Kirche gegangen. Als die Tochter nach Australien heiratete, habe sie diese Gewohnheit beibehalten. Er lachte. Nein, er halte nicht viel von der Kirche, aber er werde mitkommen. Es könne ja nicht schaden.

Sie stand hinter der Gardine und sah, wie er durch den Nebel kam. Schwarzer Anzug, Kamelhaarmantel, steifer Hut. In der Hand trug er eine gewöhnliche Einkaufstasche, die nicht zu dem feierlichen Aufzug paßte. Die Zigarre drückte er aus, bevor er klingelte.

Sie wunderte sich, wie ruhig sie war. Sie gab ihm einen Bügel für den Mantel und lachte, als er ihre Kaltwelle lobte, für die sie vierzig Mark gezahlt hatte und die sie nun doch jugendlicher aussehen ließ. Als er ihr enganliegendes braunes Wollkleid bewunderte, wußte sie sofort, was er dachte. Ja, sie besaß für ihr Alter eine erstaunlich gute Figur, und das anliegende Wollkleid ließ ihre Körperformen deutlich hervortreten. Du hättest etwas anderes anziehen sollen, dachte sie.

Er wickelte den Blumenstrauß aus. Aus der Einkaufstasche holte er zwei Flaschen Wein und stellte sie auf die Anrichte.

»Damit wir nicht verdursten«, meinte er.

»Ich habe auch Wein besorgt«, erwiderte sie. Und dann sprachen sie eine ganze Weile über die immensen Weinvorräte. Daß es viel zuviel sei und ausreiche, um eine ganze Schiffsbesatzung betrunken zu machen. Zwei Personen könnten so viel Wein an einem Abend gar nicht austrinken.

»Dann müssen wir uns wohl öfter treffen«, sagte er und lachte. Sie zeigte ihm die Wohnung, aber nur Wohnzimmer, Küche, Bad und Toilette, nicht das Schlafzimmer. Er blieb vor dem kleinen Tannenbaum stehen und bimmelte mit der silbernen Glocke, die früher, als Anne noch nicht in Australien lebte, die Weihnachtsbescherung eingeläutet hatte.

»Wie früher, genauso wie früher«, schwärmte er.

»Tannenbäume machen schrecklich viel Arbeit«, klagte sie.

»Silvester fangen sie an zu nadeln; wenn ich den Teppich sauge, verstopft sofort mein Staubsauger. Aber es geht nicht ohne Tannenbaum. Als Anne klein war, wollte sie immer einen Tannenbaum haben. Und nun ist es so geblieben. Weihnachten ohne Tannenbaum ist für mich kein Fest.«

Sie holte den Kuchen. Als sie Kaffee einschenkte, berührten sich flüchtig ihre Hände. Sie zuckte zusammen, ließ etwas Kaffee auf die Tischdecke tropfen. Lieber Himmel, weißt du überhaupt, was du tust! Allein mit einem fremden Mann in der Stube sitzen und Kaffee trinken. Sie wußte weder Gutes noch Schlechtes von ihm. Vielleicht war er einer jener Heiratsschwindler, von denen die Zeitungen viel schrieben. Oder er gehörte zu denen, die viele Frauen brauchen. Oder zu denen, die nur mal in der kalten Jahreszeit unterkriechen wollen.

»Sie glauben nicht, wie ich mich auf den heutigen Tag gefreut habe«, sagte er plötzlich.

Der Satz wischte ihre Bedenken fort. Sie lachte befreit auf. Nach dem Kaffee fragte er, ob es ihr etwas ausmache, wenn er eine Zigarre rauche.

»Aber nein, rauchen Sie nur.«

Sie ging zum Baum, um die Kerzen anzuzünden. So fremd ist er gar nicht, dachte sie. Er ist höflich und rücksichtsvoll, dachte sie, als sie vor der Tanne stand und er sagte, es sei doch noch hell draußen und sie erwiderte, daß sie viele Kerzen habe, wenn die weißen ausgebrannt seien, werde sie rote Kerzen aus der Küche holen.

Sie stand vor dem Baum und wartete, daß er ein Streichholz anratschte oder sein Feuerzeug schnippte, um die Zigarre anzustecken. Als das Geräusch ausblieb, wußte sie, daß er sie anstarrte. Er wird sich vorstellen, wie sie die Schuhe abstreift und aus dem enganliegenden Wollkleid steigt, wie sie... Sie hätte doch etwas anderes anziehen sollen.

Endlich steckte er die Zigarre an. »Wenn zu meinen Eltern Herrenbesuch kam und der Gast eine Zigarre anzündete, sagte meine Mutter immer: ›Das riecht nach Mann.‹«

Er half ihr, das Kaffeegeschirr in die Küche zu tragen. Die Abwäsche machte sie allein.

»Das ist Frauensache«, sagte sie.

Danach hörten sie Weihnachtslieder. Sie saßen zwischen Ofen und Radiogerät, sahen zu, wie die Kerzen niederbrannten und hörten die Lieder. Ab und zu ging er zum Fenster.

»Es ist immer noch Nebel«, sagte er.

Und sie antwortete: »Vielleicht ruft meine Tochter an.«

Sie stellte sich Annes Erschrecken vor. Ihre Mutter feierte mit einem fremden Mann Weihnachten. Das ist nichts mehr für dich, Mutter, wird sie sagen. Kommst du dir nicht komisch vor in deinem Alter?

Als es dunkel war, gingen sie in die Kirche. Sie hatte bis zum Einbruch der Dunkelheit gewartet und den ersten Gottesdienst um 16 Uhr, den sie sonst zu besuchen pflegte, überschlagen. Denn sie schämte sich ein bißchen, an der Seite eines fremden Mannes in die Kirche zu gehen. Dabei fühlte sie sich großartig, richtig umsorgt und geborgen. Von der linken Seite traf sie kein Windzug, weil er da ging. Sie genoß die belanglosen Aufmerksamkeiten. Wie er für sie den Knopf an der Fußgängerampel drückte, auf Pfützen achtete, ihren Schirm aufspannte, als es zu nieseln begann. Er öffnete die schwere Kirchentür und ließ ihr den Vortritt. Er half ihr in die Bankreihe. Er setzte sich gleich hin, sie blieb stehen, um zu beten. Da stand er auch auf. Wie rührend von ihm, dachte sie. Er versteht nichts von Kirche und Beten, aber er steht auf, damit du nicht so allein bist. Es war lange her, daß jemand sie so umsorgt hatte.

»Vor zwanzig Jahren habe ich zum letztenmal eine Kirche von innen gesehen«, flüsterte er. »Und das war kein Gottesdienst, sondern nur eine Besichtigung.«

Weil am Heiligen Abend die Kirchen stets gut besucht sind, wurde der Platz knapp. Sie mußten eng zusammenrücken. Durch den Mantel hindurch spürte sie seinen Körper und schämte sich, weil sie während des Gottesdienstes nur an ihn dachte. Der Geistliche las die Weihnachtsgeschichte, aber sie dachte nur, ob sie ihn wirklich in die Wohnung mitnehmen dürfe. Bis spät in die Nacht würde er bleiben und das ausgerechnet in der Heiligen Nacht. Wenn Anne aus Australien anruft, wird sie es merken. An der Art zu sprechen, zu lachen, an den Pausen wird sie merken, daß ein fremder Mann in der Wohnung ist.

Der Chor sang das Halleluja. Er griff nach ihrem Arm und flüsterte: »Das ist ja gewaltig.«

Und später, als sie im Nieselregen auf der Straße standen, meinte er: »Ich habe gar nicht gewußt, wie feierlich ein Weihnachtsgottesdienst sein kann.«

Auf dem Heimweg hakte sie sich bei ihm ein. Das tat sie mit einer Selbstverständlichkeit, als gingen sie schon jahrelang nebeneinander. Unter einer Straßenlaterne blieb er stehen. »Eigentlich sollten wir das kühle Sie abschaffen und Du sagen.« Sie wußte, das war die letzte Barriere. Sie bat um Aufschub, schlug vor, darüber später beim Wein zu sprechen.

Umständlich suchte sie den Schlüssel aus ihrer Handtasche. Sie wußte, es war nicht mehr rückgängig zu machen. Rasch schaltete sie das Fernsehgerät ein, auch das nur ein Mittel zur Ablenkung und Verzögerung. Es gab ein Krippenspiel aus den Bergen. Sie wunderte sich, daß das unschuldige Singen der Kinder, das Weihnachtsevangelium, das sie nun zum zweitenmal hörte, diese ganze rührende Geschichte im Stall sie nicht auf andere Gedanken brachte. Im Gegenteil. Die stille Poesie, die von dieser Geschichte ausging, bestärkte nur ihr Verlangen, nahe bei dem Menschen zu sein, den sie kaum kannte, von dem sie gerade den Namen und die Anschrift wußte.

Er übernahm das Kerzenanzünden.

Sie trug das Abendessen auf.

»Flaschenöffnen ist Männersache«, sagte sie und legte den Korkenzieher neben die Weinflasche. Sie sprachen über den Wein und andere Nebensächlichkeiten. Über Weihnachten

1945 zum Beispiel. Er war damals in einem Kriegsgefangenen-
lager und hatte nichts von Weihnachten gespürt. Sie erzählte
von Weihnachten im zerstörten Dresden.
»Wir wollten doch das Sie abschaffen«, fiel ihm ein.
»Also gut«, sagte sie. Vorher schaltete sie das Fernsehgerät aus,
weil sie nicht wollte, daß die Kinder zuschauten.
Die Kerzen brannten nieder.
»Weihnachten mit Schnee ist schöner«, sagte sie.
»Bist du Weihnachten schon mal im Süden gewesen?« fragte
er.
Sie winkte ab. Dort sei es ihr zu hell und zu heiß, und die
Tannenbäume sähen so unecht und künstlich aus.
Ein Licht blakte.
Drei Kerzen gingen zur selben Zeit aus, die vierte etwas
später. Danach erleuchtete nur noch ein Licht spärlich den
Raum. Wenn es ausgeht, schaltest du nicht die Lampe an,
dachte sie.
»Um diese Zeit ruft Anne immer an. Sieben Jahre ist sie schon
drüben, aber sie vergißt nie, am Heiligen Abend anzurufen.«
Sie warteten auf den Anruf. Auch das war ein Aufschub. Er
schenkte Wein nach. Ihre Hände trafen sich auf der Tischdecke. Das kann doch nicht böse sein, dachte sie. Vielleicht ist
es sogar christlich, dachte sie. Die Geburt im Stall ein Symbol
der Liebe, auch der körperlichen Liebe, des Berührens, Fest-
haltens und Nicht-wieder-Loslassens, der Wärme und Geborgenheit. Wer sagt denn, daß Gott das nicht gewollt hat?
Endlich erlosch auch die letzte Kerze. Die Straßenlaterne warf
trübes Licht in das blinkende Lametta.
Um halb zehn rief Australien an.

# Der Anruf

Mehr als sechzig Jahre war Heinrich Wernitzki ohne Telefon ausgekommen, wußte auch nicht recht, mit wem er telefonieren sollte. Aber plötzlich kam es in Mode, daß Rentner sich ein Telefon zulegten. Für die Alten sei es billiger, sagte der Beamte auf dem Postamt. Außerdem schafft ein Telefon Kontakt zur Umwelt, sagte er. Also gut, Heinrich Wernitzki unterschrieb, und einen Monat später kamen die jungen Leute mit dem grauen Apparat, stellten ihn auf die Anrichte im Wohnzimmer und verlegten Kabel.

»Es kann ja nicht schaden«, sagte die Frau. »Vielleicht müssen wir mal schnell den Arzt anrufen oder die Feuerwehr.«

Ja, da hatte sie recht, es konnte nicht schaden.

Als die jungen Leute weg waren, stand der graue Apparat stumm in der Wohnstube, ein Fremdkörper, den die Frau jeden Tag sorgfältig mit dem Staublappen abwischte. Niemand rief an. Das heißt – doch, drei Fehlanrufe gab es in den ersten drei Wochen, zwei davon zur Nachtzeit. Ein Mann fragte, ob bei Heinrich Wernitzki die Bar »Zum Paradiesvogel« sei.

Wie gesagt, es dauerte drei Wochen, bis ein richtiger Anruf kam. Das geschah kurz vor dem Mittagessen. Die Frau saß allein in der Wohnung, nahm den Hörer ab, vergaß, ihren Namen zu nennen, weil sie dachte, jemand habe wieder falsch gewählt.

»Hallo«, sagte sie nur.

82

»Kann ich Heinrich Wernitzki sprechen?« fragte eine Männerstimme.

»Mein Mann ist im Keller.«

»Er heißt doch Heinrich Wernitzki?« fragte der Anrufer. Die ferne Stimme dehnte den Namen, betonte jede Silbe.

»So, wie es im Telefonbuch steht«, erwiderte die Frau.

Der Anrufer wollte wissen, wie alt Heinrich Wernitzki sei. Sie wunderte sich zwar über die Frage, gab aber nach einigem Zögern Auskunft, denn es war der erste richtige Anruf, und sie wußte nicht recht, wie sie sich verhalten sollte, wagte es auch nicht, einfach aufzulegen, sondern dachte, es sei besser, auf jede Frage die richtige Antwort zu geben.

»Mein Mann ist fünfundsechzig«, sagte sie. »Aber warum fragen Sie mich? Sie können selbst mit ihm sprechen. Ich werde ihn aus dem Keller rufen.«

Sie legte den Hörer auf die Anrichte, öffnete die Wohnungstür und rief: »Heinrich!«

Schwerfällig kam er die Treppe rauf, wusch zuerst seine Hände. Ja, er wusch stets die Hände, wenn er aus dem Keller kam, auch wenn sie sauber waren.

»Ich heiße Gerhard Wernitzki«, sagte die Stimme am anderen Ende der Leitung. »Kann es sein, daß ich dein Sohn bin?«

Der alte Mann ließ den Hörer sinken, blickte zu seiner Frau, die am Fenster stand und zuschaute, wie er telefonierte. Er atmete schwer, sah sich um nach einer Sitzgelegenheit, griff nach der Sessellehne, zog den Sessel näher, blieb aber stehen, stand wie festgekeilt zwischen Sessel und Telefon.

»Was ist los mit dir?« sagte die Frau.

Heinrich Wernitzki schneuzte sich umständlich. Als er das Taschentuch in der Hosentasche verwahrt hatte, griff er wieder zum Hörer.

»Solche Fragen mußt du deiner Mutter stellen«, sagte er.

Der Mann am anderen Ende der Leitung schien nach Worten zu suchen.

»Wie soll ich das verstehen?«

»So, wie ich es gesagt habe!« rief Heinrich Wernitzki. »Wir sind damals auseinandergegangen, weil sie heute einen Kerl hatte und morgen einen anderen. Wie kann ich wissen, ob du mein Sohn bist. Bei einer solchen Frau!«

»Heinrich!« rief die Frau aus dem Hintergrund und legte einen Finger auf ihre Lippen, als wolle sie ihm verbieten, weiter so zu sprechen.

»Aber ich trage doch deinen Namen«, sagte die ferne Stimme.

»So häufig kommt Wernitzki nicht vor.«

»Mein Name bedeutet nichts. Den hast du nur, weil du vor dem Scheidungsurteil geboren wurdest.«

Für einen Augenblick war es still in der Leitung.

Heinrich Wernitzki ließ sich in den Sessel fallen.

»Wenn ich die Mutter gefragt habe, wo mein Vater ist, hat sie immer gesagt: Der ist tödlich verunglückt, mit dem Motorrad ist er umgekippt, einfach in den Graben gekippt. Ja, das hat sie mir gesagt. Und jetzt schlage ich das Telefonbuch auf und finde deinen Namen. Da hab' ich gedacht: Ruf doch mal an, frag ihn, ob er dein Vater ist.«

»Lebt deine Mutter noch?«

»Nein, die ist vor drei Jahren an Unterleibskrebs gestorben.«

»Siehst du, das kommt von der vielen Rumtreiberei! Davon bekommt ein Mensch sogar Krebs.«

»Heinrich!« rief die Frau wieder.

»Wo arbeitest du?«

»Ich bin Bierfahrer in der Brauerei. Als wir noch Pferde hatten, bin ich mit dem Sechserzug durch die Stadt gefahren.«

Heinrich Wernitzki lachte. »Mensch, dann hab' ich dich im Fernsehen gesehen. Bei der 700-Jahr-Feier, als ein Brauereiwagen im Festumzug mitfuhr. Und du warst der Kerl auf dem Kutschbock!«

»Ja, der war ich.«

»Hast du auch Kinder, Gerhard?«

»Zwei Stück, einen Jungen und ein Mädchen.«

»Hast sie auch ordentlich erzogen? Ich meine, deine Kinder klauen doch nicht im Supermarkt oder nehmen alten Leuten die Handtaschen weg.«

»Nein, die beiden sind in Ordnung«, antwortete die ferne Stimme. »Die fordern nicht mal Taschengeld von ihrem Vater, weil sie selbst schon was verdienen. Der Junge trägt Zeitungen aus und das Mädchen Reklamezettel.«

Es entstand eine Pause, in der nur die Nebengeräusche in der Leitung zu hören waren. Wernitzki fummelte umständlich in seiner Hosentasche rum, suchte das Taschentuch.

»Kann ich dich mal besuchen, Vater?«

»Na ja, wenn du Lust hast, setze die Frau und die Kinder in deine Bierkutsche und komm vorbei.«

»Ich hab' keine Frau mehr.«

»Mensch Junge, ist es dir auch so ergangen wie mir damals?«

»Meine Frau ist gestorben.«

»Und du lebst ganz allein mit den beiden Kindern?«

»So schlimm ist das gar nicht. Der Junge ist fünfzehn und das Mädchen vierzehn. Die helfen ordentlich mit. Was meinst du, wie gut der Junge Mittagessen kochen kann!«

Heinrich Wernitzki bekam einen leichten Hustenanfall, ein altes Leiden. Wenn er aufgeregt war, hustete er immer.

»Kann ich gleich kommen?«

»Mensch, Junge, du hast es aber eilig. Dreißig Jahre wußtest du nicht, ob du überhaupt einen Vater hast. Nun kommt es auf drei Stunden auch nicht mehr an. Am besten ist es, du kommst zur Kaffeezeit. Bis dahin halte ich Mittagsschlaf, und meine Frau kann in Ruhe den Tisch decken und Kaffee kochen.«

Heinrich Wernitzki legte unvermittelt den Hörer auf. Er blieb im Sessel sitzen wie einer, der aus tiefem Schlaf erwacht ist oder aus tiefer Ohnmacht.

»Was sagst du dazu?« wandte er sich an die Frau. »Wir beiden Alten bekommen noch einen Sohn.«

Er erzählte ihr die Geschichte, und als er zu Ende war, sagte sie nur: »Mein Gott, ich hab' nicht genug Kaffee im Haus!«

An Mittagsschlaf war nicht zu denken. Die Frau arbeitete in der Küche. Heinrich Wernitzki sah ihr zu, wie sie das gute Geschirr aus dem Schrank holte, wie sie das Silber putzte, das lange nicht gebraucht worden war.

»Was mag der wollen? Nach dreißig Jahren meldet sich einer am Telefon und sagt: Ich bin dein Sohn. Vielleicht ist er ein Betrüger, der nur Geld haben will. Oder es ist ein neuer Trick, um in Wohnungen zu kommen und alte Leute auszurauben.«

»Sieh ihn dir erst einmal an«, sagte die Frau ruhig.

»Du meinst, ich kann es ihm ansehen, ob er mein Sohn ist?«

»Nein, so nicht. Du darfst nicht nach Äußerlichkeiten suchen. Es gibt viele Söhne, die nicht so aussehen wie ihre Väter, und es sind doch richtige Söhne.«

Heinrich Wernitzki lief in die Wohnstube, um nachzusehen, ob genug Schnaps im Schrank ist.

»Was meinst du, ob wir seinen Kindern zweihundert Mark schenken?« fragte er, als er in die Küche zurückkam. »Das sind doch unsere Enkelkinder. Wenn du bedenkst, was Großeltern für ihre Enkelkinder zu Weihnachten und den Geburtstagen ausgeben. Das haben wir in den vergangenen Jahren gespart. Da sind zweihundert Mark doch nicht zuviel, oder?«

Sie deckte den Kaffeetisch, während er alte Fotoalben durchblätterte. Aber er fand nichts. Damals hatte er die Bilder von der Frau und den Kindern, von denen er nicht wußte, ob es seine Kinder waren, Stück für Stück verbrannt. Na ja, heute hörte sich das furchtbar an, aber damals war ihm verdammt nach Verbrennen zumute gewesen. Als er in russischer Gefangenschaft wartete, trieb sie sich mit den Tommys rum. Wenn jemand die Wernitzkikinder auf der Straße fragte, woher sie die vielen Bonbons hätten, antworteten sie frech: »Meine Mutter geht doch mit einem Tommy.«

Das erzählten ihm die Leute, als er aus Rußland heimkehrte. Damals biß er die Zähne zusammen und dachte: Verdammt noch mal, Krieg ist Scheiße! Er wollte einen dicken Strich ziehen unter die Geschichte, wollte nichts mehr sehen und hören, sondern neu mit der Frau anfangen ohne Tommy und so. Ein Vierteljahr ging es gut, aber auf einmal fing die Rumtreiberei wieder an. Hier hatte sie einen Kerl, und da hatte sie einen Kerl. Und die Leute auf der Straße stießen sich an und sagten: »Ist der Mann deshalb aus Rußland gekommen, um sich so etwas anzusehen?«

Er hatte damals daran gedacht, sie totzuschlagen. Schließlich ließ er sich scheiden. Danach hatte er sie schnell vergessen, auch die Kinder, die seinen Namen trugen, von denen er aber nicht wußte, ob sie seine Kinder waren.

»Vielleicht ist es gut, daß wir auf unsere alten Tage noch einen Sohn bekommen«, sagte er zu der Frau. »Unsere Grabpflege ist zwar geregelt und bezahlt bis zum Jahr zweitausend. Aber niemand weiß, wie es mit uns beiden einmal ausgeht. Vielleicht bleibt einer übrig und muß lange allein leben. Da kann es doch nicht schaden, wenn wir einen Sohn haben, der ab und zu vorbeikommt und nach dem Rechten sieht.«

Heinrich Wernitzki ging in die Schlafstube, um seinen Feiertagsanzug anzuziehen.

Als er im dunklen Anzug in die Küche kam, lachte die Frau. »Das sieht ja aus wie eine Beerdigung«, sagte sie.

»Aber es ist lustiger!« rief er. »Stell dir vor, wie wir beiden Alten als Oma und Opa zum Kindergeburtstag gehen. Oder Weihnachten mit den Enkelkindern. Am Heiligabend kein Fernsehen mehr einschalten, sondern nur mit den Kindern unter dem Tannenbaum sitzen.«

Er wanderte auf und ab, wartete auf den Besuch, ärgerte sich, daß er seinen Sohn bis zur Kaffeezeit vertröstet hatte. Er hätte gleich kommen können, sofort, auf der Stelle. Ein Sohn darf immer gleich kommen.

»Weißt du was?« sagte er plötzlich und blieb neben der Frau stehen. »Laß ihn sein, wie er will. Laß ihn mir ähnlich sehen oder nicht, es ist einerlei. Ich werde nicht viel fragen und mir den Kopf zerbrechen, ob er von mir ist oder von einem anderen. Wir nehmen ihn als unseren Sohn, einfach so.«

# Am Tag davor

Um acht Uhr öffnete der Laden, zehn vor acht stand Kröger
schon vor der Tür und preßte seinen Körper gegen die Scheibe,
die zwar Licht durchließ, aber undurchsichtig war wie Schei-
ben in Bädern und Toiletten.
Was der wohl hat? Der Friseur schloß vor der Zeit auf, weil es
draußen regnete und ein steifer Wind vom Wasser heraufblies
und man alte Leute nicht bei jedem Wetter vor der Tür stehen-
lassen kann.
»So früh auf den Beinen«, sagte er und half ihm aus dem
Mantel.
»In meinem Alter schläft man nicht mehr lange.«
Kröger steuerte auf den leeren Stuhl vor dem Spiegel zu. Der
Friseur zögerte, ihm das weiße Tuch umzulegen.
»Ihr Haar ist noch in Ordnung«, sagte er. »Vor zehn Tagen
waren Sie erst bei mir, es sieht noch recht gut aus.«
»Ich muß morgen ins Krankenhaus«, antwortete der Mann.
»Da hab' ich gedacht, es wäre vielleicht besser, vorher die Haare
schneiden zu lassen.«
Der Friseur lachte und hielt ihm einen langen Vortrag über die
vielen Möglichkeiten, auch im Krankenhaus zu einem ordent-
lichen Haarschnitt zu kommen.
»Aber es kann nicht schaden«, meinte Kröger. Er wisse nicht,
was andere mit seinem Haar im Krankenhaus anstellten. Sicher
sei eben sicher.

Der Friseur begann mit der Arbeit. Während die Maschine Furchen ins Haar schnitt, unterhielt er Kröger mit Krankenhausgeschichten. Als Kind sei er am Leistenbruch operiert worden, später Blinddarm. Nein, unangenehme Erinnerungen habe er nicht an Krankenhäuser. Es könne da recht gemütlich zugehen. Im Krieg seien die Soldaten froh gewesen, ins Krankenhaus zu kommen. Lieber ins Krankenhaus als unter die Erde. Seine Frau, das müsse er zugeben, habe allerdings unangenehme Erfahrungen mit Krankenhäusern gemacht. Die habe unter der Herz-Lungen-Maschine gelegen. Aber sonst komme man mit Krankenhäusern gut zurecht, und einen Friseur gebe es dort auch.

Kröger wollte gehen, aber als er sah, daß es draußen noch regnete, setzte er sich wieder vor den Spiegel.

»Sie könnten mich eigentlich auch rasieren«, sagte er.

Der Friseur staunte, weil Rasieren nur noch selten vorkam.

»Es ist das erste Mal in meinem Leben«, erklärte Kröger. »Ich habe nie verstehen können, warum früher die wohlhabenden Leute Tag für Tag zum Barbier liefen, um sich den Bart scheren zu lassen. Diese Zeitverschwendung!«

»Ja, früher«, sagte der Friseur, »da gab es eben mehr Zeit.«

»Ich habe auch Zeit«, meinte Kröger. »Morgen muß ich ins Krankenhaus, da habe ich Zeit genug.«

Er zahlte, blieb noch ein wenig in der Nähe des Heizkörpers, wartete auf besseres Wetter.

»Wenn ich das nächste Mal komme, werden Sie viel Arbeit haben mit meinem Kopf. Es dauert nämlich etwas länger mit mir.«

Das sagte er, als er schon in der Tür stand. Und dann ging er fort, dem heftigen Wind entgegen. Aber der Regen hatte nachgelassen.

Eigentlich hätte er wie an jedem Morgen in den Supermarkt gehen müssen, um das Nötigste einzukaufen. Aber dort kannte ihn niemand. Deshalb machte er einen Umweg zum Kolonial-

warenladen Thode und erstand hundert Gramm Tilsiter Käse –
sehr scharf, bitte – und ein Paket Knäckebrot – von der
schwedischen Art, bitte – und einen Becher Margarine – von
der gesunden, bitte. Als er das Wechselgeld nachgezählt hatte,
sagte er: »Wenn ich in den nächsten Tagen nicht komme,
denken Sie bitte nicht, ich sei untreu geworden. Es ist nur, weil
ich morgen ins Krankenhaus muß.«
Er wartete keine Antwort ab, steuerte an den Preisschildern
vorbei zur Tür, hatte Mühe, die Tür gegen den Wind zu
öffnen, und noch mehr Mühe, über die Straße zu kommen.
Auf der anderen Straßenseite blieb er vor dem Gemüsestand
stehen, eigentlich nur, um sich auszuruhen, aber die Verkäufe-
rin sprach ihn an und behauptete, gerade seien Jaffa-Apfelsinen
eingetroffen, ganz frische Ware.
Er kaufte eine.
»Mehr kann ich nicht mitnehmen, weil mir die Apfelsinen
sonst schlecht werden. Ich muß nämlich morgen ins Kranken-
haus.«
Sie suchte eine besonders große Apfelsine für ihn aus, erkun-
digte sich nach dem Namen des Krankenhauses und wie lange
es wohl dauern werde.
»Es ist nichts Schlimmes«, beteuerte er. »Der Arzt meint, die
alte Maschine muß ein bißchen überholt werden. Große
Inspektion, so ungefähr.«
Sie lachten beide.
Die Kassiererin in der Bank kannte ihn gut.
»Mitten im Monat heben Sie sonst nie Geld ab«, sagte sie.
»Fahren Sie in den Süden?«
»Süden ist gut!« lachte er. »Ich brauche ein bißchen Kleingeld,
weil ich morgen ins Krankenhaus muß.«
»Im Krankenhaus braucht man doch kein Geld.«
»O doch«, sagte er. »Zeitungen kaufen, Zigarren rauchen, den
Schwestern, wenn sie nett sind, eine Kleinigkeit schenken. Das
kostet schon ein bißchen.«

Er sagte ihr, daß sie am Monatsende, wenn die Rente komme, nicht mit ihm zu rechnen brauche. Da sei er noch im Krankenhaus. Aber einen Monat später werde er wieder da sein.

Bei den Haushaltswaren ließ er sich lange Zeit.

»Ich muß morgen ins Krankenhaus«, erklärte Kröger, während er die Schublade mit Sicherheitsschlössern durchwühlte. »Da hab' ich mir gedacht: Vor die Balkontür muß ein Schloß. Sicher ist sicher. Finden Sie nicht auch?«

Er nahm ein zweites Schloß für die Kellertür mit, denn wenn ein Mensch lange weg ist, kann so vieles geschehen. Da kommen die Ratten aus ihren Löchern und das ganze lichtscheue Gesindel. Sicher ist eben sicher.

Vor zehn Jahren war Kröger das letzte Mal verreist gewesen, zum großen Treffen mit den Kriegskameraden in Bad Pyrmont. Seitdem hatte er seine Wohnung nur stundenweise verlassen. Aber morgen ins Krankenhaus. Es kam ihm vor wie der Beginn einer langen Reise. Als er heimkehrte, fielen ihm die Schuhe ein. Er säuberte sie gründlich, packte fünf Paar Herrenschuhe in zwei Plastiktüten und trug sie zum Schuhmacher.

»Ich muß morgen ins Krankenhaus«, sagte er. »Das ist eine gute Gelegenheit, meine Schuhe in Ordnung bringen zu lassen.«

Als er die Schuhe aus dem Hause hatte, war er fertig. Er hatte nichts mehr zu erledigen und begann seine Papiere zu ordnen. Dabei fand er den Zettel mit der Notiz: Frau Grewe bekommt noch eine Mark fünfzig.

Er ging hinunter in den ersten Stock, aber die Grewe war nicht da. Er steckte ihr das Geld in den Briefkasten, auch den Zettel, und auf die Rückseite des Zettels schrieb er:

»Liebe Frau Grewe, in meinem Alter sollte man sich mit Schulden nicht lange aufhalten. Ich muß morgen ins Krankenhaus und möchte vorher das Geld zurückgeben, das Sie an den Briefträger verauslagt haben.«

Nach dem Mittagessen mußte er doch noch mal aus dem Haus,

um eine Glühbirne zu holen, sechzig Watt. Vor ein paar Tagen hatte er sich von dem Ehepaar unter dem Dach eine Glühbirne geliehen, weil er nicht den ganzen Abend im Dunkeln sitzen wollte.

»Ich gehe morgen ins Krankenhaus«, sagte er, als er mit der Glühbirne oben vor der Wohnungstür stand. »Da kann man nie wissen. Es soll schon vorgekommen sein, daß einige nicht mehr aus dem Krankenhaus herausgekommen sind. Ich wäre also eine Glühbirne schuldig, und das wäre nicht korrekt von mir.«

Er lachte, und die beiden alten Leute unter dem Dach lachten mit ihm. Sie sagten, es könne so schlimm nicht sein, denn er habe noch Humor. Mit Humor überstehe man jedes Krankenhaus. Bevor er ging, bat er sie um eine Gefälligkeit. Sie sollten dem Zeitungsjungen das Geld geben. Er gab es ihnen abgezählt in einem verschlossenen Umschlag. Und eine Mark Trinkgeld war auch dabei. Aber sonst sei nichts zu tun. Er habe an alles gedacht. Das Wasser werde er abschalten und die Hauptsicherung auch. Den Kühlschrank lasse er abtauen. Und die Blumentöpfe werde er in die Badewanne stellen, damit sie feucht blieben.

Am Nachmittag saß er allein in der Wohnung und wartete auf morgen. Er hatte alles erledigt, viel zu früh, wenn er es recht bedachte. Niemand hatte etwas von ihm zu fordern. Niemand konnte sich über ihn beklagen. Niemand brauchte vergeblich an seiner Wohnungstür zu klingeln. Es war alles aufs beste geordnet. Was sollte er tun bis morgen?

Er sah noch einmal die Papiere durch, die alten Fotos und Briefe, Zeugnisse und Arbeitsbescheinigungen. Ganz unten in dem Stapel fand er Pionteks Adresse. Das war der Obergefreite Erich Piontek, mit dem er drei Jahre lang durch den großen Krieg gezogen war. Geboren in Oberschlesien, verwundet auf Kreta, in Tunis in Gefangenschaft. So einer war das, der Piontek. Vor zehn Jahren hatte er ihn zuletzt gesehen auf dem

93

Kameradschaftstreffen der ehemaligen Afrikaner in Bad Pyrmont. Zehn Jahre! Menschenskind, wie die Zeit vergeht!

Weil er viel Zeit hatte bis morgen, setzte er sich hin und schrieb einen Brief an Piontek.

»Morgen muß ich ins Krankenhaus«, schrieb er. »Wenn ich draußen bin, werde ich dich besuchen. Mensch, wir haben noch viel über die alten Zeiten zu reden. Im Frühling komme ich, ganz bestimmt.«

Er trug den Brief zum Postamt, kaufte eine einzige Briefmarke, denn er wußte nicht, ob er für weitere Briefmarken noch Verwendung haben würde. Als er den Brief in den Kasten steckte, fühlte er sich erleichtert, fühlte sich wie einer, der ein schweres Tagewerk hinter sich gebracht hat und gelassen auf morgen warten kann.

Sieben Wochen später kam der Briefträger zu den alten Leuten unter dem Dach und fragte, ob Kröger Angehörige hinterlassen habe. Da sei nämlich ein Brief an einen gewissen Erich Piontek zurückgekommen. Der Empfänger sei schon vor Jahren verstorben. Und inzwischen sei auch der Absender verstorben. Und nun wisse er nicht, wohin mit dem Brief.

# Mona Lisa oder der Frauenhandel

Poluda befürchtete seit langem einen Aufstand seiner Frauen. Sie befanden sich in der Überzahl und besaßen jene erhabene Größe, gegen die er nichts auszurichten vermochte, die ihn entwaffnete und stumm machte. Deshalb zog er, um sie zu täuschen, die Vorhänge zu, bevor er das Buch aufschlug. Auch erleichterte ihm die Dunkelheit die Entscheidung; die Wahl wurde zu einer Art Gottesurteil. Aber eines Tages werden sie dich ermorden, dachte Poluda. Die Weiber werden sich zusammentun, sie werden sich etwas Furchtbares ausdenken, dir ein Bein stellen oder dir die Vase über den Schädel schlagen. Und du wirst auf der Erde liegen, und sie werden nicht einmal schadenfroh lachen, weil sie zu erhaben sind.

Er zündete wie immer eine Kerze an und stellte sie in den äußersten Winkel der Stube. Erst danach schlug er das Buch auf. Ihre Gesichter, das war ein einziger Schmerz. Dieses verlernte Lachen, diese vorwurfsvollen Blicke; nicht einmal Mona Lisa lächelte.

»Es tut mir wirklich leid«, sagte Poluda bestimmt. »Aber verdammt noch mal, was soll ich tun? Ich bin auch nur ein Mensch und habe meine menschlichen Bedürfnisse, Hunger, Durst und so was alles.« Als er ›so was‹ sagte, lächelten sie doch, kein verständnisvolles Lächeln, sondern ein hochmütiges. Weil es so vulgär klang.

Er erledigte die unangenehme Aufgabe in gewohnter Weise.

Das heißt, er setzte sich vor das aufgeschlagene Buch, schloß die Augen und tippte mit dem Finger hinein.

»Niemand soll sagen, ich sei ungerecht«, beteuerte er. »Ich bevorzuge keine von euch, jede kommt einmal dran.«

Als die Entscheidung gefallen war, ließ er sich erleichtert in den Sessel fallen. Vorsichtig nahm er die Auserwählte und legte sie, ohne daß sie Widerstand leistete, in einen Briefumschlag. Während der Prozedur vermied er es, sie anzuschauen, wich auch den Blicken der anderen aus, denn er wußte, was sie von ihm dachten. Rasch klappte er das Buch zu und trug es zu seinem Platz im Regal.

»Jetzt habt ihr eine Weile Ruhe«, sprach er, um die Frauen zu trösten. Aber sie maulten weiter. Er hörte sie rumoren und tuscheln.

Ja, sie werden dich eines Tages ermorden, Poluda.

»Was habt ihr nur?« rief er ärgerlich. »Schließlich habe ich euch nicht aus Zuneigung erworben. Von Liebe keine Spur, es war die reinste geschäftsmäßige Berechnung.«

Er erzählte ihnen die Geschichte, die er schon zwanzigmal erzählt hatte. Wie Korat damals gesagt hatte: »Weiber mußt du sammeln, nur Weiber! In den Weibern liegt die Zukunft.« Er hatte sie also gekauft, eine nach der anderen. Und eines Tages, als er sie aufgeschlagen vor sich gesehen hatte, an die fünfzig Weiber, schön und herrisch, mild, erhaben, sanft und mütterlich, hatte er sie in sein Herz geschlossen... Aber das war eine andere Geschichte.

»Ich leide nicht weniger als ihr«, versicherte Poluda.

Nach dieser Bemerkung herrschte Ruhe im Regal.

Poluda ließ das Licht in den Raum. Er wurde zusehends heiterer, bürstete den Mantel aus, wichste die Schuhe mit Zeitungspapier und erwog, sich zu rasieren. Die Vorfreude auf frische Brötchen, Rosinen in Quarkmilch und Edamer Käse beschwingte ihn. Wenn das Geschäft gut verlief, wäre er nicht abgeneigt, Schillerlocken zu kaufen und vor den kritischen

Blicken seiner Frauen zu verzehren. Alles hing von der Qualität seiner Frauen ab. Sie mußten gut sein.

In Korats Laden war gerade Kundschaft. Poluda wartete vor der Tür, weil Korat es nicht gern sah, wenn er mit anderen Kunden zusammentraf. In früheren Jahren hatte es Korat nichts ausgemacht, aber jetzt war er empfindlich. Offenbar hatte Korat ihn im Verdacht, ein Wermutbruder zu sein. Aber Gott bewahre, er hatte schon Monate keinen Branntwein zu sich genommen, nur der lange Mantel war älter geworden, und die ausgetretenen Schuhe sahen ausgetretener aus. Das wird es wohl sein, dachte Poluda, als er vor Korats Laden stand. Er hätte doch den Bart abnehmen sollen. Korat zuliebe und der Frau zuliebe, die im Briefumschlag in der Innentasche des Mantels genau über seinem Herzen lag.

Als Korat allein war, betrat er den Laden. In den Jahren, die sie sich kannten, hatte es sich so ergeben, daß sie möglichst wenig sprachen. Sie sagten nicht guten Tag und wie geht's und schönes Wetter heute.

»Hast du schon wieder Hunger?« brummte Korat nur, und Poluda schob den Briefumschlag auf die Glasplatte. Er wußte, Korat war weniger an Ankäufen als an Verkäufen interessiert, aber er flehte ihn an, sich das Mädchen wenigstens anzusehen. Korat schüttete den Inhalt des Umschlages auf das Glas. Er griff zur Pinzette, nahm die Lupe in die andere Hand und betrachtete das traurige Gesicht auf lila Grund.

»Ach, die Elisabeth von Thüringen!« rief er.

»Sie sieht leidend aus«, entschuldigte Poluda seine Frau. »Ihre Blicke scheinen ins Jenseits gerichtet, aber sie ist gut.«

»Ja, gut erhalten ist sie«, gab Korat zu und betrachtete kritisch die Rückseite. Dann legte er sie in eine Schublade, ging zur Ladenkasse und kam mit einem Zehnmarkschein wieder.

»Mehr kann ich dir nicht geben.«

Poluda ließ sich nicht anmerken, wie froh er über zehn Mark war und daß er in Gedanken schon wieder mit Schillerlocken spielte. Er bat darum, ihm das Geld in Münzen zu geben. Münzen waren ein Tick von ihm. Weil sie mehr Gewicht besaßen, in der Manteltasche spürbar drückten, täuschten sie eine kolossale Wohlhabenheit vor. Außerdem gab es diesen angenehmen Klang, wenn er mit den Händen in den Münzen schaufelte.

Es folgte nun das triviale Geschäft des Bauches, das Poluda im Grunde verachtete. Aber er konnte nicht leugnen, daß es ihn in Spannung versetzte und erregte, wenn er, die Münzen in der Manteltasche spürend, die Auslagen eines Bäckerladens musterte. Wärme, die aus der Brötchentüte durch das Papier schlug und seinen Händen wohltat. Dieser lieblich stinkende Käse, der aus seiner Manteltasche schaute und darauf wartete, vor den kritischen Blicken der Frauen verschlungen zu werden. Er behielt etwas Geld übrig und erlaubte sich den Luxus einer sechzehn Seiten starken Tageszeitung. Nicht der Neuigkeiten wegen – er hatte schon Jahre keine Zeitung mehr gelesen –, nein, er brauchte das Papier als Tischdecke für das große Mahl.

Gutgelaunt kam er bei den Frauen an. Als er den Tisch gedeckt hatte, holte er das Buch aus dem Regal, schlug es so auf, daß die Frauen den Tisch überschauen konnten.

»Zehn Mark hat sie gebracht, unsere Elisabeth! Ach, sie war eine gute Frau, zu schade für diese Welt. Ich hätte mich nicht von ihr trennen sollen. Sie hat es nicht verdient, sie gehörte zu den Treuesten.«

So jammerte er vor sich hin, aber sein Klagen stand in auffallendem Gegensatz zu der Heiterkeit, mit der er sich den Bauch vollschlug.

Die Frauen hatten eine grausame Methode erfunden, ihn aus der Fassung zu bringen. Sie schwiegen, bis er es nicht mehr ertragen konnte, bis ihm sogar der Appetit verging. Er sprang, nun schon einigermaßen gesättigt, reuevoll auf und schwor, es sei die letzte Treulosigkeit gewesen. Er werde sich von keiner mehr trennen. Elisabeth von Thüringen und nie wieder. Natürlich glaubten sie ihm nicht. Sie erinnerten ihn an Florence Nightingale, jenes sanfte, milde Geschöpf, das er für sage und schreibe dreißig Mark verkauft hatte.

Ärgerlich ließ er das Besteck fallen, denn wegen der Nightingale hatte er ein schlechtes Gewissen. Herrgott, damals hatte er sogar Rheinwein getrunken, eine ganze Flasche, und die Frauen waren außer sich gewesen, weil er im Übermut Schillerlocken in den Wein getunkt und genüßlich abgeleckt hatte.

»Wir Männer sind schwach«, entschuldigte Poluda den Fehltritt mit Florence Nightingale, die eigentlich unverkäuflich gewesen war, die er aber doch für den Bauch geopfert hatte und für die pure Wollust mit den Schillerlocken und dem Rheinwein.

Eine Woche später verkaufte er Käthe Kollwitz. Für einen schändlichen Preis. Als er heimkehrte, weigerten sich die Frauen zu lächeln, sogar Amalie Sieveking und Mona Lisa blickten abwesend durch ihn hindurch. Als er Bertha Pappenheim zu Korat tragen wollte, gab es eine kleine Revolution im Regal. In ihrer vornehmen Bläue war die Pappenheim die erhabenste unter seinen Frauen, streng, kostbar, unberührbar. Er stahl sie nachts, als die anderen schliefen, wagte es auch nicht, vor ihnen zu dinieren, sondern verschlang, was er für den Erlös der Pappenheim gekauft hatte, auf einer dreckigen Parkbank. Nach ihrem Verschwinden herrschte Ratlosigkeit. Poluda weinte um sie. Die Pappenheim habe soviel eingebracht, nun habe er für drei Wochen Ruhe, tröstete er die Frauen. Aber nach drei Wochen ging es weiter. Und dann wurden die zeitlichen Abstände immer geringer, weil Korat schlechte Preise machte und die Frauen so wenig einbrachten, daß es gerade für einmal Sattwerden reichte.

Schließlich kam der furchtbare Tag der Mona Lisa. Poluda hatte sie stets geschont, sie an den Rand des Buches geschoben, ohne daß die anderen es merkten. Er hielt sie für besonders wertvoll, außerdem liebte er sie. Ja, er hatte sich verliebt in die Frau mit den milden Farben, in das helle Braun ihrer Haut, das schwarze Haar vor dem grünen Hintergrund einer fremden Landschaft. Sie war die letzte. Als er das Buch aufschlug, kamen ihm die Tränen. Sie schaute ihn verwundert an, lächelte nicht. Er stammelte ein paar nichtssagende Entschuldigungen, aber sie prallten an ihrem überlegenen Blick ab. Es war entsetzlich still. Niemand protestierte, als er Mona Lisa in den Briefumschlag legte. Eine Stimmung wie im Krematorium. Er trug die letzte seiner Frauen zu Grabe, und er wagte nicht, an die Leere zu denken, die danach sein würde.

Wie immer wartete er, bis Korats Laden leer war. Mit einer ungewohnten Feierlichkeit trat er ein, verharrte schweigend vor der Glasplatte, zögerte, den Umschlag aus der Hand zu geben. »Na, was ist los mit dir?« brummte Korat und nahm ihm den Brief ab.

Danach verlief alles wie gewohnt. Korat schüttete den Inhalt auf die Glasplatte, beugte sich darüber, suchte erst die Pinzette, dann die Lupe. Aber er ging nicht zur Ladenkasse, sondern sagte: »Die Mona Lisa hat elf Millionen Auflage, sie ist nichts wert.« Er holte den Katalog, um Poluda den geringen Schätzpreis zu zeigen.

»Aber sie ist meine letzte«, beteuerte Poluda.

»Außerdem hat sie am oberen Rand einen leichten Knick«, mäkelte Korat an der Mona Lisa herum.

»Ich brauche nur ein paar Mark, um satt zu werden«, bat Poluda. »Erinnern Sie sich nicht mehr an die Zeit vor zehn Jahren, Korat? Da kam ich an jedem Lohntag zu Ihnen, um eine Marke zu kaufen. Sie müssen Frauen nehmen, haben Sie damals gesagt, Frauen sind die beste Kapitalanlage. Und jetzt soll eine Frau nicht reichen, um einmal satt zu werden!«

Korat ging nun doch zur Ladenkasse, holte ein Fünfmarkstück und ließ es über die Glasplatte rollen. Die Mona Lisa steckte er in den Umschlag.

»Sie ist wirklich nichts wert«, sagte er und gab sie Poluda. Erst als Poluda draußen war, begriff er die Ungeheuerlichkeit. Man hatte seine Mona Lisa verschmäht. Wie einen Bettler hatte man ihn abgefertigt. Bevor er zu den Lebensmittelläden ging, nahm er das Blättchen Papier aus dem Umschlag. Frierend lag Mona Lisa in seiner Hand, und er schwor ihr, sie nie mehr zu verlassen. Um keinen Preis wollte er sie hergeben. Als er ihr anvertraute, daß er sie, den Katalogen zum Trotz, für ungewöhnlich wertvoll halte, lächelte sie wieder. Ja, Mona Lisa lächelte.

# Verkehrte Welt

Liebevoll bemalte sie Kärtchen, rosa für die Mädchen, blau für die Jungen. Eine Blume links oben, in der Mitte die Namen. »Cindy laden wir nicht ein, Cindy ist laut und ungezogen.« Die bemalten Kärtchen legte sie auf die Fensterbank. »Wollen wir sie per Post verschicken oder austragen?« fragte die Frau den Rauhhaardackel, der neben ihr im Sessel döste. Sie holte Umschläge für die Kärtchen, und als sie wiederkam, sagte sie: »Du bist wohl ziemlich müde. Ein Spaziergang könnte dir nicht schaden. Du weißt doch, was der Onkel Doktor gesagt hat!« Der Rauhhaardackel sprang vom Sessel und lief in den Flur, während die Frau Namen auf die Umschläge schrieb. Susi, schrieb sie, und Alf und Boris und Janka. Und jedes Kärtchen versah sie mit dem Zusatz: U. A. w. g. Einige riefen noch am selben Abend an, bedankten sich für die Einladung und fragten, ob Verkleidung erwünscht sei. Nein, es solle eine gewöhnliche Party werden. Mit Kostümierungen habe sie schlechte Erfahrungen gemacht, sagte die Frau. Vor zwei Jahren auf der Faschingsparty habe es ein furchtbares Durcheinander gegeben. Schrecklich, dieses Konfetti auf dem Teppich! Jemand fragte, ob Cindy komme.

»Nein, Cindy ist unausstehlich, ich habe sie nicht eingeladen.«

»Unsere Susi hat richtig Angst vor der wilden Cindy«, sagte die Stimme am Telefon.

Am Vormittag richtete die Frau den Tisch in der großen Stube her, schmückte ihn mit Papierblumen und umstellte ihn mit kleinen Stühlchen. Auf jeden Stuhl legte sie ein weiches Kissen, an langen Winterabenden von ihr selbst genäht, mit guten Daunen gefüllt.

»Es sieht aus wie bei den sieben Zwergen!« rief sie dem Dackel zu, der ungeduldig auf der Fensterbank saß und Pappteller in Stücke riß.

Als der Tisch gedeckt war, brachte sie Vasen, Kristallschalen und Blumentöpfe in Sicherheit.

»Weißt du noch, wie Boris unsere gute Bodenvase umgerannt hat? Boris ist so ungestüm, aber im Innern ist er herzensgut.«

Noch war keiner der Gäste da, aber sie schaltete schon das Tonband mit Kinderliedern ein. »Kommt ein Vogel geflogen...« ließ sie spielen und »Wer hat die schönsten Schäfchen...«. Während die Musik spielte, stand sie hinter der Gardine und wartete auf die Ankunft der Gäste. Sie kamen alle pünktlich. Erwachsene begleiteten sie, weil es gefährlich war, die Kleinen allein über die Straße zu lassen. Janka trug eine Blume im Haar, und Susi hatte sich doch kostümiert. Oh, diese Susi! So jung und schon so eitel! Sie will immer die anderen ausstechen. Sie brachten kleine Sträuße für die Gastgeberin mit, Veilchen und Schneeglöckchen. Artig warteten die Kleinen im Flur, während die Frau die Kerzen auf der festlichen Tafel anzündete. »Die Kleinen müssen essen, solange sie noch artig sind. Wenn sie erst zu toben beginnen, ist es zu spät.«

Husch, husch, jeder auf sein Plätzchen!... Bitte, die Damen zuerst... Und nicht so drängeln.

Die Erwachsenen halfen den Kleinen auf die Stühle, zogen sich anschließend zurück und beobachteten die Gesellschaft durch die Glastür.

»Cindy habe ich nicht eingeladen. Auf der letzten Party hat sie den lieben Boris gebissen. Cindy ist einfach unausstehlich.«

Jemand hatte seinen Fotoapparat mitgebracht, um die Gesellschaft im Bild festzuhalten.

»Aber bitte nicht mit Blitzlicht!« meldete sich eine Stimme. »Janka ist nämlich so schreckhaft. Blitzlicht macht sie ganz nervös. Vor zwei Jahren mußte ich mit ihr zum Arzt, weil jemand pausenlos fotografiert hatte.«

Als das Essen kam, wurde es turbulent. Alf warf seinen Stuhl um, weil er als erster eine Wurst haben wollte. Ein Pappteller, zum Glück noch leer, rollte über den Teppichboden. Der Rauhhaardackel begann zu kläffen. Während die Kleinen Kekse knabberten und Wurst aßen, tranken die Erwachsenen ihren Kaffee, immer bereit einzugreifen, zu helfen und Streit zu schlichten. Sie sprachen über das, was sie bewegte. Daß es nun bald an der Zeit sei, mit den Kleinen zum Impfen zu gehen... Jemand behauptete, es schade der Haut, wenn man die Kleinen im Winter so häufig bade... Der Friseur sei für die Kleinen schon teurer als für die Erwachsenen... Und das schreckliche Salz auf den Fußwegen!

Nach dem Essen kam wie immer die Polonäse als Auftakt des ausgelassenen Teils. Dazu legte die Frau den Hochzeitsmarsch von Mendelssohn-Bartholdy auf.

Seid nicht so ungezogen!

Stellt euch in einer Reihe auf!

Susi immer die erste, typisch Susi!

Boris stürmte an der Reihe vorbei auf den Flur, die Meute folgte ihm.

»Es ist schade, daß wir keine Polonäse mehr zustande bringen«, klagte die Frau. »Wißt ihr noch, wie sie vor drei Jahren artig durch das Haus spaziert sind? Es liegt einzig und allein an Boris. Boris verführt die ganze Gesellschaft zur Toberei.«

Sie stellte Mendelssohn-Bartholdy ab. Für den ausgelassenen Teil legte sie die Schlager der zwanziger Jahre auf: »Püppchen, du bist mein Augenstern...« und »Was machst du mit dem Knie, lieber Hans...«.

Die Erwachsenen drängten zur Tür, reckten die Hälse, um zu sehen, wie die Kleinen auf dem Flur tobten.

»Sind sie nicht süß, unsere Lieben!«

Jemand warf Tennisbälle und Gummibeißringe in die Menge.

»Nur kein Konfetti!« bat die Frau. »Es läßt sich so schwer aus dem Teppich saugen.«

Wegen des Lärms hörten sie das Läuten an der Haustür nicht. Erst beim dritten Mal.

»Ob Cindy doch noch kommt?« fragte jemand.

»Cindy bringt es fertig, ohne Einladung zu kommen«, sagte die Frau. »Cindy ist unausstehlich.«

Sie eilte zur Haustür. Nein, es war nicht Cindy. Ein Mann stand da und wollte etwas verkaufen. Die Kleinen sprangen an ihm hoch, bellten ihn an. Verängstigt machte er sich davon. Die Frau lachte. Dann rief sie die Hunde ins Haus, denn die Party war noch lange nicht zu Ende.

# Ein Bote für Dobre Miasto

Der Mann hieß Christofzik und lief uns zu wie ein herrenloser Hund. Ja, so muß man es wohl sagen. Hund klingt vielleicht etwas hart, aber herrenlos trifft genau. Es gab Arbeitslose in Hülle und Fülle, aber als die Firma einen Boten suchte, der Konossemente austragen, Bankauszüge holen und eilige Briefe zum Postamt bringen sollte, meldete sich niemand. Ja, Ausländer, aber ein Bote muß wenigstens deutsch sprechen und sich in der Stadt auskennen.

Auf die dritte Anzeige im Lokalblatt erschien Nikolaus Christofzik. Schon der Vorname gab zu denken. Das Vorzimmer wollte ihn nicht ins Büro lassen, weil er eher einem Bettler als einem Boten glich. Und dann sein Alter.

»Bekommen Sie keine Rente?« fragte ich ihn, als er steif vor mir im Kunstledersessel saß, die Ellenbogen an den Körper gepreßt, die Schuhe ausgerichtet wie auf dem Appellplatz, sich große Mühe gebend, nicht die Rückenlehne und die seitlichen Armstützen zu berühren. Ich fragte ihn also, warum er keine Rente bekomme.

Aber natürlich bekäme er Rente. Sie sei zwar bescheiden, aber sie reiche für ihn. Trotzdem wolle er arbeiten.

»Also Langeweile?«

Christofzik schüttelte den Kopf. Nein, auch das sei es nicht.

»Aber irgendeinen Grund muß es doch geben, warum Sie in Ihrem Alter arbeiten wollen!«

Seine Hände griffen nun doch zur Sessellehne. Er suchte nach passenden Worten.

»Ach, wissen Sie, lieber Herr«, sprach er stockend, »wenn die Menschen das Wort Arbeit hören, denken sie noch wie früher, als man zwölf Stunden am Tag schuften mußte und sechs Tage in der Woche und nur sonntags zum Kirchgang frei bekam. Heute ist das anders. Heute ist Arbeit eine Gnade.« Das verschlug mir die Sprache. Ich hatte ihn nach ein paar freundlichen Worten davonschicken wollen. Aber nun ging es nicht mehr. Du bist ja ein kleiner Philosoph, Nikolaus Christofzik, dachte ich und blickte in seine Papiere.

»Wo liegt eigentlich dieses Guttstadt?«

»Früher war es Ostpreußen, heute ist es Polen«, sagte er mit jenem breiten, östlichen Akzent, der gemütlich und versöhnlich zugleich klingt.

Als ich ihn fragte, ob er noch Verwandte drüben habe, schüttelte er den Kopf. Er habe überhaupt keine Verwandten mehr, weder hier noch drüben. Dabei komme er aus einer großen Familie. Er sei am Leben, weil er in jenem unseligen Winter 1945 in der deutschen Wehrmacht gedient und nicht zu Hause gewesen sei.

»Sind Sie nach dem Krieg mal wieder dort gewesen?«

»Seit 1972 fahre ich Jahr für Jahr nach Guttstadt.«

»Sie arbeiten also, um Ihre Reisen zu finanzieren.« Endlich glaubte ich, eine vernünftige Erklärung gefunden zu haben. Nein, damit habe seine Arbeit nichts zu tun. Er denke nur, es sei gut zu arbeiten, solange der Mensch lebe.

»Wissen Sie, lieber Herr, wer zu arbeiten aufhört, schickt dem Sensenmann eine Einladung zum Kommen.«

Du bist wirklich ein seltsamer Heiliger, Christofzik! Willst dem Tod durch Arbeit davonlaufen, hast keine Zeit zum Sterben, weil unerledigte Arbeit herumliegt.

Zuletzt habe er Hefte für einen Lesezirkel ausgetragen, erklärte er. Vor zwei Jahren habe der Lesezirkel auf Autoauslieferung umgestellt. Er wollte den Führerschein machen, aber die Leute vom Lesezirkel meinten, es ginge nicht. Man könne einem Siebzigjährigen keinen Firmenwagen anvertrauen.

»Botengänge in der Stadt sind auch kein Vergnügen für einen alten Mann«, gab ich zu bedenken und erzählte ihm vom feuchten Novemberwetter und der Eisglätte im Winter. »Haben Sie wenigstens ein Fahrrad?«

Christofzik behauptete, ein Stadtbote sei am schnellsten zu Fuß. Das habe er in vielen Jahren ausprobiert. In den Außenbezirken käme man mit Fahrrädern besser zurecht, und auf dem platten Lande sei ein Auto nicht zu schlagen, aber in der Innenstadt verlasse er sich auf Schusters Rappen. Er bot mir eine Wette an. Eine Woche lang wollte er ohne Lohn probeweise als Bote arbeiten und mir beweisen, wie pünktlich und zuverlässig ein Fußgängerbote sei. Das geht nicht, dachte ich. Wenn der Kerl auf der Straße zusammenbricht, steht nachher in der Zeitung, ein renommiertes Handelshaus habe sich unterstanden, einen alten Mann auszubeuten.

»Eine Woche nur«, bettelte er.

Ich nahm ihm das Versprechen ab, wie ein normaler Spaziergänger zu gehen. Nicht im Dauerlauf und nicht bei Rot über die Straße. Er fragte nicht mal nach der Arbeitszeit. Als ich ihm sagte, er bekäme in der Probewoche acht Mark je Stunde, lächelte er nur, als sei Lohn eine unwichtige Nebensächlichkeit.

Später merkte ich, daß er mit dem Alter gemogelt hatte. Vierundsiebzig hatte er gesagt, aber die Papiere bewiesen, daß er in zehn Tagen fünfundsiebzig wurde. Einen fünfundsiebzigjährigen Boten! So etwas hatte es in unserer Firmengeschichte noch nie gegeben.

Die Damen im Vorzimmer bat er gleich am ersten Tag um eine Gefälligkeit. Falls die Firma ihm mal einen Brief schicke – es könnte ja sein –, solle man es ihm bitte sagen. Er wisse dann, daß er in den Briefkasten zu sehen habe. Sonst kümmere er sich nämlich überhaupt nicht um den Briefkasten, nur wenn er Post erwarte, zum Beispiel die Stromrechnung oder die Steuerkarte.

Wegen der Post gab es die erste Panne. Es ist in unserer Firma üblich, den Mitarbeitern zum Geburtstag eine Glückwunschkarte zu schicken, eine routinemäßige Aufmerksamkeit, die der Computer auswirft. So bekam auch Christofzik zum 75. Geburtstag eine Karte. Es war ihm furchtbar unangenehm, daß er den Glückwunsch erst sieben Tage später im Briefkasten entdeckte. So konnte er sich nicht sofort bedanken. Die Damen im Vorzimmer sagten ihm, es sei nicht so schlimm, aber er bestand darauf, in mein Büro zu kommen und sich dieser Nachlässigkeit wegen zu entschuldigen. Er hatte Angst, ich würde sagen, als Fünfundsiebzigjähriger gehöre er auf eine Bank im Park und nicht mit der Botentasche unter dem Arm in den Straßenverkehr. Aber ich brachte es nicht fertig.

Schäfer von der Materialverwaltung hat ihn einmal bei der Arbeit beobachtet, seitdem glaubt auch er an die Überlegenheit der Fußgänger im Innenstadtverkehr. Nicht, daß Christofzik gerannt sei, nur ein zügiges Marschtempo habe er eingeschlagen. Umsichtig habe er die Grünphasen der Ampeln studiert, den Weg so gewählt, daß er nie bei Rot habe warten müssen. Keine Mühe wegen eines Parkplatzes. Keine Sorgen um das Anketten und Luftaufpumpen eines Fahrrades. Christofzik sei immer gleich da gewesen.

Nach einem Vierteljahr sah ich ihn in der Pförtnerloge sitzen und auf besseres Wetter warten. Es goß wie aus Eimern. Christofzik hatte längst Feierabend, aber das Wetter ließ ihn nicht nach Hause.

»Ich nehme Sie mit im Auto«, sagte ich.

Er wollte nicht. Er sei Regen gewohnt. Außerdem habe er keine Eile. Das Unwetter werde aufhören. Er könne warten. Er habe viel Zeit.

Ich bestand darauf, ihn nach Hause zu fahren. Unsicher stieg er in mein Auto, sprach kein Wort, bis wir seine Straße erreichten. Er bat mich anzuhalten. Die letzten fünfzig Meter wolle er laufen.

»Sind wir so weit gefahren, bringe ich Sie auch vor die Tür«, sagte ich und bog in seine Straße.

Da stand er nun unter einem grauen Regenschirm und bedankte sich überschwenglich. Irgend etwas bewegte ihn. Er hielt es wohl für ein Gebot des Anstandes, mich zu fragen, ob ich in seine Wohnung kommen und einen Kaffee trinken wolle. Er fragte mit zusammengekniffenen Augen voller Hoffnung, ich würde dankend ablehnen.

Zu jedem anderen hätte ich nein gesagt, aber nicht zu Christofzik. Ich wollte sehen, wie dieser wunderliche Mensch lebte. Er erschrak heftig, als ich ausstieg und mit ihm in der Tür des alten Mietshauses verschwand. Er beteuerte, wie unaufgeräumt seine Wohnung sei. Schließlich komme ich unangemeldet. Es wäre doch besser, wenn ich ihn ein andermal besuchte. Außerdem wohne er sechs Treppen hoch in einer Mansardenwohnung.

Als ich seine Bude mit den schrägen Wänden betrat, glaubte ich, im Lagerraum eines Paketpostamtes zu sein. Verschnürte Pakete stauten sich auf der Fensterbank und verdunkelten die Stube. Anschriftenzettel lagen herum. Eine Rolle Bindfaden hing, halb abgespult, am Kleiderhaken. Packpapier bedeckte den Fußboden. Ein Topf mit Kleister stand auf der Fensterbank. »Ich habe es Ihnen ja gesagt«, entschuldigte sich Christofzik. Mein Blick fiel auf die Anschriften der versandfertigen Pakete. Polnische Namen. Darunter immer dieselbe Ortsbezeichnung: Dobre Miasto.

»Was ist das für ein Ort?«

»So heißt Guttstadt heute.«

»Ich denke, Sie haben keine Verwandten drüben.«

»Das sind keine Verwandten«, erwiderte Christofzik feierlich. »Es sind Menschen, denen ich dort begegnet bin und die freundlich zu mir waren. Auch viele Kinder.«

Auf einer Anrichte lagen Dutzende von Schokoladentafeln, daneben Berge aus Kaugummi.

»Als sie in Guttstadt die Kirche reparieren wollten, habe ich Nägelchen rübergeschickt.«

»Sie spielen also den reichen Onkel aus dem Westen«, lachte ich.

»Spielen ist nicht der richtige Ausdruck«, antwortete Christofzik ernst. »Ich bin der reiche Onkel.«

Inzwischen weiß ich, wie die Geschichte ausgegangen ist. Im letzten Sommer ist Nikolaus Christofzik wieder nach Dobre Miasto oder, wenn du willst, nach Guttstadt gefahren. Reich bepackt mit Geschenken. Dort ist er gestorben an einem Freitagabend um halb neun im sechsundsiebzigsten Jahr. Und die Bürger der Stadt haben ihm ein großes Geleit gegeben und ihn zur Ruhe gebettet auf dem Friedhof von Dobre Miasto oder, wenn du willst, Guttstadt... Es ist noch immer dieselbe Erde.

# Wie Königsberg im Winter

Herbert verstand seinen Vater nicht mehr. Weihnachten hatte er ihm geschrieben, er solle nach Hause kommen. Nur besuchsweise, bis drüben Ruhe eingekehrt sei. Aber Vater dachte nicht daran. Am Neujahrstag telefonierten sie zuletzt. »Ich muß die Stellung halten«, sagte Vater am Neujahrstag. Seitdem gab es kein Durchkommen mehr.
Die Stellung halten, das kam ihm bekannt vor; wo solche Sätze gesprochen werden, bleiben meistens Gräberfelder zurück.
»Bachtiar soll verschwunden sein«, sagte Ira. »Es kam durch die Mittagsnachrichten.«
Zu Jahresbeginn war der Flughafen noch frei. Niemand hätte Vater daran gehindert auszureisen. Aber der hatte nur gelacht.
»Was kann einem alten Mann schon passieren?« sagte Vater am Neujahrstag.
Alter Mann war richtig. Sein Vater gehörte in den Kurpark von Baden-Baden oder in die Schweizer Berge oder auf eine südliche Insel. Aber nein, er mußte die Stellung halten. Am 5. Januar war sein Büro noch zu erreichen gewesen, seitdem auch dort kein Anschluß mehr.
»Wir sollten die Tagesschau einschalten«, schlug Ira vor. »Vielleicht gibt es etwas Neues.«
Vater sah die Dinge zu optimistisch, nein, optimistisch war nicht der richtige Ausdruck. Er sah überhaupt keine Gefahren mehr. Er hatte ein herrliches Alibi. Um Politik kümmere er

112

sich nicht, um ausländische Politik schon gar nicht. Er gehe seinen Geschäften nach, habe niemand betrogen oder bestohlen. Das müsse reichen, verdammt noch mal, um mit heiler Haut die Wirren einer Revolution zu überstehen. Ja, so dachte sein Vater.

»Vielleicht ist es wirklich halb so schlimm«, meinte Ira. »Das Fernsehen zeigt immer die schrecklichsten Bilder. Möglicherweise ist im Ausländerviertel kein einziger Schuß gefallen.«

Was ging in einem alten Mann wie seinem Vater vor? Er saß da in seiner geräumigen Wohnung, den Fußboden ausgelegt mit kostbaren Teppichen, die Wände behängt mit kostbaren Teppichen. Er brütete an den Abenden über seinem Schachbrett, ließ sich von der armenischen Haushälterin schwarzen Tee servieren, während draußen die Revolution tobte. Ja, wenn er keine Angehörigen hätte! Aber er besaß einen Sohn, eine Schwiegertochter und zwei Enkelkinder. Er hatte noch fünf bis sechs Jahre zu leben, vielleicht sogar zehn, wenn nichts Ungewöhnliches dazwischenkam. Außerdem wurde Vater gebraucht. Einer muß doch mit den Kleinen in den Anlagen spazierengehen und Eistüten kaufen, wie Großväter das manchmal tun.

»Als Susanne getauft wurde, war er zuletzt bei uns«, sagte Ira.

»Vier Jahre ist das her.«

»Damals brachte mir Vater einen Teppich mit.«

»Erinnerst du dich an den Abend, als Vater Teppichgeschichten erzählte?«

Ja, Vater und die Teppiche. Von jedem wußte er, wann und wo er ihn gekauft hatte. Auf einem Markt in Kurdistan, an der afghanischen Grenze oder im Hochland am Kaspischen Meer. Einen Teppich bekam er nur im Tausch gegen einen Sattel. Stell dir das mal vor! Du willst einen Teppich kaufen, aber der Händler nimmt kein Geld, der kennt weder Dollar noch Deutsche Mark, das einheimische Papier ist ihm ohnehin verdächtig. Er will weiter nichts als einen ordentlichen Pferdesattel. Und das passiert hinter Täbris in einem Bergdorf, zwei Tagesreisen von der Zivilisation entfernt. Aber du mußt den Teppich haben, weil er ein Schmuckstück ist. Also fährst du zurück nach Täbris, um einen Sattel zu erstehen. Kommst nach zwei Tagen wieder, und der Mann sitzt da geduldig mit dem Teppich am Straßenrand. Allah ist groß, sagt er, und Allah hat viel Zeit und viele Teppiche.

»Ich werde morgen im Auswärtigen Amt anrufen«, erklärte Ira. »Die wissen bestimmt mehr.«

Wenn Vater ein Teppich gefiel, bekam er ihn auch. Für Geld und gute Worte, für Reitsättel, Austauschmotoren oder Medizin. Nur einen bekam er nicht. Das war die Geschichte von dem Kameltreiber aus Schiras, der einen uralten Teppich nur im Tausch gegen eine junge Frau hergeben wollte. Auf meine alten Tage kann ich doch nicht anfangen, mit Frauen zu handeln, hatte Vater gesagt.

Zwanzig Jahre lebte er drüben. Als Mutter starb, ließ er sich ins Ausland versetzen. Er reiste viel. Dabei packte ihn das Teppichfieber. Auf entlegenen Basaren gab es in Vaters ersten Jahren drüben noch Teppiche für ein bescheidenes Trinkgeld. Er hat sie zusammengetragen und sich gefreut wie ein Briefmarkensammler. Einmal hat er einen deutschen Teppichhändler, der geschäftlich in Teheran war, in seine Wohnung eingeladen. Der Mann soll sich stumm in eine Ecke gesetzt und die Hände vors Gesicht geschlagen haben. Auf zwei Millionen Mark hat er die Teppiche geschätzt, und das lag über vier Jahre zurück.

»Vielleicht hängt er zu sehr an den Teppichen«, sagte Ira. »Er kann sie nicht einfach unter den Arm nehmen und nach Deutschland tragen. Sie lassen ihn mit den kostbaren Teppichen nicht raus, hier bekäme er sie nicht zollfrei über die Grenze. Er hätte die Teppiche damals nicht schätzen lassen sollen. Seit er weiß, welche Werte in seiner Wohnung liegen, ist er nicht mehr frei. Er kann die kostbaren Stücke nicht den

revolutionären Garden überlassen. Die Vorstellung, sie könnten auf seinen Teppichen kampieren und ihre schmutzigen Gewehre reinigen, bringt ihn um.«
Herbert schüttelte den Kopf. Nein, so war Vater nicht. Vater war ein gescheiter Mann, der sich nichts vormachte.
»Da siehst du mal, wie relativ materielle Werte sind«, meinte Ira.»Wenn die Revolution das Ausländerviertel erfaßt, wenn es die ersten Brände und Toten gibt, reichen die kostbaren Teppiche nicht einmal für ein Flugticket nach Frankfurt.«
Vater hatte Herbert erzählt, wie jämmerlich die Großeltern umgekommen sind. Das muß im Winter 1945 gewesen sein. Die Großeltern besaßen ein Ausflugslokal am Stadtrand von Königsberg. Im großen Saal hingen an die hundert Geweihe, einen regelrechten Wald von Geweihen gab es da. Der Großvater hatte die prächtigen Stücke im Laufe seines Lebens zusammengetragen. Als der Krieg kam, weigerten sich die alten Leute, ihre Anwesen im Stich zu lassen. Sie gaben es nicht zu, aber es lag an den Geweihen. Einer muß doch die Stellung halten, sagte der Großvater damals. Und beide sind umgekommen. Großvater wurde inmitten seiner Geweihe erschossen, Großmutter verhungerte ein paar Monate später, weil von Geweihen niemand satt werden kann.
Vater hatte ihm die Geschichte vom Tod der Großeltern erzählt, weil er sie für lehrreich hielt. Klammert euch nicht so sehr an die materiellen Werte, pflegte er zu sagen. Sie sind nützlich, aber sie sind nicht das Letzte. Wenn es ernst wird, muß der Mensch sie lächelnd verschenken können. Aber nun wiederholt sich die gleiche Geschichte. Ich muß die Stellung halten, sagt wieder einer und meint diesmal nicht Hirschgeweihe, sondern Teppiche aus dem persischen Hochland im Werte von zwei Millionen Mark.
»Vielleicht liegt es am Alter«, sagte Ira.»Im Alter gewinnen die materiellen Werte ein größeres Gewicht, sind oft das einzige, was den Menschen bleibt. Sie sehen kein langes Leben mehr

vor sich. Lohnt es sich, alles aufzugeben, was dir am Herzen liegt, nur um ein paar Jahre ungewissen Lebens zu retten? Wer weiß, wie wir denken, wenn wir alt sind. Vielleicht kommt dann auch einer und sagt, ihr müßt das Haus verlassen, euch in Sicherheit bringen, das Leben retten, was man so sagt in unruhigen Zeiten. Und was wirst du ihm antworten? Ach, so schlimm wird es nicht kommen. Wo sollen wir denn hin? Wir haben nur dieses Haus, in das wir viel hineingesteckt, dessen Wände wir mit eigenen Händen hochgezogen haben, an dem wir jeden Ziegel kennen. Nun sollen wir es verlassen für weiter nichts als das Leben...«

Ira brach ab, weil das Telefon schrillte.

Die Anmeldung Teheran. Vaters Stimme so deutlich, als säße er im Nebenzimmer.

»In Teheran hat es geschneit«, sagte er. »Weißt du, woran die Stadt mich erinnert? An Königsberg im Winter.«

»Du solltest zu uns kommen, Vater.«

»Seit einer Woche habe ich Kreuzschmerzen, aber sonst geht es mir gut. Ich fahre noch jeden Morgen mit dem Taxi ins Büro, nur einmal mußte ich zu Fuß gehen, weil mein Taxi im Verkehrsstau einer Massenkundgebung steckenblieb.«

Vater lachte.

»Ira und die Kinder würden sich freuen. Du machst Urlaub bei uns, bis in Teheran wieder Ruhe herrscht.«

»Nein, nein, mein Lieber, einer muß doch die Stellung halten. Nur nicht den Kopf verlieren wie jener amerikanische Geschäftsmann, der gestern Hals über Kopf seinen Laden auflöste und nach Amerika flog. Er hat seinen Besitz fast verschenkt. Weißt du, was ich von ihm gekauft habe? Einen wunderbaren Teppich aus Schiras.«

»Wegen deiner Kreuzschmerzen solltest du zu einem deutschen Spezialisten kommen, Vater.«

»In der nächsten Woche reist ein Diplomat nach Deutschland. Ihm werde ich einen kleinen Teppich mitgeben. Ira hat doch bald Geburtstag. Du kannst Ira die sonderbare Geschichte des kleinen Teppichs erzählen. Es ist schon zehn Jahre her, da fuhr ich im Sommer ans Kaspische Meer. Unterwegs traf ich einen halbwüchsigen Jungen am Straßenrand. Der hielt den vorbeifahrenden Autos einen Teppich hin, ein einziges Stück nur. Ich hielt an und fragte ihn, ob der Teppich gestohlen sei. In diesem Augenblick kam ein Mann aus dem Wald gerannt, fuchtelte mit einer Flinte herum, einem altertümlichen Gewehr aus dem vorigen Jahrhundert...«

»Die Verbindung mit Teheran ist unterbrochen«, sagte die Stimme vom Amt.

»Selten habe ich Vater in so heiterer Stimmung erlebt. Er hat am Telefon gelacht, jawohl, er hat laut gelacht. Eine Stadt versinkt in Aufruhr und Revolution, täglich zählen sie die Toten, aber Vater erzählt lustige Geschichten von einem Jungen, der in den Bergen am Kaspischen Meer einen gestohlenen Teppich verkaufen wollte. Er wird dir einen kleinen Teppich zum Geburtstag schicken, Ira.«

»Vielleicht muß man so leben, um überhaupt zu leben.«

»Weißt du, was er gesagt hat? In Teheran sei Schnee gefallen, hat er gesagt. Die Stadt erinnere ihn an Königsberg im Winter.«

# Auch in Polen nicht verloren

Vor allem brauchst du ein ordentliches Auto. Masuren ist ja ein schönes Stück Erde, aber wer mit Motorschaden liegen bleibt, ist verloren. Pferdefuhrwerke werden dich abschleppen, wenn sie Zeit haben. Es wird Tage dauern, bis du eine Werkstatt von innen siehst. Und dann die Ersatzteile! Woher sie nehmen in diesem Land der Störche und Fischreiher? Du wirst Postkarten nach Wolfsburg schreiben müssen, damit sie dir ein Stückchen Eisen per Expreß schicken. Bis die Sendung ankommt, wirst du viel Zeit haben für masurische Spaziergänge um Seen und Poggenteiche, und Blaubeeren kannst du suchen und Pilze so groß wie Kinderköpfe.

Mit solchen Sprüchen wurde Kretschmer verabschiedet, als ginge es zu den Quellflüssen des Amazonas und nicht in ein mitteleuropäisches Land. Als er in Danzig vom Schiff fuhr, hatte er die Sprüche längst vergessen. Bei der Fahrt durch Allenstein fielen sie ihm wieder ein, aber nur, um darüber zu lächeln. Er sah nämlich eine geräumige Autowerkstatt, die das Markenzeichen seines Wagens trug, und die Werkstatt war sogar hell erleuchtet.

Danach kam Kretschmer ins masurische Herz, in dem die Autowerkstätten dünn gesät waren. Er quartierte sich auf einem Campingplatz nahe dem Schwenzaitsee ein und wollte gerade zu einer ersten Rundfahrt aufbrechen, als es geschah. Der Wagen rollte aus, der Motor lief, heulte gehorsam auf, als

Kretschmer das Gaspedal trat, aber die Räder weigerten sich zu tun, was in der Natur von Rädern liegt. Glücklicherweise traf es ihn nicht in einem verschwiegenen masurischen Wald, sondern in der Stadt Angerburg, genauer gesagt am Ausgang der Stadt nach Nordwesten zu. Als das Auto stand, heulten die Kinder auf dem Rücksitz los. Die Frau blickte Kretschmer an, als wollte sie sagen: Na, siehst du, wer nach Masuren fährt, braucht wenigstens ein ordentliches Auto.»Dabei hatte ich den Wagen zur Inspektion«, schimpfte Kretschmer und gab noch einmal Gas. Draußen blieben die Passanten stehen. Schulkinder umringten das Auto. Ein alter Mann winkte vom Gehweg her mit der Krücke, zeigte zum Ende der Straße, als sei dort Rettung zu erwarten. Frauen ließen ihre Einkaufsnetze liegen und halfen mit, das Auto über das unebene Pflaster zu schieben. Es ging am alten Bahnhof vorbei und dann zur linken Hand auf eine Bretterbude zu, die auf freiem Acker stand und so baufällig aussah, als sei sie schon 1945 im Wehrmachtsbericht erwähnt worden. Vor der Bude ausgeschlachtete Autos, Berge rostenden Blechs. Um Gottes willen, dachte Kretschmer, du suchst eine Werkstatt und keinen Schrotthändler.

Die Helfer bildeten einen Kreis. Sie blickten zur Tür der Bretterbude, warteten auf das Erscheinen des Meisters, aber die Tür blieb geschlossen. Zwei Kinder liefen zur Bahnhofsgastwirtschaft, um dem Meister zu melden, daß Kundschaft da sei. Nach einer halben Stunde kam er, ein fröhlicher Mann, der gleich einstieg, startete, hin- und herschaltete, aber auch nichts bewegen konnte. Er werde sich das Auto von innen ansehen, versprach er. Aber erst am späten Nachmittag, denn alles brauche seine Zeit und in Masuren sowieso.

Ein rundlicher Mann drängte sich vor, sagte, er heiße Stanislaus und besitze ein kleines Wägelchen. Damit könne er Kretschmer zum Campingplatz fahren, weil es lange dauere bis zum späten Nachmittag und die Kinder immer noch weinten. Stanislaus war stolz auf seinen Miniskoda, besaß auch allen Anlaß dazu, denn das Wägelchen fuhr wenigstens. Unterwegs erzählte er, daß er Angestellter der Stadtverwaltung sei und gerade Sommerurlaub habe. Stanislaus hatte viel Zeit.

Nachmittags kam der Meister auf den Campingplatz, von Stanislaus begleitet. Beide schritten ernsten Gesichts auf Kretschmer zu. Der Meister hielt ein rundliches Stück Eisen in der Hand. Stanislaus tippte auf die abgeschliffene Oberfläche und übersetzte. An dieser Stelle müsse einmal ein Zahnkranz gewesen sein, der die Kraft des Motors auf die Hinterräder übertragen habe. Nun sei da nur noch blankes Eisen.

»Nix Kraft! Nix fahren!«

Der Meister drückte Kretschmer das Eisenstück in die Hand. Der erschrak über das Gewicht und fragte, wo er so etwas kaufen könne.

»Vielleicht in Warschau, vielleicht auch nicht«, spekulierte Stanislaus mit zusammengekniffenen Augen.

Lieber Himmel, dachte Kretschmer, Warschau, das liegt ja an die dreihundert Kilometer von Masuren entfernt.

Der Meister holte einen zerknitterten Zettel aus der Brusttasche, ein Blatt aus einer alten deutschen Autozeitung. Der größte aller deutschen Automobilclubs gab da bekannt, daß sich in Warschau in der Ulica Marszalkowska ein Ersatzteillager für deutsche Wagen befinde.

»Wenn du willst, fahre ich mit dir nach Warschau«, schlug Stanislaus vor und zeigte auf den Miniskoda, der unter den Kiefern wartete. »Am besten gleich morgen, wenn die Sonne aufgeht. Ich habe noch zwei Tage Urlaub, ich habe viel Zeit.«

Als Kretschmer morgens mit dem Eisenstück in der Plastiktüte aus dem Zelt kroch, sah er den Skoda schon vor dem Schlagbaum stehen. Stanislaus daneben auf einem Baumstumpf, die erste Morgenzigarette rauchend. Auf dem Rücksitz des Wagens entdeckte Kretschmer eine Frau.

»Meine Jescha ist fünfunddreißig Jahre alt und hat Warschau noch nicht gesehen«, erklärte Stanislaus lachend. »Das trifft sich gut, habe ich zu ihr gesagt. Du kommst mit nach Warschau, wenn wir das Eisenstück holen.« Die Frau lächelte scheu. Sie trug ein schwarzes Kleid, war überhaupt schwarz von oben bis unten, als werde sie auf einer Beerdigung erwartet. Nur die Lippen leuchteten knallrot, was nicht zu ihr paßte, aber wohl so sein mußte, weil Jescha zum erstenmal nach Warschau fuhr. Im Innern des Wagens roch es nicht mehr wie gestern nach Benzin, sondern nach schwerem, Kopfweh bereitendem Parfum.

Auch er kenne sich in Warschau nicht aus, erklärte Stanislaus, als sie auf menschenleerer Straße südwärts in den masurischen Morgen fuhren. Er habe einmal seinen Großvater nach Warschau begleitet, aber damals sei er ein Kind und die Stadt zerstört gewesen. Seitdem kenne er Warschau nur vom Fernsehen her.

Deutlich erkennbar die frühere Grenze Ostpreußens zu Polen. Auf der nördlichen Seite Steinhäuser, im Süden Holz. Malerische Rückständigkeit. Alte Frauen hüteten am Straßenrand Ziegen. Barfüßige Kinder boten den Autofahrern Pilze an. Stanislaus umkurvte Pferdefuhrwerke und Traktoren, mußte die Straße teilen mit Hunden, Katzen, Enten und Hühnern und sang zu allem fröhliche Lieder, deren Texte Kretschmer nicht verstand.

Ach, es hätte eine unterhaltsame Reise in eine fremde, vergangene Welt sein können, wäre nicht das verdammte Stück Eisen gewesen, das in der Plastiktüte lag und Kretschmers Füße drückte.

»Du brauchst keine Angst zu haben, es wird alles gut werden«, beruhigte ihn Stanislaus. Doch als die Türme Warschaus auftauchten, verschlug es auch Stanislaus die Sprache, und seine Jescha hielt, wenn sie eingekeilt in Dreierreihe vor einer Ampel standen, ängstlich die Hände vors Gesicht. Kaum hatten sie die

Vorstadt Praga erreicht, schlug Stanislaus vor, das Auto stehenzulassen und mit dem Taxi weiterzufahren. Das ging tatsächlich schneller. Nach einer Viertelstunde überquerten sie die Weichsel und hielten vor der angegebenen Adresse in der Ulica Marszalkowska. Erwartungsvoll packte Kretschmer sein Eisenstück, Stanislaus begleitete ihn. Sie fanden einen Buchladen, daneben einen Kiosk für Zigaretten und Pfeifentabak und einen Friseur, der vor seinem Geschäft saß und auf Kunden wartete. Der erklärte ihnen, daß es früher in dieser Gegend tatsächlich ein Ersatzteillager gegeben habe, aber das sei lange her. Jetzt fände man Ersatzteile draußen am Stadtrand Richtung Zielonka.

Also weiter mit dem Taxi stadtauswärts. Ein Industriegebiet. Mittendrin ein Gelände mit verdächtig langen Holzbaracken, die so aussahen wie die Trockenscheunen der Ziegeleien. Auf jeder Baracke prangte – ja, das war der richtige Ausdruck –, prangte also das Markenzeichen eines ausländischen Autofabrikats, hell angestrahlt und bedächtig rotierend. Hier bist du richtig, dachte Kretschmer. Als er die Baracke für sein Auto gefunden hatte, fuhr ihm der Schreck in die Glieder. Da wartete eine zwanzig Meter lange Menschenschlange vor einem Schiebefenster der hinteren Barackenwand. Ab und zu öffnete sich das Fenster, ein unsichtbarer Mensch reichte Scheibenwischer, Zierleisten, Biluxbirnen und Innenspiegel ins Freie. Stanislaus griff in die Plastiktüte. Mit beiden Händen trug er das Eisenstück an den Kopf der Schlange, präsentierte es so, wie die Bedienung eine Torte vorzeigt, bevor sie angeschnitten und ramponiert wird. Ob es Ersatzteile dieser Art überhaupt gebe, wollte er wissen. Wenn nicht, könne man sich ja das Warten ersparen.

Hinter dem Schiebefenster tauchte ein Gesicht auf. Griesgrämig und traurig. Nein, so etwas gebe es nicht, sagte die dazugehörige Stimme. Das sei ja fast ein halbes Auto. Soviel Eisen.

Die Wartenden drängten sich um sie, betrachteten neugierig das Eisen. Jeder wollte es anfassen. Sie redeten und gestikulierten durcheinander. Einer erwog, ob es wohl möglich sei, mit einer ordentlichen Feile und ein bißchen Geduld neue Zähne in das Eisenstück zu schneiden, damit die Kraft des Motors wieder zupacken könne. Im Süden der Stadt soll es eine Spezialwerkstatt geben. Gleich hinter einem kleinen Theater. Einer erzählte von einem Freund, der Autoersatzteile sammele wie andere Leute Briefmarken, vorzugsweise von ausländischen Modellen. Aber der wohne nach Nowy Dwor raus. Auch wisse er nicht, ob der Freund jetzt zu Hause sei. Wenn Kretschmer es wünsche, werde er ihn anrufen. Aber vor achtzehn Uhr abends sei das nicht möglich. Ein anderer schlug vor, zur deutschen Botschaft zu fahren. Die hätten bestimmt eine Liste jener Werkstätten, die etwas von deutschen Automobilen verstünden.

Als sie ins Taxi stiegen, sah Kretschmer, daß die Frau nasse Augen hatte. Die ist mitgekommen, um sich das schöne Warschau anzusehen, dachte er, nun klappert sie mit uns Werkstätten und Ersatzteillager ab.

Eine halbe Stunde Fahrzeit, und sie standen vor der Spezialwerkstatt hinter dem kleinen Theater, wie der Mann es gesagt hatte. Kretschmer traute seinen Augen nicht. Mitten in der Millionenstadt Warschau gab es eine Werkstatt mit dem Servicezeichen seines Autos. Wie zu Hause. Monteure im blauen Overall liefen umher. Ein schönes, blankes Auto, das gleiche Modell, das Kretschmer lahm und unbrauchbar vor der Bretterbude in Angerburg zurückgelassen hatte, kam gerade aus der Wäsche. Erleichtert nahm er die Plastiktüte, legte sie auf den Tisch der Werkstatt und beobachtete den Mann, der geschäftig mit Papieren hantierte. Eben hatte er noch lustig vor sich hingepfiffen, aber als er das Eisen sah, erstarb jeder Ton. Der Mann schnitt ein Gesicht, als läge eine Bombe auf seinem Schreibtisch, und es dauerte eine Weile, bis er sich zu einem mißmutigen Kopfschütteln durchrang. Er sei mit Ersatzteilen gut bestückt, aber so etwas, nein, das komme nur selten vor. Er werde in Wolfsburg anfragen. Wenn Kretschmer es eilig habe, solle er mal in der Ulica Swietokrzyska vorsprechen. Da soll es eine Werkstatt geben, die mit gebrauchten ausländischen Autos handelt.

Es war Mittagszeit, aber Kretschmer verspürte keinen Hunger. Ihm tat die Frau leid, die auf dem Rücksitz kauerte und traurig lächelte. Sie wird an ein freundliches Café in der Innenstadt gedacht haben, an Schaufensterbummel und Einkäufe, und nun waren sie mit diesem Eisen unterwegs, das immer schwerer wurde, je länger Kretschmer es mit sich herumschleppte. Er sollte es in der Weichsel versenken, dieses verdammte Eisen!

Stanislaus legte die Hand auf Kretschmers Schulter.

»Es wird gut ausgehen«, tröstete er ihn. »In Polen findet jeder, was er braucht. Polen ist ein großer Schuttabladeplatz, da fehlt es an nichts, du mußt es nur finden.«

Also fuhren sie in die Ulica Swietokrzyska. Ein junger Bursche puzzelte allein an einem Kugellager herum, der Meister war zu Tisch. Während sie auf ihn warteten, ging Stanislaus nun endlich mit seiner Frau in Warschau spazieren, das heißt, er wanderte eingehakt mit ihr vor der Werkstatt auf und ab. Der Taxifahrer las Zeitung. Kretschmer saß verzweifelt auf dem Eisenstück. Halb zwei Uhr nachmittags. Bis Angerburg waren es dreihundert Kilometer. Gegen neun Uhr geht in Masuren die Sonne unter. Wegen des verdammten Eisens wirst du eine Nacht in Warschau zubringen müssen, dachte Kretschmer.

Nach einer Viertelstunde kam der Meister, warf einen besorgten Blick in die Plastiktüte, rührte das Eisen nicht einmal an. Nein, damit könne er nicht dienen. Er brauche gar nicht nachzusehen. Aber er kenne einen Mechaniker außerhalb der Stadt Richtung Piastow, der schrottreife ausländische Autos zerlege und brauchbare Reste verwerte. Schon zeichnete er den Weg auf ein schmutziges Stück Papier, und der Taxifahrer schlug die Hände über dem Kopf zusammen, weil das dreißig Kilometer entfernt lag, und Jescha weinte wieder ein bißchen.

Als sie im Taxi saßen, fing Stanislaus an, lustige Lieder zu pfeifen. Seine Jescha wickelte Brote aus und pellte Eier ab.

»Wenigstens essen mußt du«, sagte Stanislaus zu Kretschmer.

Hinter ihnen tauchte die Stadt in ihre eigene Dunstglocke. Industriewerke rechts und links der Straße. Bald mehr Getreidefelder als Industrie, und wieder Hühner, Enten und Gänse auf der Fahrbahn und ein Taxifahrer, der vor jeder Kurve fluchte. Weiß Gott, das war keine Gegend für Autoersatzteile.

»Wenn wir hier weiterfahren, kommen wir nach Lodz«, sagte Stanislaus.

Aber das Taxi bog in einen Schlammweg. Im Schrittempo ging es durch Kuhlen. Als ein Traktor von vorn kam und der Taxifahrer an den Grabenrand ausweichen mußte, fluchte er lauter als bei allen Enten und Gänsen. Jescha wurde sogar rot.

Kartoffelfelder und Rüben. Keine Spur mehr von der großen Stadt. Es roch längst nicht mehr nach dem Parfum der Frau, sondern nach guter, fruchtbarer Jauche.

Jescha warf die Eierschalen in den Graben.

Sie fragte Kretschmer, ob er einen Apfel essen möchte.

Die Federung schlug durch.

Der Taxifahrer hupte ausdauernd, als eine Herde Schafe den Weg kreuzte.

Plötzlich sahen sie zwischen dunkelgrünen Johannisbeersträuchern ein leuchtendes Auto. Weiß wie Waschmittelreklame. Dahinter Schrottberge. Noch weiter zurück ein uraltes Ziegelhaus, an verräucherte Schmieden aus der Kinderzeit erinnernd.

Das weiße Prachtauto trug eine Stuttgarter Nummer und nahm sich in der Schrottlandschaft aus wie eine Rose im Distelfeld.

Die Männer umringten den Wagen, sogar Jescha stieg aus und streichelte sanft den weißen Lack. Der Taxifahrer fragte einen herumstehenden Jungen, was es mit dem Auto auf sich habe. Der sagte, es sei ein reicher Mann aus dem Westen gekommen. Mitten in Warschau sei ihm die Elektronik zusammengebrochen, und nun warte er auf eine neue Elektronik aus Deutschland.

Kretschmer mußte sie an den eigentlichen Zweck ihres Besuches erinnern. Stanislaus schleppte das Eisen in die Schmiede und ließ es auf den Fußboden fallen. Dort rollte es ein wenig, blieb schließlich flach liegen vor einem Mann, der mit Hilfe zweier halbwüchsiger Jungen ein Stück Blech bearbeitete. Nun fängt es wieder von vorn an, dachte Kretschmer. Erst Achselzucken, dann Kopfschütteln, dann ehrliches Bedauern, schließlich gute Ratschläge. Er kenne da einen Mann auf der anderen Seite der Stadt, der besitze vielleicht so ein Stück, und in Krakau und Radom und natürlich auch in Tschenstochau und Lodz gebe es die ausgefallensten Autowerkstätten und so weiter und so weiter.

Aber der Mann sagte nichts. Er blickte nur zum Schrotthaufen vor der Tür, holte seine ölverschmierten Arbeitshandschuhe und begann in dem Unrat zu wühlen. Sie sahen dem schweigsamen Arbeiter zu, wie er Stück für Stück beiseiteräumte, verrostete Radkappen, Auspuffrohre, verbogene Stoßstangen, ja sogar ein gut erhaltenes Lenkrad. Andächtig stand Jescha in ihrem schwarzen Kleid vor dem Blechhaufen. Kretschmer bemerkte, wie sie heimlich das Kreuz schlug und danach die Hände faltete. Plötzlich kniete der Mann nieder. Behutsam wischte er den Dreck zur Seite, grub mit den Händen tief im Unrat, zog einmal kräftig und hielt ein rundes Stück Eisen in der Hand. Er hob es gegen die Sonne, betrachtete es von allen Seiten, lachte zufrieden und warf es ihnen vor die Füße. Das war so ein Eisen, wie sie es den ganzen Tag herumgetragen hatten, unansehnlich und verrostet, aber mit Zahnkranz.

»Ich habe dir gesagt, es wird gut ausgehen«, meinte Stanislaus, und seine Jescha weinte schon wieder ein bißchen. Diesmal vor Freude. Als sie an dem weißen Auto vorbeikamen, stieß Stanislaus Kretschmer an. »Da ist ein sehr reicher Mann mit einem neuen Auto gekommen, aber es geht ihm schlechter als dir. Du hast dein Ersatzteil gefunden, aber er muß lange warten.« Jescha streichelte noch einmal den weißen Lack. Dann fuhren sie. Es dunkelte schon, als sie die Wälder vor Angerburg erreichten. Die Frau war eingeschlafen, wachte erst auf, als Stanislaus den Motor abschaltete. »In Polen bist du nie verloren«, sagte er. »Irgendwie geht es immer weiter bei uns.« Kretschmer gab ihm einen Hundertmarkschein. Er hatte wohl mit weniger gerechnet, denn er bedankte sich überschwenglich und versprach, sofort das Eisenstück in die Werkstatt zu bringen, damit der Meister in der Frühe mit der Arbeit beginnen könne. Wenn das Auto fertig sei, werde er kommen, um Kretschmer abzuholen, denn morgen habe er noch Urlaub und viel Zeit. Zeit gebe es genug in Polen und in Masuren sogar mehr als genug. Kretschmer könne noch gemütlich mit dem Auto spazierenfahren, sich Wälder und Seen anschauen, vielleicht sogar der Familie Warschau zeigen.
»Denn wie du gesehen hast, Warschau ist eine schöne Stadt.«

# Casa Elli

»So geht es nicht weiter mit dir, du mußt ausspannen, Harry. In deinem Alter darf der Mensch noch keinen kaputten Magen haben. Das kommt früh genug, aber nicht in deinem Alter.« Das hatte Knopek gesagt, damals in der Frühstückspause, als Harry vom Betriebsarzt gekommen war und bleich ausgesehen hatte wie ein Papiertaschentuch.

»Es liegt an dem verdammten Ablagekeller mit seinem künstlichen Licht und dem Aktenstaub«, hatte Harry geantwortet, und Knopek hatte ein feierliches Gesicht gemacht und plötzlich gefragt: »Warum fährst du nicht in den Süden? Ende März sind die Strände noch leer. Die Winterstürme haben den Sand an der Playa gebleicht. In den Hainen um Valencia leuchten die Orangen, meilenweit kannst du die hellen Kugeln sehen wie Lampions. Und neben der Küstenstraße blühen Pfirsiche.«

Während er die Autostraße nach Süden fuhr, erinnerte Harry sich an jenes Gespräch im Ablagekeller. Er hatte noch den Klang der Stimme im Ohr; wenn Knopek von Spanien erzählte, bekam seine Stimme immer einen poetischen Beigeschmack.

»Du kennst dich da unten wohl aus«, hatte Harry zu ihm gesagt und seinen Ekel vor dem Tee überwunden, den Knopek aus der Werkskantine mitgebracht hatte.

»Ich habe ein Haus in der Nähe von Valencia. Wenn ich Rente bekomme, werde ich nur noch im Süden leben.«

Zur linken Hand lag das Ebrodelta, und Harry dachte, daß sie nun bald kommen müßten, Knopeks Orangenhaine. Er hatte es dem alten Knopek nicht zugetraut. Das war einer, der Jahr für Jahr seine Pflicht im Ablagekeller erfüllte, dem du einen Schrebergarten mit Petersilie und Bohnenstangen zutraust, aber kein Haus in Spanien.

»Wenn du in den Süden willst, kannst du mein Haus haben«, hatte Knopek damals gesagt. »Zahlst keine Miete, nur Licht und Wasser. Kannst auch dein Mädchen mitnehmen; es macht mir nichts aus, daß ihr noch nicht verheiratet seid.«

Unterhalb der Straße sah Harry das Meer. Es lag unbewegt da wie gegossenes Blei, nicht einmal Schaumköpfe vermochte er zu erkennen.

»Fahre doch runter«, hatte Iris zu ihm gesagt. »Vielleicht hat der alte Knopek recht, vielleicht brauchst du wirklich ein paar Tage Ruhe.« Iris konnte nicht mitkommen, weil sie gerade in der Prüfung steckte.

Also gut, nun fuhr er. Das heißt, er war schon fast da. Nach Castellon nur noch fünfzehn Kilometer. Playa Corinto hieß der Ort. Ein grauer Wegweiser zeigte auf einen grauen Sandweg, der von der Küstenstraße zum Meer lief. Zwei Kilometer nur Apfelsinen, wie Knopek es gesagt hatte. Dann ein überfluteter Acker. Eine Düne mit Palmenkette und weißen Häusern.

Es ist sinnlos weiterzufahren, dachte Harry. Die Karre bleibt dir im Sand stecken, und niemand ist da, der dir hilft. Er stieg aus, um das letzte Stück zu Fuß zurückzulegen. Da erst hörte er das Meer. Es schlug, für ihn unsichtbar, gegen die Düne, holte aus und kam wieder. Verschlossene Fensterläden, jedes Glas erblindet von dem grauen Staub, der sogar die Palmen um ihre natürliche Farbe gebracht hatte. Vor den Haustüren kleine Sanddünen. Mülltonnen, die Deckel mit Steinen beschwert, ragten aus dem Sand. Zerrissene Plastiktüten drapierten die Stämme der Palmen.

Harry wollte über die Düne zum Meer, aber streunende Hunde versperrten ihm den Weg. Sie hetzten am Strand, kamen kläffend auf ihn zu. Also nicht zum Meer.

Rechts entdeckte er ein Restaurant unter Palmen. Gitter vor den Türen. Über dem Eingang brannte eine vergessene Laterne. Eine Speisekarte aus dem Vorjahr mit dem Weihnachtsmenü. Für die deutschen Gäste Frankfurter Würstchen mit Sauerkraut. »Guten Appetit« stand auf deutsch unter dem Zettel. Als Harry die Straße entlangblickte, erinnerte er sich an einen Film über eine Gespensterstadt im Wilden Westen. Vielleicht haben sie den Film hier gedreht, dachte er.

Endlich ein Lebenszeichen. Aus dem geöffneten Fenster der Bar Negro dröhnte Schallplattenmusik, die »Rivers of Babylon«. Von der Straße aus sah er keinen Menschen, nur eine Katze sprang von der Fensterbank, strich um Harrys Hosenbeine und tat sehr vertraut. Als er sich zu ihr beugte, fiel ihm auf, daß auch seine Kleidung schon den mehligen Staubbelag angenommen hatte wie Fensterläden und Palmen. Ein Eimer Schmutzwasser klatschte in den Sand. Dem Wasserschwall folgte die Stimme einer Frau.

»Francisco! Francisco!« rief sie.

Er sah die Frau am Fenster stehen, eine jener Frauen, die kein Alter haben, die ihr schwarzes Haar unter schwarzen Tüchern verbergen, eine Schürze um den Leib tragen und Wollstrümpfe an den Füßen. Er lächelte ihr freundlich zu und fragte nach Casa Elli.

Die Frau hob den Arm, rief wieder »Francisco! Francisco!« und zeigte landeinwärts zu den Apfelsinenplantagen.

Die »Rivers of Babylon« fingen erneut an, so als habe jemand vergessen, die Stopptaste zu drücken.

Mit der Frau hat es keinen Zweck, dachte Harry und beschäftigte sich mit der Katze. Als die Hunde, vom Strand kommend, in die Straße einbogen, flüchtete das Tier auf das Dach der Bar Negro. Gleichzeitig verstummte die Musik. Harry hörte nun

das blecherne Tuckern eines Motors, sah am Ende der Straße einen Mopedfahrer, der sich durch die Dünen mühte. Neben Harrys Auto blieb der Mann stehen, umkurvte es neugierig, warf einen Blick durch das Seitenfenster. Plötzlich drehte er auf, kam mit Vollgas auf die Bar Negro zu, eine Staubwolke hinter sich, die der Wind langsam in die Palmengärten trug.
»Du bist Deutscher, ich bin Francisco!« rief er lachend und jagte erst einmal die Hunde fort, die die Bar Negro belagerten.
»Willst du ein Haus kaufen oder ein Haus mieten?« fragte er und machte eine Handbewegung, als gehöre ihm die Playa mit der langen weißen Häuserreihe zwischen Straße und Meer.
Harry holte den Zettel aus der Brieftasche.
»Karl Knopek, Castrop-Rauxel« stand da, mit Schreibmaschine geschrieben. Ein blauer Filzstift hatte hinzugefügt: »Casa Elli«.
Harry staunte über die Veränderung, die mit Francisco vorging. Er verbeugte sich, lächelte verlegen, wendete den Zettel hin und her.
»Der Chef hat dich geschickt, nicht wahr? Du sollst sehen, ob Francisco eine Schlafmütze ist oder ein guter Aufpasser.«
Harry schüttelte den Kopf. »Ich will nur zehn Tage ausruhen, weiter nichts.«
Francisco schien aufzuatmen. Er griff zu dem Schlüsselbund, das an seinem Bauchriemen hing, suchte nach den Schlüsseln für Casa Elli. Als er sie gefunden hatte, stapften sie los an den unbewohnten Häusern vorbei Richtung Meer.
Casa Hugo... Casa Tea... Casa Wilma... Casa Edeltraud... Anfangs lachte Harry über die alten Namen, dann wurde es ihm unheimlich. Er versuchte, sich die Anwesen mit deutschen Gartenzwergen vorzustellen. Aber Gartenzwerge paßten nicht unter Palmen. Er konnte sie sich verdammt schwer vorstellen und war doch ziemlich sicher, daß auch das vorkam.
»In Spanisch heißt das Playa Corinto«, erklärte Francisco, »aber der Chef sagt immer Playa Castrop-Rauxel.«

Francisco lachte, und Harry wunderte sich, daß der Spanier Castrop-Rauxel fehlerfrei und ohne Akzent aussprechen konnte.

»Vor zwanzig Jahren gab es hier nur Sand, bis der Chef kam und den Sand kaufte. Er hat das erste Haus gebaut. Danach sind noch viele gekommen und haben Häuser gebaut an der Playa.«

Francisco schien stolz zu sein auf die Häuser. Harry mußte zugeben, daß sie hübsch aussahen. Weiß gestrichen mit guter deutscher Fassadenfarbe aus dem Supermarkt von Castrop-Rauxel. Da war sogar ein Swimmingpool, Ende März natürlich ohne Wasser, dafür zur Hälfte angefüllt mit Treibsand.

Am Ende der Reihe, sehr nahe am Strand, stand Casa Elli.

»Hier wohnt der Chef«, sagte Francisco feierlich. Zwei maurische Rundbögen, Palmen neben der Terrasse, schmiedeeiserne Gitter vor den Fenstern.

»Casa Elli ist nicht zu vermieten und nicht zu verkaufen. Niemand darf es betreten ohne Legitimation. Aber du hast Legitimation.«

Francisco zeigte auf den Zettel.

Sie betraten das Anwesen von der Hofseite her. Francisco drehte die Sicherung rein, schaltete alle Lampen ein, als käme es vor allem darauf an zu zeigen, wie verschwenderisch Casa Elli beleuchtet werden konnte. Im Bad ließ er die Dusche sprühen, zog die Wasserspülung der Toilette und beteuerte immer wieder, wie sauber das Haus sei.

»Sauberkeit ist wichtig«, bemerkte er, als er den Kühlschrank vorführte.

Auf einer Holzscheibe an der Wand entdeckte Harry einen eingebrannten Spruch aus dem deutschen Poesiealbum:

*Ans Vaterland, ans teure, schließ dich an,*
*das halte fest mit deinem ganzen Herzen!*

Daneben ein Bild des Panzerschiffes »Graf Spee«, aus allen Rohren feuernd. Unterschrift: Seefahrt ist Not.

Auf der Terrasse geriet Francisco ins Schwärmen. »Da ist Meer, und da sind Apfelsinen. So schöne Aussicht gibt es nicht bei euch im Ruhrgebiet.«

Er stellte im Garten das Wasser an. Ein Rasensprenger begann zu rotieren und verteilte feine Wasserschleier.

»Ostern kommt der Chef, dann muß der Garten blühen.«

Die Katze war ihnen gefolgt. Sie saß auf der Gartenmauer, als Harry sich ihr zuwandte, sprang sie ihm direkt vor die Füße.

»Als Generalissimus Franco starb, haben viele Deutsche die Häuser an der Playa verkauft. Aber der Chef hat gesagt, er wird niemals verkaufen. Er will sterben an der Playa. Was die Deutschen haben, das haben sie, hat der Chef gesagt.«

Francisco kurbelte das Garagentor hoch. Zum Vorschein kam ein offener Jeep in knalligem Orange mit der Zulassungsnummer von Castrop-Rauxel.

»Du kannst fahren zum Einkaufen nach Sagunto«, erklärte Francisco. »Wenn die Leute das Auto sehen, werden sie denken, der Chef kommt. Vor dem Supermercado ist ein Parkplatz für den Chef reserviert. Und wenn in Sagunto Puerto Markttag ist, fährt der Chef mit dem Jeep zwischen den Ständen spazieren. Viele Leute kommen und zeigen dem Chef die besten Fische, denn es ist eine Ehre, wenn der Chef Fische kauft in Sagunto Puerto.«

Harry kamen Zweifel, ob sie beide denselben Mann meinten, ob der Chef der Playa Corinto jener Karl Knopek war, mit dem er im Ablagekeller in Castrop-Rauxel arbeitete, der Woche für Woche seinen Lottoschein ausfüllte und sich ärgerte, wenn Borussia Dortmund verlor.

Francisco ließ das Garagentor niederrasseln.

»Der Chef ist gut«, lobte er. »Der Chef gibt reichlich Trinkgeld, nur Diebe kann er nicht leiden. ›Du kannst machen, was du willst‹, hat der Chef gesagt, ›aber beklauen darfst du mich nicht, Francisco. Wenn du klaust, nehme ich die Schrotflinte und schieße dir ein großes Loch in die Hose.‹«

Francisco zeigte auf die Flinte, die neben der »Graf Spee« an der Wand hing, und erzählte, wie der Chef manchmal Enten schießt in den Tümpeln zwischen der Playa und den Apfelsinenplantagen.

Ein Foto in der Schlafstube beseitigte jeden Zweifel. Ja, das war Knopek. Noch jung und in Wehrmachtsuniform, aber unverkennbar.

»Der Chef ist schon in Spanien gewesen, als Generalissimus Franco Krieg gemacht hat«, erläuterte Francisco das Bild. »Deshalb liebt er Spanien.«

Harry erinnerte sich nicht, daß Knopek jemals von einem Einsatz in der Legion Condor erzählt hatte. Er hätte es ihm auch nicht geglaubt. Nein, er hätte dem kleinen, bescheidenen Mann, der so penibel die alten Rechnungen aufeinanderheftete, diese Geschichte niemals abgenommen.

»Du mußt nach Corinto kommen, wenn der Chef da ist mit den vielen anderen aus Deutschland. Ostern werden sie kommen. Sie werden das Holz sammeln, das das Meer im Winter an den Strand gespült hat. Sie werden ein großes Feuer machen vor Casa Elli und bis tief in die Nacht die alten Lieder singen.«

Francisco fing plötzlich mit »Lili Marleen« an. Als Harry lachte, fühlte er sich zu einer Zugabe animiert. Er sprang auf, nahm Haltung an, streckte den rechten Arm aus und sang: »Die Fahne hoch...«

»Hör auf, Francisco!« schrie Harry.

Er war froh, daß in der Bar Negro wieder die »Rivers of Babylon« einsetzten. Verdammt noch mal, dachte er, da bist du zweitausend Kilometer gefahren, weil du Ruhe brauchst, weil du deinen Magen schonen mußt. Aber kaum bist du da, ist dir schon speiübel.

Francisco reichte ihm die Schlüssel für Casa Elli, aber Harry winkte müde ab.

»Das Haus gefällt mir schon, Francisco, aber ich habe noch

anderes zu erledigen. Ich kann nicht bleiben.«
Er sprach davon, daß er nach Valencia müsse, einen Freund zu
treffen. Vielleicht komme er morgen oder übermorgen, vielleicht auch erst Ostern, wenn der Chef da sei. Er log jedenfalls
irgend etwas zusammen, nur um Francisco nicht zu enttäu-
schen. Und doch war Francisco traurig. Während Harry die
Düne erkletterte und dem anstürmenden Meer zuschaute, ver-
riegelte Francisco die Fenster und schaltete die Beleuchtung
aus. Schweigend gingen sie zum Auto. Als Harry Mühe hatte,
auf der sandigen Straße zu wenden, packte Francisco zu und
schob ihn an.
Er fuhr zu den Apfelsinenhainen, deren Früchte so hell leuchteten wie Lampions in Kinderhänden. Über die Küstenstraße
hinaus in die Berge. Als er die Serpentinen fuhr, wurde ihm
tatsächlich übel. Obwohl er kaum etwas gegessen hatte. Er
erbrach bei leerem Magen, fühlte sich erst oben im Hochland
wohler, als ihn die trostlose Weite des kargen Landes aufnahm.
Kein Sand, keine Palmen. Schneeplacken in den Felsnischen
und ein erstes vorsichtiges Grün in der stummen Landschaft.

# Die Frau am Fenster

Am Freitagmorgen rückten die Arbeiter an. Ein Bagger fuhr in den Hof, zwei Lastwagen folgten. Der Vorarbeiter fing an zu toben, weil sie die Einfahrt versperrten und auf dem engen Hof nicht wenden konnten. Die Planierraupe stellten sie wegen der Enge auf der Straße ab. Kurz nach sieben fingen sie an mit dem Lärm. Und das in dieser Villengegend, in der die Leute, so dachte der Vorarbeiter, länger schliefen als anderswo.

Malewski kletterte aus dem Führerhaus des Baggers, ging das Gelände erkunden, wie er es nannte. Das heißt, er sah sich den Fliederbusch an und stand breitbeinig vor den üppig blühenden Forsythien, die wie Bogenlampen von der Hauswand her leuchteten.

»Sind wir hier überhaupt richtig?« brüllte Malewski über den Maschinenlärm hinweg.

Der Vorarbeiter breitete seinen Plan auf der Kühlerhaube des ersten Lastwagens aus.

»Wenn das Nummer siebzehn ist, sind wir richtig«, sagte er.

»Es soll ja schon vorgekommen sein, daß ein Abbruchunternehmen falsche Häuser eingerissen hat«, lachte Malewski.

Der Vorarbeiter nahm den Plan und ging damit zum Nachbarhaus. Er wollte klingeln, aber bevor er die Tür erreichte, sah er oben die alte Frau am Fenster. Er winkte. Sie öffnete das Fenster, und er erkannte, daß sie noch im Nachthemd war; auch das Haar schien ungekämmt zu sein.

136

»Gehört das Haus einem gewissen Gerber?« schrie er hinauf und zeigte zur Nummer siebzehn, vor der die Maschinen standen und lärmten. Die Frau nickte nur und schloß schnell wieder das Fenster.

»Na, siehst du«, sagte der Vorarbeiter zu Malewski. »Es hat alles seine Richtigkeit.«

Sie machten einen Rundgang um die Nummer siebzehn, fanden die Osterglocken an der Südseite, einen kleinen Wald in Gelb.

»Kannst deiner Frau einen Blumenstrauß pflücken, bevor alles in Trümmer geht«, sagte Malewski.

»Nichts davon«, antwortete der Vorarbeiter. »Es hat alles zum Teufel zu gehen, auch die Blumen.«

Zwei Apfelbäume mit rosa Blütenknospen. Ein Dutzend Rosenstöcke. Um die Rosen ist es wirklich schade, dachte der Vorarbeiter. Malewski stieß ihn an und sagte: »Baufällig sieht der Kasten gar nicht aus. Wenn du mich fragst, ich möchte gern in so einem Haus meine Rente verleben. Sogar Gardinen sind noch dran.« Er zog sich an der Fensterbank hoch.

»Mensch, da stehen ja Schränke! Und eine tadellose Couchgarnitur. Bevor die zu Bruch geht, nehme ich sie mit. Das ist genau das Stück, das meine Tochter braucht. Weißt du, die will nämlich im Herbst heiraten.«

»Nichts wirst du mitnehmen«, sagte der Vorarbeiter. »Nicht mal 'ne Rolle Toilettenpapier. Wir haben den Auftrag, das Haus zu zerschlagen und den Schutt abzufahren. Weiter nichts. Der Auftraggeber will, daß nichts erhalten bleibt und nichts beiseitegeschafft wird. Es ist alles zu vernichten, sogar die Blumen.«

Malewski lachte.

»Mensch, was geht hier vor? Hat in der Bude ein Verrückter gelebt, oder ist hier die Pest ausgebrochen?«

Er schlug mit der Faust gegen die Haustür.

»Echt Mahagoni! Und diese Beschläge. Wenigstens die schmiedeeiserne Treppenleuchte sollten wir retten, das ist gute Handwerksarbeit.«

Einer der Lastwagenfahrer drückte auf die Hupe.

»Heute ist Freitag!« schrie er.

Malewski ging zu ihm. »Ich habe schon viele Häuser abgebrochen, aber so etwas ist mir noch nicht vorgekommen. Das Haus ist solide wie eine Burg. Höchstens vierzig Jahre alt. Die Zimmer stehen voller Möbel, als hätte gestern noch einer drin gewohnt. Du brauchst dich nur aufs Sofa zu setzen, den Fernseher einzuschalten und fühlst dich wie zu Hause.«

»Fang endlich an, heute ist Freitag!«

»Ist gut«, brummte Malewski. »Ich habe hier nichts zu fragen, sondern nur zu arbeiten. Aber soviel ist sicher, irgend etwas stimmt mit diesem Haus nicht!«

Er kletterte auf den Bagger. Die Maschine sprang an, der Auspuff stieß blauen Dieselqualm ins Geäst der Apfelbäume. Der Ausleger schwenkte und hob das mächtige Bleigewicht. Malewski ließ es wie einen Perpendikel schwingen.

Auf einmal sah er die alte Frau, die wieder am Fenster des Nachbarhauses stand, schon angezogen, aber immer noch ungekämmt. Eigentlich müßte man sie fragen, was mit diesem Haus los ist, dachte Malewski. Die muß es doch wissen. Aber da drückte der Lastwagenfahrer wieder auf die Hupe, und Malewski sah, daß er näher heranfahren mußte, um das Haus zu treffen.

»Sind die elektrischen Leitungen tot?« brüllte er. »Und das Wasser, was ist mit dem Wasser los?«

»Es ist alles abgeschaltet, du kannst anfangen.«

Malewski fuhr näher an das Haus, bis das schwingende Bleigewicht das Spitzdach von der Giebelseite her traf. Pfannen brachen und fielen scheppernd auf die Terrasse. Fensterglas klirrte, das Stück einer Dachlatte wirbelte durch die Luft und schlug mitten in den Osterglocken ein.

Die Frau am Fenster zuckte zusammen. Sie fangen mit dem

Kinderzimmer an, dachte sie. Dort ist er geboren. Im Jahre 41. Als einziges Kind. Auf der anderen Seite des Schornsteins schlug das Bleigewicht ins Schlafzimmer der Eltern.
Der alte Gerber hat nicht viel Freude an seinem Haus gehabt, dachte sie. 1938 baute er es, 1942 wurde er Soldat, 1944 ist er gefallen. Und die Frau blieb zurück mit ihrem einzigen Sohn.
»Da oben hängen noch Kinderbilder!« schrie Malewski aus dem Führerhaus.
»Paß auf, daß der Schornstein nicht auf die Maschine fällt«, schimpfte der Vorarbeiter. Er saß auf der Treppe des Nachbarhauses unter dem Fenster der alten Frau und sah zu, wie Malewski das Haus zertrümmerte.
Das Elternschlafzimmer lag zur Straße hin offen. Ein schuttbeladener Teppich hing aus dem Loch, das das Bleigewicht geschlagen hatte. Ein Fensterrahmen, noch mit befestigter Gardine, bedeckte die grün ausgeschlagenen Stachelbeersträucher.
Malewski nahm sich nun den Schornstein vor. Ein paarmal schwang das Bleigewicht ins Leere. Schließlich traf es voll. Es gab einen furchtbaren Krach. Die Ziegel des Schornsteins polterten die Wendeltreppe hinunter ins Parterre, einige rollten in den Garten. Malewski sah, wie die alte Frau sich abwandte. Eine Zeitlang blieb sie verschwunden. Plötzlich tauchte das Gesicht wieder auf, kam ihm verstört und verängstigt vor. Malewski sah, daß die Frau die Hände vor dem Leib gefaltet hielt.
Als er das erste Stockwerk abgeräumt hatte, fragte er den Vorarbeiter, ob er die Lastwagen beladen solle.
»Nein, erst das ganze Haus einreißen, dann beladen.«
Jetzt zerschlagen sie die Wohnung der jungen Leute, dachte die Frau am Fenster. Keine zwei Jahre haben sie zusammengelebt. Sie soll Sekretärin bei einer Ölfirma gewesen sein. Kinder hätten sie sich anschaffen sollen, dann wäre es anders gekom-

men. Wir können uns erst Kinder leisten, wenn Schwiegermutter nicht mehr da ist, soll die junge Frau gesagt haben. Das erzählten später die Leute. Aber vielleicht hat sie es gar nicht gesagt. Sie sah eigentlich nicht so aus. Sie war immer sehr freundlich gewesen. Aber sie glaubte nun mal, daß jeder Mensch ein eigenes Zimmer brauche, auch Kleinkinder. Und sie hielt es für unverantwortlich, Kinder in die Welt zu setzen, solange es kein eigenes Zimmer für sie gab.

Malewski stoppte die Maschine.

»Seht euch das an! Da steht ein erstklassiger Fernseher. Der ist gut und gerne tausend Mark wert.«

»Auch der geht über den Jordan«, entschied der Vorarbeiter. Als das Bleigewicht die Bildröhre traf, gab es einen gewaltigen Knall. Die Frau hielt sich die Ohren zu. Aber sie blieb am Fenster und sah zu, wie Malewski mit seinem Bleigewicht das Haus vernichtete.

Es dauerte keine Stunde, da war er fertig. Er tauschte das Bleigewicht gegen den Greifer aus, lud Gesteinsbrocken, zerborstenes Mobiliar, Gardinenfetzen und Teppichreste auf die Lastwagen, übrigens auch Osterglocken, Forsythienzweige und die demolierten Äste des Apfelbaumes mit den rosa Blütenknospen.

Der alte Gerber hat den Apfelbaum im April 1941 gepflanzt, als sein Sohn geboren wurde, dachte die Frau am Fenster. Gravensteiner, ja, es war ein Gravensteiner. Der Baum hat Jahr für Jahr getragen und wurde nicht müde, bis Malewski mit seinen furchtbaren Geräten kam.

Bis zur Mittagspause hatten die Lastwagen den Schutt abgefahren.

»Du brauchst nur mit der Planierraupe rüberzugehen, dann ist die Arbeit fertig«, sagte der Vorarbeiter zu Malewski.

Er ließ ihn allein an der Abbruchstelle, und Malewski saß auf der Treppe unter dem Fenster der Frau und aß sein Mittagsbrot, trank eine Flasche Bier und sah sich sein Werk an. Nach

140

der Mittagspause ebnete er den Platz ein, auf dem das Haus gestanden hatte, walzte auch den Garten glatt. Er war fast fertig, als er den Mann entdeckte, der in der Einfahrt stand und zuschaute. Ein Mann in den besten Jahren, würde man sagen, einer, der eigentlich keine Zeit haben durfte, am frühen Freitagnachmittag auf der Straße zu stehen, um der Arbeit einer Planierraupe zuzusehen. Als Malewski die Planierraupe abschaltete, betrat der Mann das Grundstück. Der gutsitzende Anzug paßte nicht zu der Abbruchstelle. Auch nahm er es in Kauf, daß seine glänzenden Schuhe staubig wurden. Neben der Planierraupe blieb er stehen.

»Die müssen auch weg«, sagte er und zeigte auf die Johannisbeersträucher an der hinteren Grundstücksgrenze.

»Sind Sie der neue Besitzer?«

Der Mann schüttelte den Kopf. »Nein, der alte.«

»Ach so«, sagte Malewski und kletterte vom Sitz. »Können Sie mir mal verraten, was hier gespielt wird?«

Der Mann schüttelte wieder den Kopf und ging weiter, als wolle er prüfen, ob auch die letzten Spuren ausgetilgt seien.

»Wie kann man ein so schönes Haus abreißen! Dazu noch mit dem Mobiliar. Wenn Sie das Zeug versteigert hätten, zehntausend Mark wären allein für die Möbel zusammengekommen. Garantiert zehntausend Mark. Der Farbfernseher allein war seine tausend wert.«

»Bester Mann«, sagte der andere und bot Malewski eine Zigarette an. »Sie sind es vielleicht gewohnt, die Dinge des Lebens nur in Mark und Pfennig zu berechnen. Aber glauben Sie mir, es gibt Fälle, da geht diese Rechnung nicht auf.«

Malewski sah ihn an, wie man einen ansieht, der in höheren Sphären schwebt, den man nicht ernst nehmen kann, weil er spinnt. Dem ist nicht mehr zu helfen, dachte er und blickte hinauf zu dem Fenster. Aber die Frau war verschwunden.

Malewski glättete die letzten Unebenheiten. Als er das Schild

*Baustelle*
*Betreten verboten*
*Eltern haften für ihre Kinder*

in den Boden rammte, verabschiedete sich der Mann. Er kam zu Malewski, reichte ihm die Hand und sagte: »Sie haben gute Arbeit geleistet.«

Dann ging er.

Kaum war er fort, öffnete die Frau das Fenster.

»Das war der junge Herr Gerber«, sagte sie, und es klang übertrieben geheimnisvoll, wie sie es sagte. »Er ist gekommen, um sich von seinem Haus zu verabschieden.«

»Warum hat er es abreißen lassen?«

»Hat er Ihnen die Geschichte nicht erzählt? Seine Mutter ist in dem Haus gestorben. Vor vier Monaten. Ich glaube, es war am 19. Januar. Jedenfalls herrschte strenger Frost.«

»Das ist doch kein Grund, um Häuser abzureißen.«

»Gleich nach der Beerdigung hat der junge Herr Gerber das Haus an eine Baugesellschaft verkauft. Die mußte sich verpflichten, es abzureißen. Nichts durfte erhalten bleiben, kein Tisch, keine Vase, kein Küchenstuhl. So stand es in den Papieren. Und im Sommer soll ein neues Haus gebaut werden.«

»Und warum das alles?«

»Die Leute sagen, es soll an der jungen Frau gelegen haben. Als sie ins Haus kam, verschlimmerte sich das Hüftleiden der Mutter. Zuletzt kam sie ohne fremde Hilfe nicht mehr die Treppe rauf. Die junge Frau soll gesagt haben: Wenn es mit deiner Hüfte nicht besser wird, Mutter, müssen wir wohl einen schönen Pflegeplatz für dich suchen.«

»Na ja«, sagte Malewski, »das ist doch alles ganz normal.«

»Ich kann die jungen Leute gut verstehen«, fuhr die Frau fort. »Sie besaßen beide eine gute Stellung. Die gibt man heutzutage nicht auf, um eine gehbehinderte Frau zu pflegen.«

Malewski taxierte das Grundstück. Über tausend Quadratmeter, schätzte er. Und das in dieser Villenlage. Ein Vermögen, wahrhaftig ein Vermögen!

»Die alte Frau Gerber hat sich das Leben genommen. Das heißt, sie war nicht gleich tot. Der Rettungshubschrauber hat sie ins Krankenhaus gebracht. Wo Sie jetzt stehen, da ging damals der Rettungshubschrauber runter. Ich weiß es genau, es war in der Vorweihnachtszeit, es lag sogar etwas Schnee.« Malewski sammelte sein Gerät ein.

»Im Krankenhaus hat man sie gerettet. Nach zwei Wochen kam sie gesund wieder, bis auf die Hüfte natürlich, die blieb krank. Die jungen Leute haben sich rührend um sie bemüht. Am ersten Weihnachtstag sind sie mit ihr zum Essen aufs Land gefahren. Und in der Silvesternacht haben sie die alte Frau im Rollstuhl auf die Terrasse geschoben, damit sie das Feuerwerk über der Stadt sehen konnte. In jener Nacht habe ich die drei zum letztenmal zusammen gesehen. Man sagt, die junge Frau hätte sogar ihre Stellung gekündigt. Ab 1. April wollte sie nur noch im Hause sein, um ihre Schwiegermutter zu pflegen.«

»Aber sie ist doch gestorben«, wunderte sich Malewski.

»Am Abend hat sie noch Suppe gegessen, und morgens fand der Sohn sie tot im Bett. Kein Selbstmord, überhaupt kein besonderer Anlaß. Einfach nur Herzversagen, meinte der Arzt. Aber einige Leute sagten, es sei wohl nicht alles mit rechten Dingen zugegangen. Deshalb war auch die Polizei im Haus. Vielleicht lag es auch daran, daß der Sohn fünfunddreißig Jahre lang allein mit seiner Mutter in dem Haus gewohnt hat. Da hatte es die junge Frau sehr schwer.«

»Aber im Sommer werden die jungen Leute ein neues Haus bauen«, sagte Malewski und taxierte wieder den Bauplatz, der allein seine Viertelmillion wert war.

»Nicht die jungen Leute«, sagte die Frau. »Die kommen nicht mehr in unsere Gegend, die junge Frau schon gar nicht. Die soll in einer Klinik sein, in einer geschlossenen Anstalt weit draußen auf dem Lande.«

Malewski spuckte aus.

»Um das zu verstehen, muß der Mensch studiert haben. Ich bin nur ein einfacher Abbrucharbeiter, für mich ist das alles zu hoch.«

Er ging zu der Maschine, die gelb und häßlich im Dreck stand, und er dachte daran, daß dieses Haus noch gut und gern ein halbes Jahrhundert hätte stehen können und daß der Bauplatz allein eine Viertelmillion wert war. Das Eisen war kalt und schmutzig. Nur vorn die Blechhaube über dem Motor gab Wärme ab, aber sonst war alles kalt an der Maschine. Und der Dreck klebte zwischen den Raupen. Und aus dem Auspuff kleckerte schwarze Soße. Und Malewski hatte endlich Feierabend.

# Amerika ist weit

Sie kam täglich, auch bei schlechtem Wetter. In der Hand eine Tüte Brot, meistens auch einen Beutel mit Meisenfutter und Haselnüsse für die Eichhörnchen. Wenn sie kam, flogen ihr die Tauben von den Brücken entgegen. Die Möwen schossen im Tiefflug über das Wasser, kreischten wie nichts Gutes. Es gab zahme Enten, die ihr aus der Hand fraßen. Fotografieren müßte man sie. »Alte Frau mit Vögeln im Park« könnte unter dem Bild in der Zeitung stehen. Auf den Bänken erzählten sie, die Frau sei schon mal in der Zeitung abgebildet gewesen. »Stadtparkidylle« hatte jemand unter das Bild geschrieben. Später kam sie groß heraus. Aber was wirklich geschehen war an jenem 20. Mai, haben sie auf den Bänken erst erfahren, als das Gericht den Prozeß einstellte und die Abendzeitung ausführlich darüber berichtete. Es stand nicht unter »Fälle im Gerichtssaal«, sondern in der Spalte »Kuriositäten aus aller Welt«. Die Frau auf dem Bild hatte auch keine zahme Ente im Arm, sondern ein sechsjähriges Kind an der Hand.

Es war also so, daß sie an jenem 20. Mai nach der Fütterung der Vögel auf einer Bank Platz genommen und gesessen und gesessen hatte wie jemand, der verabredet ist. Nachmittags kamen die Kinder aus der Schule. Sie ließ den lärmenden Pulk vorbeiziehen, wartete auf die Einzelgänger und Nachzügler. Als ein Mädchen am Wasser stehenblieb, ging sie zu ihm.

»Drüben gibt es junge Enten«, sagte sie, faßte das Kind an der

Hand und verschwand mit ihm im Weidengestrüpp, wo die
Enten ihre Nester haben. Da kannte sie sich aus.
»Willst du die Kleinen füttern?«
Sie zerbröselte Brot, gab die Krümel in die Hand des Kindes
und sah zu, wie das Mädchen sie ins Wasser warf. Im Nu
versammelte sich ein gewaltiger Schwarm Wasservögel. Die
spektakelten gehörig und kamen bis zu ihren Füßen und pick-
ten die Krümel von den Schuhen.
Die Frau nahm das Mädchen auf den Arm, als sie sah, daß es
sich vor den zudringlichen Vögeln fürchtete.
»Nun habe ich nichts mehr«, sagte sie, als der Lärm am größten
war. »Komm, wir holen mehr Brot, die Tiere haben noch
Hunger.«
Unterwegs erzählte die Frau von ihrem Gartenhaus in der
Kolonie gleich hinter dem Park und von den Brotbergen, die
dort für die Vögel bereitlägen. Es sei nicht weit. Und sie habe
einen Kater, einen echten aus Siam mit Augen wie aufgesetzte
Edelsteine. Der könne denken und anderer Leute Gedanken
lesen und sei überhaupt ein kluges Tier und möge auch
Kinder.
Der Kater lag auf der Fensterbank, nahm beinahe die ganze
Breite ein. Als die Frau mit dem Schlüsselbund rasselte, hob er
den Kopf. Kaum waren sie im Haus, kam er ihnen entgegen,
umschnurrte die Beine des Kindes, sprang ohne Anlauf, gewis-
sermaßen aus dem Stand, vom Fußboden auf die Schulta-
sche.
»Hab keine Angst, Simon ist lieb.«
Die Frau verschwand in der Küche, um etwas zu essen zu
holen, aber nicht für die Vögel, sondern für sich und das
Kind.
»Magst du lieber Wurst oder Käse?« rief sie.
Das Mädchen mochte eigentlich gar nichts. Es hatte etwas
Angst und antwortete nicht, also gab der Kater den Ausschlag
für Käse. Zu dritt saßen sie am runden Tisch. Die Frau

schmierte Brote, schnitt die Scheiben in kleine, handliche
Häppchen, die sie dem Kind auf den Teller schob.
»Eßt nur, ihr beiden!« ermunterte sie.
Plötzlich entdeckte das Kind die vielen Puppen. Auf der Couch
saßen drei, den Unterleib mit Kissen bepackt, und in jedem
Sessel eine. Auf dem Bücherbord lagen mehrere kleine Puppen.
Nebenan im Schlafraum gab es eine regelrechte Puppenver-
sammlung. In langer Reihe saßen sie auf der flauschigen Bett-
decke, schwarzhaarig oder blond, Negerpuppen und Asiatin-
nen. Sie saßen ordentlich ausgerichtet am Fußende des Bettes.
Und sie waren dick angezogen, als sollte es hinausgehen in die
Winterkälte.
»Du kannst mit ihnen spielen«, schlug die Frau vor, als das
Kind die Mandarinen gegessen hatte, einen Nachtisch, den der
Kater verschmähte. Er sprang zur Belustigung des Kindes von
Stuhl zu Stuhl, ohne die Tischplatte zu berühren oder Eßge-
schirr umzustoßen. Als er müde war, setzte er sich auf die Fen-
sterbank und legte sich dann hinter die Gardine.
An den Wänden klebten Kinderbilder. Aus der Zeitung
geschnitten. Prinzen und Prinzessinnen. Neugeborene von
Filmstars. Auch größere Kinder. Suchfotos der Polizei. Ent-
führte Kinder. Aufnahmen von der Einschulung der ABC-
Schützen, wie sie Jahr für Jahr in den Blättern erscheinen.
»Hast du keine Kinder?« fragte das Mädchen.
»Doch, doch«, antwortete die Frau. »Ich habe fünf Kinder,
aber sie sind erwachsen, ein Sohn lebt sogar in Amerika.«
»Und deine Kinder, haben sie auch Kinder?«
»Ja, mein Sohn in Amerika hat zwei Kinder.«
Die Frau ging zur Wand und tippte auf ein Foto, das zwei
kleine Amerikaner zeigte, die als Indianer verkleidet auf dem
Dach eines Straßenkreuzers lagen und furchtbar grimmig aus-
sahen.
»Haben die anderen Kinder keine Kinder?«
Die Frau schüttelte den Kopf.

»Amerika ist ziemlich weit«, sagte sie.

Das Mädchen erinnerte daran, daß sie Brot für die Vögel holen wollten.

»Ach, das haben wir ganz vergessen!« rief die Frau. Sie holte einen Laib Brot aus der Küche, schnitt Scheibe für Scheibe ab, während das Mädchen die Stücke zerbröckelte und die Krümel in eine Plastiktüte schüttete.

Als sie gehen wollten, begann es zu regnen. Sie setzten sich ans Fenster, um dem Regen zuzusehen, und der Kater lag ausgestreckt vor ihnen und tat so, als schliefe er fest.

»Da liegt er am liebsten«, erzählte die Frau und erlaubte es dem Mädchen, den schlafenden Kater zu streicheln.

Es wurde rasch dunkel. Die vielen Bäume machten es noch dunkler und die Regenwolken, die hinter den Baumkronen hervorquollen. Auch waren die Fenster niedrig, und die Dachbalken hingen über und verdunkelten den Raum.

»Während wir auf besseres Wetter warten, kannst du deine Schulaufgaben erledigen.«

Die Frau öffnete die Schultasche, schob dem Kind das Rechenheft zu, spitzte den Bleistift an. Sie stellte sich hinter den Stuhl, half beim Zusammenzählen und mahnte, die Sieben deutlicher zu schreiben, damit niemand sie mit einer Eins verwechseln könne. Es regnete heftiger. Das Trommeln der Tropfen schreckte den Kater auf. Verstört zog er ab in Richtung Schlafzimmer und packte sich zu den Puppen. Als die Frau ihn dort liegen sah, ging sie hin und bat ihn sehr höflich, das Bett zu verlassen. Es werde heute anderweitig benötigt, das wisse er genau. Beleidigt kroch der Kater unter die Couch. Die Frau ordnete das Bett, setzte die Puppen eine nach der anderen vorsichtig auf den Fußboden, schlug die Bettdecke zurück, als sei bald Schlafenszeit.

Der Regen hörte nicht auf, und es wurde immer dunkler. Das Kind rutschte plötzlich vom Stuhl.

»Ich möchte nach Hause«, sagte es, packte hastig die Schulsa-

chen ein und rannte zur Tür. Als es merkte, daß die Tür abgeschlossen war, fing es an zu weinen.
»Bei diesem Wetter kann ich dich nicht rauslassen«, beteuerte die Frau.

Der Kater kam unter der Couch hervor, stand feindselig mit gekrümmtem Rücken auf der Schwelle, sah viel größer aus als vorher und hatte tatsächlich Augen wie aufgesetzte Edelsteine.

»Sieh mal, was ich für dich habe!«

Die Frau brachte einen gehäuften Teller mit Kuchen. Gehorsam setzte sich das Kind vor den Teller, rührte aber kein Stück an.

»Sicher hast du Durst.«

Sie ging, um Milch aus der Küche zu holen. Und es dauerte recht lange, bis sie zurückkam. Und sie setzte sich dicht an das Kind und sah zu, wie es trank.

»Wenn der Regen nicht aufhört, mußt du bei mir schlafen.«

Das Kind ließ das Glas fallen, rannte zur Tür, schlug mit dem Stiefel in die Füllung.

»Du brauchst keine Angst zu haben. Ich bin gut zu dir wie deine Mutter. Ich mag Kinder gern, ich werde Kindern nie etwas Böses antun.«

Das Mädchen hörte nicht zu, starrte nur den Kater an, der auf dem Tisch thronte, ein furchteinflößendes Denkmal mit aufgesetzten Edelsteinen.

»Bald wirst du müde sein«, sagte die Frau lächelnd. Sie legte dem Kind eine Puppe in den Arm. »Hübsch siehst du aus.«

Es wurde noch dunkler. Der Kater verschwamm. Das Gesicht der Frau verschwamm, ging unter in den Bildern an den Wänden, erstarrte zu einem lächelnden Puppengesicht.

»Siehst du, nun bist du schon müde«, hörte das Mädchen die Stimme. Sie kam von weit her. Und die Puppen bekamen auch Stimmen. Und der Regen trommelte gegen die Scheiben. Und vom Dach lief laut das Wasser. Und das Denkmal wuchs

gewaltig, die aufgesetzten Edelsteine leuchteten. Möwen stürzten kreischend vom Himmel. Irgendwo fielen Enten ein, es
zischte, als sie wasserten.
Die Frau trug das Kind zu dem aufgeschlagenen Bett. Behutsam entkleidete sie den kleinen Körper, steckte ihn in ein rosa
Nachthemd, deckte ihn bis zum Hals zu. Nun sah das Mädchen aus wie eine der vielen Puppen. Die Frau schaltete die
Nachttischlampe ein, setzte sich ans Kopfende des Bettes und
begann zu singen, eines der Lieder, die Kindern beim Einschlafen helfen. Danach betete sie. Sie saß da mit gefalteten Händen
wie ein Bild von Dürer. »Großmutter am Bett eines kranken
Kindes«, »Behütete Nachtruhe«, »Totenwache«, ach, es gab
viele Namen für dieses Bild.
Schlafen konnte sie nicht. Das lag am Sturm, der aufgekommen
war, der in den Bäumen des Parks rumorte. Außerdem heulten
die Sirenen der Polizeiautos. Und im Park werden sie jetzt den
Teich absuchen. Mit Stangen werden sie im Schlick wühlen,
und am Ufer werden riesige Scheinwerfer stehen.
Viel hatte sie von dem Schlafmittel nicht in die Milch gegeben.
Es sollte nur zum Müdewerden reichen. Ruhig schlief das
Kind. Es atmete regelmäßig, zuckte nur einmal zusammen, als
der Kater, von Eifersucht geplagt, auf die Bettdecke sprang.
Der Morgen begann warm. Noch tropfte Wasser von den
Traufen, aber die Wärme flutete schon ins Fenster, und die
Fülle des Lichts ließ die Puppengesichter lächeln.
Als das Mädchen aufwachte, war der Frühstückstisch schon
gedeckt.
»Um acht Uhr müssen wir in der Schule sein«, sagte die Frau.
Sie hatte den Stundenplan in der Schultasche des Kindes gefun-
den. Beim Ankleiden und Waschen half sie, mühte sich mit
dem langen Haar des Kindes, putzte ihm die Schuhe. Wurst-
brot, in weißes Papier gewickelt, lag schon bereit, daneben ein
welker Apfel. »Das ist für die große Pause.«
Vor der Tür die Frische des jungen Tages. Das Zetern der

Drosseln in den Sträuchern und das beständige Tropfen vom Dach. Nein, sie ging mit dem Kind nicht durch den Park, machte einen Umweg durch die Kleingartenkolonie. Sie gingen dicht beieinander, ein Bild fürs Poesiealbum. »Großmutter begleitet Enkelkind zur Schule« könnte man es nennen. Das letzte Stück lief das Kind allein. Es blickte sich nicht um, es winkte nicht, es rannte ausgelassen die Schultreppe hinauf, verschwand im Gewühl der vielen Kinder.

Als das Mädchen fort war, kehrte die Frau um, ging nun doch in den Stadtpark, wie es ihre Gewohnheit war.

Später, als die Geschichte in der Zeitung stand, sagten sie auf der Bank, die Frau sei nicht normal im Kopf. Harmlos wohl, aber doch etwas wunderlich.

Und der Richter soll erklärt haben, sie sei unschuldig. Fünf Kinder habe sie geboren und in schwerer Zeit großgezogen, soll er gesagt haben. Zwei Enkelkinder habe sie nur, und die lebten weit, weit in Amerika. Man habe die Frau um die Freude des Alters betrogen, soll der Richter gesagt haben. Das sei der Grund der ganzen Geschichte. Und darüber könne ein Mensch schon wunderlich werden.

# Eine gewisse Karriere

Also, sagte sich Alfons an dem Donnerstag, an dem er fünfundvierzig wurde. Also, so geht es nicht weiter mit dir. Du kommst in die Jahre, wo es unschicklich ist, auf Pappkartons zu schlafen, sich an Lokomotiven zu wärmen und in Kircheneingänge zu flüchten, wenn es regnet. Du hast einen Namen, der mit C beginnt. Da hat sich einer etwas bei gedacht, das deutet auf höhere Bestimmung. Menschen wie du dürfen nicht unter Brücken sterben oder auf ungereinigten Treppen im Nieselregen. Er faßte also an jenem Donnerstag den Entschluß, eine gewisse Karriere anzustreben. Gerade nahm ihm ein Bruder aus Meiningen das Kopfhaar ab, die Lerchen sangen, und sein Magen war leer wie eine Scheune um Pfingsten.

Seiner Wandlung ging ein regelrechtes Damaskuserlebnis voraus. An jenem Donnerstagmorgen hatte er sich seiner Gewohnheit entsprechend in das nächstbeste Kaufhaus begeben. Aus unbekanntem Grunde bildete sich eine beträchtliche Schlange vor der Kasse; Alfons mußte lange warten. So lange, bis er die plötzliche Leere in seinem Schädel spürte. Der Boden gab nach, die Horizontale veränderte sich. Er fiel bewußtlos auf die Fliesen. Helfer eilten herbei, schleppten ihn auf eine Pritsche, nahmen ihm den Hut ab und fanden dort die Ursache seiner Ohnmacht, ein tiefgefrorenes Huhn, das auf die Kopfhaut gedrückt und vorübergehende Blutleere bewirkt hatte. Es kränkte Alfons, daß jener Vorfall mehr Heiterkeit als Besorgnis auslöste. Die Freude des Kaufhauspersonals war so groß, daß von der verdienten Bestrafung abgesehen und er mit dem langsam tauenden Huhn unter dem Hut verabschiedet wurde. So gedemütigt, beschloß Alfons, nicht mehr zu stehlen. Er hielt während seiner folgenden Karriere dieses Versprechen bis auf zwei Ausnahmen. Von den Vereinigten Kokswerken nahm er einen Briefbeschwerer aus Marmor mit. Einer Versicherungsgesellschaft, deren Name ihm entfallen war, stahl er sieben Kugelschreiber, die zur gefälligen Bedienung auslagen. Im übrigen beschränkte er sich auf Essen und Trinken, wohl wissend, daß die Gesetze hierfür mildernde Umstände bereithalten. Seine Angst vor den Gesetzen schwand mit den Jahren vollständig. Alfons kam zu der Überzeugung, gänzlich ungefährdet zu sein. Käme man seinem Broterwerb auf die Spur, wäre die Peinlichkeit für die sechsundvierzig Gönner, die er in einem Schriftstück sorgfältig registriert hatte, so beträchtlich, daß sie den Mantel stillschweigender Liebe über seine Geschichte decken müßten, um nicht zum Schaden noch öffentlichen Spott zu ernten.

Sein erster Auftritt – Alfons erinnerte sich lebhaft der Krebssuppe – fand im »Kronprinzen« statt. Aus seiner Wanderzeit kannte er einen Aushilfsarbeiter in der Hotelküche. Der hatte ihn zum Hintereingang bestellt, um ihm Küchenabfälle in die Hand zu drücken. Kaum stand Alfons im Flur, eilte ein gutgekleideter Herr auf ihn zu.

»Bester Herr Hammerstein!« rief er voller Entzücken. »Sie haben sich hoffentlich nicht verirrt!«

Er griff, ohne daß Alfons eine Erklärung abgeben konnte, seinen Arm, zog durch die Wandelhalle in den vornehmen Teil des »Kronprinzen«, schob ihn in einen Saal, in dem an die fünfzig Personen männlichen Geschlechts so taten, als hätten sie nur auf Alfons gewartet.

»Ich brauche Sie ja nicht vorzustellen, die Kollegen von der Presse sind Ihnen sicher bekannt«, meinte der freundliche Herr und winkte der Bedienung zu. Der Ober erschien mit einem Tablett gefüllter Gläser, hastig griff Alfons zu... Rückblickend mußte er sich eingestehen, daß das der kritischste Augenblick seiner Karriere gewesen war. Er leerte damals ein Glas Gin auf nüchternen Magen, mußte sich sofort zur Abstützung an die Fensterbank begeben, weil Gin in seinem Körper unmittelbar durchschlug und nicht erst über den Blutkreislauf wirkte. Ein Mädchen im Dirndlkleid rettete ihn. Es trug bunte Häppchen spazieren und sah mit wohlwollendem Schauder zu, wie Alfons ihr Tablett erleichterte. Nach drei Stücken Schinkenbrot, einem Kaviarbrötchen, mehreren Scheiben Lachs und Käseecken machte sich der Gin davon. Alfons fühlte sich wohler.

Seine anfängliche Befangenheit legte er rasch ab, als er bemerkte, wie die Umstehenden sich in der einfachsten Weise unterhielten. Er wagte es, einen älteren Herrn, Aufsichtsratsmitglied der Ruhrkohle AG, wie sich später herausstellte, auf das vergangene Frühjahr anzusprechen, das Alfons für das wärmste und trockenste seit Jahrzehnten hielt. Schon Anfang Februar habe man gefahrlos unter Brücken schlafen können. Lachend stimmte sein Gesprächspartner zu und berichtete von den Sorgen, die ihm seine allzeit durstigen Rhododendronbüsche in besagtem Frühling bereitet hatten. Schon Anfang April habe er gießen müssen.

Nur einmal geriet Alfons auf der ersten Veranstaltung seiner Karriere in Verlegenheit. Es geschah, als der Herr, der ihn in den Saal geführt hatte, darum bat, bei der Berichterstattung über sein Unternehmen nicht so sehr auf die Umsatzzahlen des Vorjahres einzugehen. Leser, die von der Materie wenig verstünden, kämen sonst zu falschen Schlüssen. Alfons versprach es und wandte sich schnell dem Mädchen im Dirndl zu, damit demonstrierend, daß ihm Käsebrötchen mehr bedeuteten als die Umsatzzahlen des Vorjahres.

Überrascht war Alfons von der Freundlichkeit, die ihm überall entgegenschlug. Sie entsprach nicht der Vorstellung, die er sich von den sogenannten besseren Kreisen gemacht hatte. Jeder, der an ihm vorüberging, neigte artig seinen Kopf und lächelte verbindlich. Alfons revanchierte sich, indem er einem grauhaarigen Herrn, der über die Absatzlage in Südamerika klagte, geduldig zuhörte. Während jener redete, stand Alfons nahe dem Silberteller mit Hähnchenkeulen, hielt sich aber zurück und aß nur zwei, unterließ es auch, von dem Überfluß etwas einzustecken, geriet allerdings in Verlegenheit, weil er nicht wußte, wohin mit den abgenagten Hühnerknochen. Er hielt es für unschicklich, sie auf den Silberteller zurückzulegen, und ließ sie unauffällig in seiner Hosentasche verschwinden. Dort drückten sie ihn während des ganzen Empfangs.

Die Veranstaltung im »Kronprinzen« dauerte fünf Viertelstunden. Sie sättigte ihn reichlich. Seit der Säuglingszeit, als er an der Brust der Mutter satt geworden war, hatte Alfons kein solches Füllegefühl mehr gekannt. Auch der Stapel Papier, den der freundliche Gönner ihm am Ausgang zur wohlwollenden Durchsicht in die Hand drückte, beeinträchtigte den angenehmen Zustand nicht. Den Rest des Tages lag er, den Kopf auf den Papieren, glücklich im hohen Gras am Flußufer und überdachte seine Lage. Was er erlebt hatte, erschien ihm wie ein Fingerzeig der Vorsehung. Das kannst du, dachte er begeistert, mit einem Mindestmaß an ordentlicher Bekleidung und Gesprächsgewandtheit wiederholen. Die Aussicht, an weiteren wunderbaren Speisungen teilzunehmen und den Leib auf das angenehmste zu traktieren, versetzte ihn in einen Rausch. Glücklich schlief er ein, schlief, da es warm war, die ganze Nacht am Fluß und wachte am Morgen mit dem seltenen Gefühl auf, immer noch satt zu sein.

Bevor er sich endgültig diesem Beruf zuwandte, suchte Alfons seinen Freund aus gemeinsamen Wandertagen auf, den Aushilfsarbeiter im »Kronprinzen«. Der bestärkte ihn in dem Vorhaben. Da Alfons eine knitterfreie Hose besaß und es sich zur Gewohnheit gemacht hatte, sich jeden Morgen am Fluß zu waschen, hielt er ihn für eine gepflegte Persönlichkeit, die zu Höherem berufen sei. Auch nahm er Alfons die Furcht, etwas Unredliches zu tun. Es könne kein Unrecht sein, sagte der Freund, sich an den dargebotenen Speisen gütlich zu tun. Die nicht verzehrten Reste solcher Empfänge kämen ohnehin in den Abfalleimer, stünden Alfons also schließlich doch zu. Es gehe nur darum, den Zeitpunkt des Genusses vorzuverlegen und das Essen in einer würdevolleren Umgebung einzunehmen.

Eine Karriere dieser Art kann nicht von jedermann eingeschlagen werden. Es sind gewisse Mindestvoraussetzungen, das äußere Erscheinungsbild betreffend, zu erfüllen. Weiter ist eine vornehme Wortwahl angebracht, ebenso eine rasche Auffassungsgabe. Keine Sorge bereitete Alfons dagegen das mangelnde Fachwissen über die jeweilige Branche, die gerade zu Tisch gebeten hatte. Tiefere Kenntnisse sind im allgemeinen nicht gefragt, Oberflächlichkeit ist geradezu ein typisches Merkmal solcher Veranstaltungen.

Zugute kam Alfons, daß er in der zweitgrößten Stadt des Landes lebte. In ihr fand fast täglich ein Empfang oder eine Pressekonferenz statt, an der teilzunehmen es sich für einen Hungernden lohnte. Wie aber diese Gelegenheiten ausfindig machen? Alfons entdeckte bald, daß nur wenige Lokalitäten für derartige Veranstaltungen in Frage kamen. Die Ausrichter unterlagen dem merkwürdigen Zwang, die besten Adressen gerade gut genug sein zu lassen. Alfons brauchte also nur die einschlägigen Lokalitäten zu beobachten. Zugute kam ihm, daß gewöhnlich in den Foyers Schilder standen, die auf den Empfang des Unternehmens A im Saal B hinwiesen. Konnte er kein Schild entdecken, fragte er den Portier und erhielt stets in freundlichster Weise Auskunft. Wie alle Menschen, die sich einer Sache intensiv widmen, beherrschte Alfons bald die Materie und gewann einen vorzüglichen Einblick in die

Gepflogenheiten der Empfänge und Pressekonferenzen. Kaum
eine Veranstaltung von Bedeutung entging ihm. Allerdings
mußte er seinen Körper an Unregelmäßigkeiten gewöhnen. Im
Hochsommer gab es nur halbe Kost, während in den Monaten
Januar bis Mai die Gelegenheiten zum Wohlleben nicht abris-
sen und sein Magen kaum Zeit zu einer geordneten Verdauung
erhielt.

Schwierig war es, die Spreu vom Weizen zu scheiden. Nachdem Alfons einige Male stundenlange Reden über die Wieder-
aufbereitung von Schmutzwasser und die Entkernung heimi-
scher Früchte angehört hatte, für seine Geduld aber nur mit
einer Flasche Sprudel belohnt worden war, beschloß er, seine
Zeit sinnvoller zu nutzen. Er faßte den Mut, jenen Menschen,
der stets vor der Tür steht, um die Gäste willkommen zu
heißen, nach einem Duplikat der Einladung zu fragen. Er log
ihm vor, sein Exemplar in der Redaktion vergessen oder im
Auto liegengelassen zu haben. Bereitwillig gab man ihm stets
das begehrte Schriftstück. Entnahm er ihm, daß an eine aus-
kömmliche Verpflegung der Gäste nicht gedacht war, entschuldigte sich Alfons rasch unter einem Vorwand. Entdeckte er
dagegen den Vermerk, daß am Schluß ein kleiner Imbiß gegeben werde, harrte er geduldig aus, wohl wissend, daß der
kleine Imbiß eine vornehme Untertreibung war, wie sie deutsche Geschäftsleute neuerdings von den Engländern lernten. So
gewann er im Laufe der Zeit einen tiefen Einblick in die
Bewirtungsgepflogenheiten. Brauereien, Versicherungsgesell-
schaften, Ölfirmen und Banken ließen es im allgemeinen an
nichts fehlen, Parteien, Kirchen und Verbände setzten dagegen
mehr auf das gesprochene Wort als den vollen Bauch. Geradezu erbärmlich ging es wegen der Kontrolle der Rechnungs-
höfe bei den Behörden zu, dagegen unerwartet üppig auf allen
Veranstaltungen der Gewerkschaften.

Zu Alfons' größtem Erstaunen hatte er niemals Probleme mit
der Kleidung. Seine Sorge, eines Tages als Landstreicher

erkannt und von den gefüllten Fleischtöpfen verstoßen zu werden, erwies sich als unbegründet. Leute von der Presse galten ohnehin als halbe Narren. Man gestattete ihnen, sich beliebig zu kleiden; offene Hemden und Rollkragenpullover wurden gern gesehen und boten einen angenehmen Kontrast zur gediegenen Wohlanständigkeit der Gastgeber. Nur die schmutzigen Fingernägel mußte Alfons sich versagen, wohingegen das Haar lang und ungepflegt sein durfte. Alfons machte, seiner Karriere zuliebe, einige Zugeständnisse an sein Äußeres. So verbot er sich, bei feuchtem Wetter draußen zu schlafen, eine Vorsichtsmaßnahme, die Hose und Pullover schonen sollte. Auch erwarb er ein Rasiermesser der alten Art, um vor jeder Veranstaltung Hand an seinen Bart zu legen.

Unumgänglich war es, Stillschweigen zu bewahren, um die wohlgesonnenen Gastgeber nicht zu kompromittieren. Verschwiegenheit war auch angebracht, um keine Nachahmer zu ermuntern. Sie würden nur durch ungeschicktes Auftreten, Unmäßigkeit in Essen und Trinken den guten Ruf zerstören, den Alfons mühevoll aufgebaut hatte.

Nicht vermeiden ließ es sich, daß Alfons einigen Wohltätern mehrfach begegnete. Das erforderte besonderes Feingefühl. Er brachte es zu regelrechten Freundschaften, in einem Falle sogar zu einer Duzbrüderschaft. Auf die diskrete Frage seiner Gönner, woran er gerade arbeite, redete er sich stets auf ein umfangreiches Werk hinaus, in dem die Probleme der Branche, die gerade zu Tisch gebeten hatte, angemessen berücksichtigt seien. Die Frage »Was werden Sie über uns schreiben?« erinnerte Alfons stets an seine Kinderzeit und den Christbaum, weil sie mit erwartungsvoll leuchtenden Augen gestellt wurde. Er beantwortete sie immer mit dem Hinweis, er werde das schreiben, was der Referent als das Hauptproblem der Branche bezeichnet habe. Darüber freuten sich die Leute meistens. Kritischer war die Frage »Für wen schreiben Sie?« Es wäre falsch, daraufhin die Abendzeitung zu erwähnen, denn der

Korrespondent der Abendzeitung könnte zwei Schritte entfernt stehen. Unverfänglicher ist es da schon, sich als freier Journalist auszugeben, der für dieses und jenes Blatt arbeitet, vor allem aber für Funk und Fernsehen. Letzteres machte immer einen gewaltigen Eindruck.

Zu meiden waren Veranstaltungen mit einer geringen Besucherzahl. Dort kannte jeder jeden, ungebetene Gäste fielen sofort auf. Alfons bevorzugte Stehempfänge, auf denen Speisen und Getränke herumgereicht oder auf einem Tisch zur eigenen Bedienung abgestellt werden. Die Gespräche der Stehenden sind oberflächlicher und gedankenloser, so daß Alfons sich ungestört der Nahrung widmen konnte. Wurde dagegen zu reservierten Tischen gebeten, mußte er tiefschürfende Gespräche befürchten, die sogar Religion und Politik nicht aussparten, aber so gut wie niemals ins Zotige abglitten, auch dann nicht, wenn es an Damen fehlte. Alfons lernte ein paar Witzchen zur gefälligen Bedienung auswendig, doch hielt er sich frei von jeder erotischen Derbheit. Er begegnete auf den Empfängen überwiegend älteren Herrschaften, die durch allzu direkte Anzüglichkeiten an den traurigen Lauf aller irdischen Dinge und das eigene Unvermögen erinnert worden wären.

Wenn er den Saal betrat, gab er sich leger und selbstbewußt. Eine Prüfung, ob der Gast wirklich geladen war, fand nur selten statt. Alfons profitierte von der Neigung aller Gastgeber, den Erfolg einer Veranstaltung an der Zahl der Teilnehmer zu messen. Er gewöhnte es sich an, das akademische Viertel einzuhalten. So vermied er unnütze Gespräche an der Eingangstür und wurde, wenn die Veranstaltung schon begonnen hatte, möglichst unauffällig zu einem freien Platz geleitet. Zu schaffen machte ihm die Unsitte, den Besuchern Namensschilder dreist an die Kleidung zu heften oder sie zur Identifizierung auf die Tische zu stellen. Glücklicherweise fehlten immer ein paar Gäste trotz vorheriger Zusage. Ihrer Namensschilder konnte er sich bedienen, nicht ohne Angst auszustehen, der rechtmäßige Besitzer könnte doch noch kommen. Einmal geschah es tatsächlich, und Alfons mußte sein ganzes schauspielerisches Talent aufbieten, um glaubhaft eine Verwechslung darzustellen. Tückisch waren die Namensschilder, wenn sie nichts über das Geschlecht des Gastes aussagten. Einmal saß Alfons anderthalb Stunden hinter dem Namensschild einer stadtbekannten hübschen Frau. Nach dieser Panne mied er Veranstaltungen mit Namensschildern, auch wenn sie gut mit Speisen beschickt waren.

Schwierigkeiten bereitete ihm anfangs der Zwang zur Mäßigung. Seriös zu bleiben und trotzdem satt zu werden, kam einer Quadratur des Kreises gleich. Vor allem alkoholische Getränke durfte er nur in dem Maße zu sich nehmen, wie es zum Herunterspülen der Speisen unerläßlich war; denn zuviel Alkohol konnte zu unbedachten Worten oder einem Ausrutscher auf dem Parkett führen. In den ersten Monaten aß er, was man ihm vorsetzte, später wurde er wählerisch. Eier und trockenes Fleisch verschmähte er, bevorzugte geräucherten Fisch und Salamischeiben. Er lernte, Verwöhntheit zur Schau zu stellen, ein Verhalten, das dem Gastgeber bestätigte, es mit seinesgleichen zu tun zu haben. Wer alles frißt, erregt unliebsames Aufsehen. Auch macht es sich immer gut, an den Speisen herumzunörgeln, sie als zu fett, zu salzig, zu fade, zu warm oder zu kalt zu bezeichnen. Alfons mied es, Speisen in größeren Mengen mitzunehmen. Nur wenn er für längere Zeit keine Aussicht auf eine nahrhafte Veranstaltung hatte, mußte er sich wohl oder übel einen gewissen Vorrat zulegen. Er steckte trockene, nicht fetttriefende oder klebende Speisen ein; Hähnchen oder kalte Bratenstücke eigneten sich dafür besonders gut.

Mit Dankbarkeit dachte Alfons an die Empfänge auf Messen zurück. Zwei Umstände erleichterten dort seine Arbeit. Wer eine Messe beschickt, fühlt sich von vornherein, was das Angebot an Speisen und die Auswahl der Gäste betrifft, zu einer gewissen Großzügigkeit verpflichtet. Außerdem laufen auf Messen viele fremde, unbekannte Menschen herum, so daß es ein leichtes ist, sich ungestört zu verköstigen. Alfons erinnerte sich eines turbulenten Messeempfangs, als es ihm gelang, ein Holztablett voller Pasteten in einer Plastiktüte davonzutragen. Nachdem er die Pasteten im Park verzehrt, auch einigen Brüdern davon abgegeben hatte, brachte er das Tablett unbehelligt zurück. Es glückte ihm sogar, zum Nachtisch eine Handvoll Manilazigarren einzustecken.

Auch an erbauenden und belehrenden Erlebnissen fehlte es nicht. Mit Rührung gedachte Alfons einer bekannten Schauspielerin, die es sich in den Kopf gesetzt hatte, zu ihrem 60. Geburtstag, der in Wahrheit ihr 65. war, einen Empfang zu geben. Alfons wäre der Veranstaltung ferngeblieben, hätte er geahnt, daß die Dame bei dieser Gelegenheit beweisen wollte, wie anziehend und männermordend sie trotz des hohen Alters noch sei. Als Mittel der Beweisführung hatte sie Alfons auserkoren. Noch Monate später tat sie ihm leid, denn ihm stand der Sinn damals allein nach Hummercocktail. Außerdem hatte er nicht gebadet, so daß er schon aus hygienischen Gründen davon absehen mußte, den ihm zugedachten Part zu spielen.

Ein schlechtes Gewissen hatte Alfons gegenüber der katholischen Kirche. An einem schneereichen Wintertag fraß er in einem gut gewärmten Gemeindehaus das gesammelte, für hungernde Kinder bestimmte Weihnachtsgebäck zur guten Hälfte auf und wurde dafür mit zweitägigen Leibschmerzen bestraft. Verlegen machte ihn das zweite Zusammentreffen mit dem Pressechef der Margarinewerke. Bei der ersten Begegnung hatte der Mensch Alfons gedrängt, ihm seine Telefonnummer zu geben. In seiner Verzweiflung nannte Alfons wahllos eine Zahlenreihe, ohne zu ahnen, daß es sich um die Telefonnummer eines zweitklassigen Bordells handelte. Als sie sich wieder trafen, klopfte der Mensch ihm augenzwinkernd auf die Schulter und sagte: »Na, Sie sind ja ein ganz Schlimmer.«

Rückschauend mußte Alfons bekennen, daß seine Tätigkeit ihm nicht nur ausreichende Nahrung verschafft, sondern ihn auch zu einem besseren Menschen gemacht hatte. Er fühlte sich, zumindest vorübergehend, aus dem Sumpf der Straße gehoben. In aller Bescheidenheit durfte er von sich sagen, eine gewisse Bildung erworben zu haben, die in seinen Kreisen nicht üblich war. Regelmäßig las er die in den Papierkörben der Parks abgelegten Zeitungen, so daß sein Allgemeinwissen beträchtlich anstieg. Einen schönen Erfolg verzeichnete er in dieser Hinsicht erst kürzlich. Er überraschte den Sprecher der Aluminiumwerke mit der Frage: »Sagen Sie mal, wann sind die Bauxitlager in Australien eigentlich erschöpft?«

Seine größte Sorge war es, eines Tages an überladenem Magen in den Grünanlagen der Stadt zu sterben. Nach üppigem Essen spürte er immer häufiger aufsteigende Müdigkeit, verbunden mit Schwindel und Kopfschmerzen. Er verfaßte einen letzten Willen, in dem er inständigst darum bat, von Obduktionen und weiteren kriminalistischen Unternehmungen abzusehen. Keinerlei Fremdverschulden, sondern die reinste Überfressenheit werde zu seinem Tode führen. Er träumte davon, auf einem Empfang der Großbanken zu sterben. Der Schlag wird ihn treffen, wenn das kalte Büfett eröffnet wird und die Speisen noch unversehrt in ihrer Schönheit und Begehrlichkeit vor den Augen der Besucher liegen. Und eine Stimme wird rufen: »Alfons, es ist angerichtet.«

# Gregor auf den Friedhöfen

Es gab einen einladenden Torweg, windgeschützt, weißgekalkt von innen, ein freundlicher Torweg mit einer Laterne, die am hinteren Ausgang baumelte, einer verschmutzten Laterne, die mildes, gelbes Licht in die Pfützen warf. Gregor setzte sich. Er hatte eine Stelle gefunden, die nicht naß war, eine Zementplatte, kalt zwar, aber nicht naß. Nur die Füße standen in der Pfütze, aber das spürte er nicht, weil er festes Schuhwerk trug. Den Rücken an die gekalkte Wand gepreßt, merkte er, wie es hinter ihm warm wurde. Endlich konnte er schlafen.

Trotz der Dunkelheit mußte ihn jemand gesehen haben. Es gab immer Leute, die hinter Gardinen standen, um andere zu sehen. Sie werden die Polizei gerufen haben. Kommen Sie mal her, werden sie gesagt haben, bei uns liegt einer im Torweg.

Endlich konnte Gregor schlafen, aber da kam das Auto langsam auf ihn zu, die Scheinwerfer voll aufgeblendet. Eine rücksichtslose Helligkeit. In dem Licht, das die gekalkten Wände zurückwarfen, lag er, nein saß er mehr, unmittelbar vor den Vorderrädern des Autos. Von der schmutzigen Laterne war nichts mehr zu erkennen, weil das Scheinwerferlicht alles in den Schatten stellte.

»Steh auf, Opa! Du bist hier nicht in deiner Schlafstube.«

Das war einer der Polizisten. Er packte seine Schulter, aber Gregor konnte nicht aufstehen. Nur die Augen schlug er auf, mußte sie aber sofort schließen, weil das Licht schmerzte. Sie

163

wollten ihn ermorden mit dem verdammten Licht.

Die zwei schleiften ihn zum Auto. Als sie ihn auf dem Rücksitz hatten, fragten sie nach der Adresse.

»Ihr sollt mich nicht nach Hause bringen«, sagte Gregor. »Meine Frau ist nicht da.«

Auf der Fahrt zur Ausnüchterungszelle schlief er ein. Das lag an der Wärme und der weichen Polsterung. Keine drückenden Steine wie im Torweg, keine Glassplitter, sondern eine angenehme, zum Einschlafen einladende Polsterung.

Er kam erst zu sich, als ihn einer anschrie. Das war schon in der Zelle.

»Verdammt noch mal!« schrie der. »Haben Sie denn keine Kinder, die wir benachrichtigen können?«

»Nein, wir hatten nie Kinder.«

»Das ist schade, sehr schade. Wenn Sie Kinder hätten, könnten wir Sie rauslassen. Wir würden Sie sogar hinbringen.«

Gregor dachte eine Weile an seine Frau und an Kinder.

»Ich habe oft mit ihr darüber gesprochen. Wenn wir uns Kinder anschaffen, werden wir später nicht so allein sein, habe ich zu ihr gesagt. Die Kinder werden zu ihrem Vater kommen und sagen: Da Mutter tot ist, ziehst du am besten zu uns, damit du nicht so allein bist.«

Der Polizist fragte ihn, ob er noch eine Decke brauche. Nein, es sei warm genug. Ob er lieber im Dunkeln schlafe oder mit Deckenbeleuchtung? Am besten so wie im Torweg mit einer schmutzigen Laterne.

»Das ist ein großer Irrtum, Gregor, hat meine Frau immer gesagt. Sieh dir mal die vielen Menschen an, die Kinder haben und doch im Alter allein herumsitzen, weil Kinder heutzutage auch nichts mehr taugen. Das stimmt nicht, habe ich zu ihr gesagt. Es gibt wirklich noch Kinder, die holen ihren alten Vater zu sich. Die Tochter meines Arbeitskollegen, weißt du, was die zu ihrem Vater gesagt hat? Warum willst du deine Suppe allein kochen? Kannst doch bei uns mitessen...«

Er redete und redete. Von dem Arbeitskollegen und der Tochter mit der Suppe. Von der Frau und den Kindern, die sie nie hatten. Nebenan sang jemand ein Lied, in dem ein Klabautermann auf den Namen Johnny hörte. Und niemand hörte zu. Am Morgen verschlief Gregor die Zeit. Um elf Uhr mußte er in der Kapelle 13 sein. Nun war es schon halb zehn, und Gregor sah aus wie einer, der in einem Torweg mit gekalkten Wänden übernachtet hat. Unrasiert und ohne Frühstück. Darf man mit leerem Magen überhaupt zu einer Beerdigung gehen? Vor Schwäche wirst du in Ohnmacht fallen, dich in den Sand legen oder noch schlimmer in die Grube.

»Sie müssen sich beeilen«, sagte der Beamte, der ihn vor die Tür brachte.

»Ohne mich können sie nicht anfangen«, erwiderte Gregor. »Es ist nämlich die Beerdigung meiner Frau.«

Gregor schaffte es noch. Um elf Uhr war er am Eingang, sprach kurz mit dem Pförtner, den er gut kannte.

»Gutes Wetter für Beerdigungen«, sagte er.

»Nur viel zu windig«, antwortete der Pförtner.

Während er sprach, schlug eine Glocke an. Auf den Riesenfriedhöfen schlägt immer irgendwo eine Glocke. Pausenlos kannst du Orgelspiel hören oder Gesang an offenen Gräbern. Jedenfalls still ist es nie auf solchen Plätzen.

Sie hatten doch schon angefangen. Hinter der Tür mit dem schwarzen Vorhang hörte Gregor deutlich die Klänge eines Harmoniums.

»Ich weiß nicht, ob Sie hier richtig sind«, sagte der Beerdigungsunternehmer, der vor Kapelle 13 Posten bezogen hatte. »Hier ist die Trauerfeier der Familie Laskowski.«

Nein, Familie stimmte nicht. Gregor hatte keine Familie, hatte nur sich und seine Frau. Auch Laskowski stimmte nicht. Aber sonst war alles richtig, vor allem die Zeit. Elf Uhr, so war es abgemacht. Er stand unschlüssig vor dem dunklen Ziegelgebäude, das bewacht wurde von dem Mann mit dem schwarzen

Zylinder. Der Kerl ließ keinen vorbei, hob abwehrend die Hände mit den weißen Handschuhen, als Gregor durch den Vorhang wollte.

Als das Harmoniumspiel verklungen war, marschierte Gregor los. Jetzt werden sie bald rauskommen, dachte er und wanderte auf die Rhododendronbüsche zu, die als immergrüner Wall von Kapelle 13 aus ins Gräberfeld liefen.

»Sie sind hier nicht richtig!« rief der schwarze Mann hinterher. »Versuchen Sie es mal in Kapelle 11. Die liegt da drüben.«

Doch, doch, er war richtig. Es war der Weg, den er immer ging, vier Wochen schon Tag für Tag, auch an Sonntagen. Ein schmaler Weg, der kaum Platz gab für einen Sarg und sechs Träger. Rechts die vertrockneten Kränze, bräunliche Tannennadeln, die bei der leisesten Berührung abfielen. Zur linken Hand ein Brunnen aus weißem Gestein, der mit den Jahren grünes Moos angenommen hatte. Einem nackten Engel lief Wasser aus dem Mund.

Der Pförtner hatte recht, es war zu windig.

Er ging, bis er ein offenes Grab gefunden hatte. In dieser Gegend gab es häufig offene Gräber. Nur nicht an Sonntagen. Die Friedhofsverwaltung hatte angeordnet, über das Wochenende keine Gräber offenzuhalten, weil es gefährlich sei für Karnickel und Menschen. Aber es war Dienstag, und es gab genug offene Gräber.

Er stellte sich in den kniehohen Sand, den die Arbeiter ausgehoben hatten, und riß die Mütze vom Kopf. Der Wind drückte das weiße Haar in sein Gesicht. Ab und zu ergriff ein Windwirbel den trockenen Sand und trieb ihn in feinen Wolken über die Gräber. Dann schloß Gregor schnell die Augen.

Hinter den Wacholderbüschen standen die Friedhofsarbeiter, palaverten und rauchten. Einer aß sein Mittagsbrot. Zwei tranken Bier aus Flaschen, die sie zur Kühlung in den feuchten Sand gelegt hatten.

»Fall nicht in die Grube!« rief einer.

»Leute, es kommen schlimme Zeiten«, meinte ein anderer.
»Die Penner nisten sich schon auf den Friedhöfen ein.«
Da lachten sie alle, die Arbeiter hinter den Wacholderbüschen.
Es dauerte lange, bis die Träger auftauchten. Ihnen voraus der Geistliche mit weißer Halskrause und schwarzem Barett. Hinter dem Sarg der Beerdigungsunternehmer, den Arm voller Kränze. Gregor machte Platze, drückte sich in die Büsche, um den Trauerzug der Familie Laskowski vorbeizulassen. In diesem Augenblick kam er sich schäbig vor, denn er war unrasiert und trug den Anzug, mit dem er gestern im Torweg gesessen hatte.
Es lief so ab, wie es jeden Tag ablief. Der Geistliche sprach die Worte, die er immer sprach, streute trockenen Sand in die Grube, der aber nicht ankam, weil der Wind ihn erfaßte und davontrug, bis auf die gröberen Steinchen, die unten polternd aufschlugen.
Die Friedhofsarbeiter drängten zur Eile. Gregor sah ihnen zu, wie sie die Kuhle mit trockenem Sand füllten. Als sie fertig waren, tranken sie Bier, das sie im feuchten Sand kühl gehalten hatten. Da ging auch Gregor.
»Ich habe heute meine Frau begraben«, sagte er, als er am Pförtnerhaus vorbeikam.
»Ja, ich weiß«, erwiderte der Pförtner und blickte über Gregor hinweg, der durch das hohe Tor schritt, das den Friedhof von der belebten Straße trennte.
Draußen die Marmorhalden der Grabsteinverkäufer. Gärtnereien mit Totenblumen. Letzte Gärtnerei vor dem Friedhof! Endlich Wohnhäuser mit erleuchteten Stubenfenstern. Die erste Kneipe. »Verdammt windig heute«, sagte Gregor, als er einen Grog bestellte. Ja, es war das richtige Wetter für Grog.
»Grog heizt von innen«, sagte Gregor. »Ich brauche das, weil ich heute meine Frau begraben habe.«
»Schon wieder«, knurrte der Wirt.

»Ich mußte alles allein erledigen, singen, beten, weinen. Deshalb brauche ich einen Grog, verstehen Sie das?«

»Paß auf, daß du nicht wieder voll wirst«, sagte der Wirt und ließ sich von Gregor Geld geben, bevor er den Grog brachte.

Es ging wieder so wie gestern. Nach dem dritten Grog überkam Gregor die Müdigkeit. Der Wirt schüttelte ihn und behauptete, Einschlafen sei in seinem Lokal nicht erlaubt. Er zerrte ihn zur Tür, schob ihn hinaus.

»Du mußt an die frische Luft, dann geht es dir besser!« rief er.

Der Wind riß ihn fast um.

»Geh in die Stadt, nicht zum Friedhof!« rief der Wirt hinterher. »Die Stadt liegt da, wo das Licht ist. He, siehst du nicht das Licht?!«

Natürlich sah Gregor das Licht. Er sah die schmutzige Laterne am Ende des weißgekalkten Torweges. Im Wind baumelte sie heftig hin und her, ab und zu verschwand sie hinter dem Geäst eines Haselnußstrauches.

Der Wind hatte die Pfützen aufgetrocknet. Es war überhaupt nicht mehr naß im Torweg.

Ein Radfahrer überholte ihn, stoppte kurz und sagte: »Was treibst du dich hier rum? Unser Hof ist keine Bedürfnisanstalt.«

»Ich will mich nur ausruhen«, antwortete Gregor und lehnte sich an die Wand, spürte, wie die Wand langsam nachgab und er runterrutschte. Seine größte Sorge war, morgen die Zeit zu verschlafen. Um elf Uhr war die Beerdigung, auf der er nicht fehlen durfte. Elf Uhr Kapelle 13.

Und wieder gab es Leute, die hinter Gardinen standen, um zu sehen, ob sich einer zum Schlafen in den Torweg legte. Und wieder die gleichen Fragen. Haben Sie keine Kinder, keine Adresse, zu der wir Sie bringen können? O ja, er besaß eine richtige Wohnung, aber dort konnte er nicht mehr schlafen, seitdem er allein war. Und immer diese schreckliche Angst, zu spät zu kommen. Er hätte sich nicht auf elf Uhr einlassen sollen. Zwölf wäre besser gewesen. Noch eine Decke? Nein, es ist warm genug. Aber das Licht schalten Sie bitte aus, es blendet furchtbar.

# Die Vergangenheit saß auf der Treppe

Gerhard Koslowski hatte mit allem gerechnet, zum Beispiel mit Ergriffenheit beim Anblick alter Häuser. Oder mit Ärger, wenn du siehst, wie das Unkraut die Blumen erstickt und die Brennesseln höher wachsen als die Johannisbeersträucher. Mit Nachdenklichkeit beim Abwandern alter Wege. Mit Trauer natürlich, aber auch mit ein bißchen Spaß, denn er fuhr in ein Land, in dem Trauer und Spaß von jeher Geschwister waren. Er hatte an alles gedacht, nur Weinen war ihm nicht in den Sinn gekommen. Dafür lag das, worüber er hätte weinen können, zu weit zurück, war zugedeckt mit dem heilenden Schleier der Zeit. Wenn du fünfundvierzig Jahre alt bist, weinst du kaum noch auf Beerdigungen. Die Augen geben nur Wasser ab, wenn du Zwiebeln schneidest oder ein scharfer Wind dir ins Gesicht bläst.

Mit solchen Gedanken fuhr er los, wohlvorbereitet und wohlgeordnet. Der reiche Schatz der Erinnerungen war in den richtigen Schubladen, mit ordentlichen Etiketten versehen, gut verschlossen, aber jederzeit abrufbar, falls er gebraucht wurde. Eine durch und durch kontrollierte Reise. Jede Stunde genau geplant. Einen Tag für Frauenburg, zwölf Stunden für Heiligelinde, morgens Angerburg, mittags Lötzen, abends Wolfsschanze. Sein akkurater Fahrplan enthielt keine Rubrik für Sentimentalitäten und für Weinen schon gar nicht. Nur nicht die Beherrschung verlieren! Es gab nichts, was Gerhard Koslowski aus der Fassung bringen konnte. Weder der Besuch der alten Schule, in der nach seiner Erinnerung mehr gesungen als gerechnet worden war, nicht der Anblick des verfallenden Elternhauses. Keine Träne wird er dem Pferdestall nachweinen, in dem er als Siebenjähriger geschlafen hatte, um zu beweisen, daß er ein Mann sei. Für alle Fälle lagen ein paar heitere Erinnerungen bereit, die ihn aufmuntern sollten, wenn es gar zu trübsinnig wurde: Schneeballschlachten auf dem Schulhof, Einbrüche in viel zu dünnes Eis, Pferde in die Schwemme reiten. Wie war das damals eigentlich, als der Zirkus ins Dorf kam?

Anfangs lief alles gut. Na ja, nach fünfunddreißig Jahren war das kein Wunder. In dieser langen Zeit haben sich Halden aufgetürmt und das Vergangene verschüttet. Auch weißt du inzwischen, wie es in der Welt zugeht. Was dir als Kind so einmalig vorkam, ist längst zur Alltäglichkeit geworden. Es geschieht immer wieder, und die Welt gewöhnt sich langsam daran, daß es geschieht. Sie wird nicht klüger.

Wie gesagt, es ging gut, bis der alte Borek, bei dem Gerhard Koslowski Quartier gefunden hatte, eines Nachmittags keinen Wodka mehr besaß. Das war so schlimm, wie wenn im kalten Winter der Ofen ausgeht.

»Mensch, Gerhard, kannst nicht mit mir in die Stadt fahren, um eine Buddel zu holen? Es sind ja bloß sechs Kilometerchen, und wenn wir dein Auto nehmen, sind wir in einer halben Stunde zurück.«

Er tat ihm den Gefallen, denn es waren wirklich nur sechs Kilometerchen. Als sie auf dem Marktplatz der kleinen Stadt hielten, wollte der Schnapsladen gerade schließen. Aber Borek bekam noch den Stiefel in die Tür, empfing die Buddel und war zufrieden. Damit war auch das erledigt, wie es sein mußte. Aber von wegen, in einer halben Stunde werden wir wieder zu Hause sein! Borek steuerte auf eine Bank zu, die auf dem Marktplatz stand. Dort öffnete er den Verschluß und sagte, bevor er trank: »Dieses kleine Nest mußt du eigentlich auch kennen, Gerhard.«

Er zeigte auf die Häuserreihen.

»Drei Seiten des Marktplatzes sind im Krieg abgebrannt, aber die Ostseite steht noch, und die müßtest du eigentlich kennen.«

Er wischte, nachdem er getrunken hatte, mit dem Handrücken die Lippen ab, drehte den Schraubverschluß umständlich auf die Flasche.

Gerhard Koslowski besaß nur schwache Erinnerungen an die kleine Stadt, obwohl er in ihrer Kirche getauft worden war. Aber zu damaliger Zeit fuhren die Leute selten in die Stadt, ein Kind schon gar nicht. Er hatte nicht einmal ein Fahrrad besessen. Damals konntest du froh sein, wenn dich ein Pferdefuhrwerk mitnahm, das Briketts oder Kunstdünger vom Kleinbahnhof holte oder Kartoffeln hinbrachte. Aber an eines erinnerte er sich recht gut: An der Ecke, an der jetzt eine Steintreppe in den Schuhladen führte, gab es damals für einen Dittchen Waldmeistereis. Bestimmt wird es auch andere Dinge gegeben haben, Bier zum Beispiel und Schnaps oder Königsberger Klopse, aber Gerhard Koslowski erinnerte sich nur an giftgrünes Waldmeistereis.

Eine alte Frau saß auf der Steintreppe, saß da, wie alte Frauen nach getaner Arbeit zu sitzen pflegen. Sie trug ein langes, graues Kleid, das bis zu den Schlorren reichte. Ein weißes Kopftuch hielt die weißen Haare zusammen. In einer schmutzigen Schürze lagen Kartoffeln, die die Frau schälte, während sie dem Treiben auf dem Marktplatz zuschaute.

»Willst du auch ein Schlubberchen?« fragte Borek und hielt ihm die Flasche hin.

Gerhard Koslowski schüttelte den Kopf, weil er noch sechs Kilometerchen Autofahrt vor sich hatte und weil er an das grüne Waldmeistereis denken mußte.

Borek blickte nun auch zur Treppe.

»Das ist die alte Frau Radke«, brummte er.

»Ist sie Deutsche?«

»Na ja, was man so deutsch nennt. Bis 1945 war sie jedenfalls Deutsche. Was sie jetzt ist, weiß ich nicht. Jedenfalls spricht sie noch einigermaßen deutsch.«

Koslowski sah der Frau beim Kartoffelschälen zu. Das zerfurchte Gesicht kam ihm bekannt vor, erinnerte ihn an weit zurückliegende Begegnungen. Aber es gab da nichts Bestimmtes, nichts Greifbares, und der Name Radke sagte ihm auch nichts.

»Eigentlich müßtest du sie kennen«, meinte Borek. »Die hat sich auch in dieser Gegend rumgetrieben, als der Krieg zu Ende ging. Genauso wie du.«

»Aber sie ist hier geblieben, und ich bin in den Westen gekommen.«

»Die Kinder der alten Radke sind auch im Westen. Sie haben immer geschrieben, sie sollte kommen, aber sie wollte nicht.«

Borek nahm einen zweiten Schluck aus der Flasche, verstaute das kostbare Stück unter seiner Joppe und steuerte auf die alte Frau zu.

»Komm mit«, forderte er Gerhard Koslowski auf.

Der alte Borek begrüßte die Frau und setzte sich neben sie auf die Steintreppe. Er winkte Koslowski zu, ebenfalls Platz zu nehmen, aber der blieb lieber stehen, weil ihm der Anzug zu schade war.

»Sieh mal, wen ich mitgebracht habe, Oma Radke! Das ist der Junge vom Schneider Koslowski, der Gerhard. Der ist auch hier gewesen, als die Russen kamen. Aber damals war er noch ein kleiner Hosenscheißer. Sieh dir mal an, was das für ein Kerl geworden ist, ein richtiges ausgewachsenes Mannsbild.«

Die alte Frau wischte die Hände an der Schürze ab und legte das Kartoffelschälmesser neben sich auf die nackten Steine. Dann erst blickte sie auf, richtete ihre grauen Augen auf

Gerhard Koslowski. Er sah es ihr an, welche Mühe es ihr machte, einen in der Vergangenheit verlorengegangenen Faden wiederzufinden. Borek wollte ihr helfen und fragte: »Wie alt warst du damals, Gerhard?«

»Als der Krieg zu Ende ging, war ich gerade zehn.«

Ihr Gesicht hellte sich auf. Plötzlich schien sie zu begreifen.

»Ach, das ist der kleine Gerhard, der Junge vom Schneider Koslowski!«

Sie lächelte zufrieden, weil sie endlich einen Anknüpfungspunkt gefunden hatte.

»Ich weiß, ich weiß«, sprach sie leise. »Das war das kleine Jungche, das damals so geweint hat, als sie ihm die Eltern weggenommen haben.«

Koslowski spürte, wie sich die Treppe verformte. Auf einmal konnte er nicht mehr stehen. Er klammerte sich an den Handlauf, mußte Platz nehmen auf den ausgetretenen Steinen, auf denen sich die Vergangenheit breitgemacht hatte, sich vor ihm auftürmte wie ein erdrückender Fels.

»Nein, christlich war das wirklich nicht, was sie mit dem Jungen gemacht haben«, fuhr die alte Frau fort. »An einem Tag holten sie den Vater und zwei Tage später die Mutter. Eine Woche lang hat das Kind geweint und nichts gegessen.«

Koslowski kam sich vor wie ein Mensch, der am Fuße eines Staudamms steht und plötzlich sieht, wie über ihm die Mauer nachgibt.

»Weißt du noch, daß in der Stube, in der sie deinen Vater verhörten, ein altes Klavier stand? Vom Verhör haben wir draußen nichts verstanden, aber manchmal haute einer der Soldaten mit der Faust auf die Klaviertasten. Das schallte durchs ganze Haus.«

Die Mauer des Staudamms barst endgültig. Eine mächtige Flutwelle wälzte sich auf Gerhard Koslowski zu. Ohnmächtig stand er vor dem tosenden Berg, der aus der Vergangenheit aufgetaucht war und auf ihn einstürmte.

»Ein Soldat hat sogar geschossen. Da dachten wir alle: Ach, nun ist der Schneider Koslowski tot! Aber sie wollten ihm nur Angst einjagen.«

»Ist gut, ist gut«, mischte sich Borek ein.

Aber die Frau erzählte weiter. Man sah es ihr an, wie froh sie war, nun endlich den Faden gefunden zu haben.

»Die Mutter haben sie gar nicht verhört. Die haben sie so mitgenommen, wie sie da stand, und das mitten im Schneegestöber. So hoch waren die Schanzen.«

Die Frau hielt ihre Hand an die vierte Stufe der Steintreppe.

»Sie hätten wenigstens auf besseres Wetter warten können, als sie deine Mutter holten.«

Borek stand auf und packte Koslowskis Arm.

»Nun wein man nicht gleich, Gerhardchen«, sagte er, holte die Wodkaflasche aus der Joppe und hielt sie ihm unter die Nase.

»Mensch, das ist fünfunddreißig Jahre her, da braucht kein Mensch mehr zu weinen.«

Gerhard Koslowski verbarg sein Gesicht in den Händen. Was sind schon fünfunddreißig Jahre, wenn die Vergangenheit vor dir auf der Treppe sitzt?

# Das sterbende Haus

»Wenn du dein Haus noch einmal sehen willst, mußt du jetzt fahren.« Das hatte einer aus dem Nachbardorf zu Lehnert gesagt. »In einem Jahr findest du nur noch Trümmer«, hatte er gesagt. Er war gerade zurückgekommen, hatte das Land von West nach Ost bereist und Lehnerts Haus gesehen, das dem Verfall preisgegeben war und vielleicht noch ein Jahr hielt, vielleicht auch nicht. »Sie holen schon die Pfannen vom Dach«, hatte er gesagt. »Du weißt ja, wenn es von oben hineinregnet, geht es mit einem Haus bald zu Ende.«

Nach dem Gespräch kam Lehnert nicht mehr von dem Gedanken los, daß er sich um sein Haus kümmern müsse. Er trug ihn einen Winter lang mit sich herum, je mehr er dachte, desto schlimmer wurde es. Du kannst dein Haus nicht so verkommen lassen!

Eigentlich war es ein abgeschlossenes Kapitel. In mehr als dreißig Jahren hatte er Zeit genug gehabt, sich von dem fernen Haus zu lösen, es als das anzusehen, was es wirklich war, eine Ansammlung von Steinen und Holz. Er hatte sich in der Lüneburger Heide ein neues Haus gebaut, an dem er hing. Es hatte ihm geholfen, das alte zu vergessen, aber nun war dieser Mensch gekommen und hatte gesagt: »Dein altes Haus bricht zusammen, Lehnert.«

Er stellte sich das vor. Auf dem Fleck, auf dem es gestanden hatte, nur noch eine Baumgruppe. Geborstene Mauern, von

Brennesseln überwuchert. So wird es einmal aussehen. Leerstehende Häuser verfallen ja so schnell. Ein Haus kannst du nur am Leben erhalten, wenn du es bewohnst. Leerstehende Häuser geben sich auf, siechen dahin.
»Die Leute, die in deinem Haus lebten, haben eine Wohnung in der Stadt bekommen. Sie sind fortgezogen und haben dein Haus einfach stehenlassen.« Wenn du das hörst, kommt es dir vor, als laufe Sand aus einer Uhr. Bald fährt der letzte Zug ab, fallen die letzten Mauern um, sterben die letzten Bäume in deinem Apfelgarten. Er sollte hinfahren, um den Trümmerhaufen der Erinnerungen zu besichtigen. Einmal wenigstens. Der Mann aus dem Nachbardorf half ihm, besorgte den Visumsantrag, regelte den Geldumtausch und die Hotelreservierung. Mein Gott, ein solcher Papierkrieg! Ja, wenn es nach Afrika gegangen wäre oder nach Neuguinea, Lehnert hätte es wohl verstehen können, aber er wollte nur in sein Heimatdorf, um sein Haus zu besichtigen, bevor es endgültig verfiel.
Die Mitreisenden hielten ihn für einen wunderlichen Kauz. Er erklärte von vornherein, an keiner Gemeinschaftsveranstaltung teilnehmen zu wollen. Den Abstecher zur Wolfsschanze strich er mit der Bemerkung: »Von den Wölfen haben wir genug gehabt.« Er verzichtete auf die Seenfahrt und die Schiffsreise über den Berg. Er sei nur seines alten Hauses wegen gekommen, erklärte er. Und mehr nicht.
Am Morgen nach der Ankunft ging er zum Reiseleiter. Er werde länger fortbleiben. Er fahre zu Bekannten in sein Heimatdorf. Dort werde er auch übernachten. Einen Tag und eine Nacht sei nicht mit ihm zu rechnen. Man solle sich seinetwegen keine Gedanken machen. Er werde übermorgen wieder eintreffen.
Keinen Bissen nahm er zu sich. Es gab zum Frühstück gebratene Karauschen, dazu Milchsuppe, mit einem Löffel Marmelade gesüßt und gefärbt, aber er verließ das Hotel, als die

anderen noch an der Frühstückstafel saßen. Er trug ein Bündel unter dem Arm, weiter nichts. Er schaute sich nicht um, stieg wortlos in ein Taxi, wirklich ein wunderlicher Mensch. Auf einen Zettel zeichnete er den Weg, den das Taxi fahren sollte. Nein, es war keine Reise zu den schönsten Flecken der Masurischen Seenplatte. Es ging ganz einfach nur ins weite, flache Land. Und bitte keine Umwege zu Baudenkmälern oder schönen Aussichten.

Unterwegs versuchte der Fahrer ein Gespräch anzufangen, radebrechte in deutsch, so gut er konnte. Aber Lehnert antwortete nicht. Da gab er es auf, fuhr schweigend den angegebenen Weg. Na ja, manchmal kommen sonderbare Menschen zu Besuch, dachte er. Man kann ihnen nicht helfen.

Am Dorfeingang ließ Lehnert halten, weil er zu Fuß zu seinem Haus gehen wollte. Der Taxifahrer fragte, ob er warten solle. Nein, nicht warten. Lehnert zahlte, was er schuldig war, aber der Taxifahrer blieb, setzte sich ins Gras, steckte eine Zigarette an, schien sich auf langes Warten einzurichten. Der hat dich nicht richtig verstanden, dachte Lehnert und ging zurück, um ihm noch einmal zu sagen, daß er nicht zu warten brauche. Morgen könnte er ihn abholen. Vormittags gegen zehn.

Der Mann nickte freundlich, verstand durchaus, was Lehnert meinte, blieb aber trotzdem am Straßenrand sitzen, als habe er viel Zeit und könne, wenn es sein müsse, bis morgen früh um zehn warten.

Lehnert ging allein in sein Dorf, kam sich vor wie ein Handwerksbursche von früher, der nach langer Reise heimkehrte. Er wunderte sich, wie ruhig er war. Lag es daran, daß am Dorfeingang Häuser standen, die er nicht kannte, neue Häuser mit grellem Anstrich? Er hatte sich den Einzug aufregender vorgestellt. Ein paar Kinder liefen neugierig hinterher, nicht einmal ein Hund schlug seinetwegen an.

Endlich sah er die Baumreihe, hinter der sein Haus stehen mußte. Die Pappeln waren um einiges gewachsen, verdeckten sein Anwesen. Er bekam einen Schreck, dachte, sein Haus sei schon zusammengebrochen, niedergebrannt, abgetragen, von einem Bulldozer flachgewalzt oder was sonst mit verfallenen Häusern geschieht. Er ging schneller, wollte endlich die Bäume hinter sich bringen, die den Blick verstellten. Er achtete nicht auf den See, dessen Schilfgürtel mächtig ausgeufert war, nicht auf die mannshohen Weidenbüsche, die Gänse und Enten, die zu Hunderten den Anger bevölkerten und erschreckt auseinanderliefen, als der alte Lehnert kam. Nur einmal blieb er stehen. Das war am Kriegerdenkmal. Das heißt, früher hatte an dieser Stelle das Kriegerdenkmal gestanden. Jetzt hing an einem verwitterten Holzkreuz ein leidender Christus. Es kommt wohl aufs gleiche hinaus, dachte Lehnert im Vorbeigehen. Das Haus stand noch. Aber wie! Ein Loch im Dach, groß genug für ein Heufuder. Die Dachpfannen abgetragen, ein Haufen Ziegelschutt unter der Traufe. Bei Regenwetter würde es von oben unaufhaltsam in Lehnerts gute Stube plätschern. Der Garten, ein üppiges Wäldchen, dessen Verwüstungen erst aus der Nähe zu erkennen waren. Abgebrochene Äste mit unreifen Früchten und welken Blättern. Ein Apfelbaum bekleckert mit roter Farbe, ein anderer angekohlt, weil in der Nähe ein Lagerfeuer gebrannt hatte. So ist das mit unbewohnten Häusern, als erstes leiden die Gärten.

Er fragte sich, ob es nicht besser sei umzukehren. Noch hatte er sein Haus nicht betreten, noch wäre es möglich, das Innere in guter Erinnerung zu behalten. Auf der Chaussee stand noch das Taxi. Ach, deshalb wartete der Fahrer. Der Mann kannte seine Fahrgäste aus dem Westen, der wußte, wie Heimkehrern zumute ist. Viele, die lange bleiben wollten, sind schon auf der Stelle umgekehrt.

Bist du tausend Kilometer gefahren, um kurz vor dem Ziel umzukehren? Lehnert gab sich einen Ruck, betrat endlich das Haus, das einmal sein Haus gewesen war und das jetzt, so mußte man es wohl sagen, im Sterben lag.

Die Fenster ohne Glas, damit hatte er gerechnet. Aber daß die Türen fehlten, bestürzte ihn. Jemand hatte im Schlafzimmer ein Loch in die Außenwand geschlagen, um Ziegel zu holen. Lieber Himmel, das waren die Ziegel, die Lehnert vor mehr als vierzig Jahren mit seinem Pferdegespann aus der Ziegelei herangefahren hatte, als er dieses Haus baute.

Die gute alte Küche, die gemütlichste Ecke im Haus, und das nicht nur im Winter. Er fand ein leeres, schwarzes Loch, abgeplatzte Kacheln, im Küchenfußboden Sandkuhlen, wie sie die Hühner auf dem Hof scharren. Nicht mal der Herd hatte überlebt. Die Eisenringe lagen verstreut herum, einer hing an einem rostenden Nagel über dem Eingang zur Wohnstube. Er nahm ihn ab, hängte ihn über den Arm, war entschlossen, das schwarze, rußige Ding mitzunehmen als Mitbringsel von seiner Reise. Wenigstens einen Herdring hast du gerettet, Lehnert.

Im rückwärtigen Teil war die Decke heruntergekommen. Der Querbalken lag da, wo Omas Himmelbett gestanden hatte. Lehnert schlug mit der Faust gegen den Balken. Gutes Holz. Man könnte die kräftigen Vierkantstücke aus den Trümmern ziehen, sie zu Zaunpfählen verarbeiten, zu Gartenpforten oder als Abdeckbohlen auf Jauchegruben legen.

In der guten Stube waren die Dielen des Fußbodens eingebrochen. Wie konnte das passieren? Ist jemand mit einem Pferd in deine gute Stube geritten? Kerben im Türpfosten, mit der Axt geschlagen. Paß auf, daß du dir keinen Splitter einreißt, Lehnert! In der Ecke, in der früher die Uhr gestanden hatte, lag ein Haufen Kot. Kopfschüttelnd stand er vor den Brennesseln, die von seiner Schlafstube Besitz ergriffen hatten. Sie waren durch das Loch in der Außenwand gekrochen und wucherten mächtig in den Raum hinein, in dem Lehnert seine Flitterwochen verlebt hatte und in dem seine Kinder auf die Welt gekommen waren.

Gab es keine Sitzgelegenheit im eigenen Haus? Keinen Stuhl, keinen Sessel, keinen Hocker, nicht einmal eine Fußbank? Auf der Fensterbank hätte er sitzen können, aber die war mit Glassplittern übersät und mit roter Farbe beschmiert. Also setzte er sich in die Ecke, in der früher der Hund gelegen hatte. Er mußte lachen. Es gab für ihn keinen besseren Platz im eigenen Haus als die Hundeecke.

Wie er da saß, ratlos und erschüttert, fing er an, Mitleid zu haben mit dem Haus. Wie man mit einem kranken Menschen mitleidet. Er fühlte, wie es sich dahinquälte. Es hatte niemand, der sich des Verfalls annahm, den Zusammenbruch linderte, den Unrat zur Seite kehrte. Sogar Pilze wuchsen zwischen den Bretterritzen des Fußbodens.

Er blickte zur Chaussee. Das Taxi war fort. Du hättest den Taxifahrer nicht wegschicken sollen, dachte er. Man kann nie wissen, wann du ein Fluchtauto brauchst, wann der Anblick der furchtbaren Stätte nicht mehr zu ertragen ist.

Er floh nach draußen, um an der frischen Luft auf andere Gedanken zu kommen. Er suchte nach vertrauten Dingen, rannte hier hin und da hin, fand aber nur den alten Birnbaum, jetzt halb vertrocknet und ohne Früchte. Abholzen müßte man ihn.

Er hatte Angst, wieder ins Haus zu gehen. Die wuchernden Brennesseln im Schlafzimmer, die herabhängenden Balken machten ihn traurig. Er hatte nicht übel Lust, auch zur Axt zu greifen, um Kerben in den Türpfosten zu schlagen oder die Fensterbank zu demolieren. Er mußte irgend etwas bewegen an dem alten Haus, mußte noch einmal Spuren hinterlassen. Früher schnitzte man Herzen ins Holz, schrieb Vornamen nebeneinander und malte Amorpfeile. Aber das paßte nicht in diese Traurigkeit.

Am Nachmittag kamen die Kinder. Als sie ihn sahen, blieben sie im Garten stehen, beobachteten ihn durch das Gestrüpp. Sie werden dich für ein Gespenst halten, dachte er, für einen Spuk, der in altem Gemäuer umgeht. Ja, du bist wie ein alter Geist, dem es keine Ruhe gelassen hat, der zurück will in die Flasche,

aus der er vor langer Zeit entwichen ist. Und nun spukst du im
eigenen Haus herum, kannst keine Ruhe finden... Du hättest
das Taxi nicht wegschicken sollen.

Er war gekommen, um wenigstens eine Nacht in seinem Haus
zu schlafen, hatte dafür ein Bündel mit zwei Wolldecken
mitgebracht. Er hatte an eine gemütliche Ecke auf dem Fußboden gedacht, um zu liegen und zu lauschen, was die Wände zu
erzählen wußten. Aber es ging nicht. In diesem verkommenen
Haus kannst du nicht übernachten. Es wäre lebensgefährlich.
Ein Stück der Decke könnte herunterfallen und dich erschlagen. Der alte Lehnert wird vom eigenen Haus erschlagen! Das
wäre wirklich ein merkwürdiges Ende seiner Reise. Du hättest
das Taxi nicht wegschicken sollen.

Da es warm war, entschloß er sich, im Garten zu nächtigen, an
einen Apfelbaum gelehnt, das Haus immer vor Augen. Am
liebsten gar nicht einschlafen. Einfach nur so sitzen und nach-
denken, bis die Sonne aufgeht. Vormittags um zehn wird das
Taxi kommen und ihn erlösen.

Lehnert wunderte sich, wie laut die Nacht war. Auf der
Chaussee hörte er Autos. Im Teich sprangen Karpfen. Kühe
brüllten, sehr weit entfernt, den Wald an.

Im Haus raschelte es. Es wird eine Maus sein, dachte er. Oder
eine Ratte. Oder der Putz riesel von den Wänden. Oder die
Balken geben wieder nach. Oder ein Gespenst geht um. Oder
die Seelen derer, die hier einmal gewohnt haben, versammeln
sich in der Ruine, um zu klagen.

Einmal schien es ihm, als sähe er ein Licht. Eine blakende
Petroleumlampe. Jemand stocherte im Herdfeuer. Schlurfende
Schritte wie früher, wenn die Oma von der Küche zu ihrer
Kammer ging.

Er sprang auf, schnippte sein Feuerzeug an und leuchtete den
Flur des leeren Hauses aus. Natürlich war niemand da. Die
Flamme des Feuerzeugs warf Schatten gegen die Wände, flak-
kerte, wurde von einem Windzug ausgepustet.

Jetzt erst spürte er, wie sehr es in seinem Haus stank. Nach verschimmelten Lumpen oder schmutziger Wäschelauge oder einem Stück Aas. Er schnippte wieder das Feuerzeug an. Die Flamme schwärzte seinen Daumennagel. Als er in die Flamme sah, kam ihm der sonderbare Gedanke: Du mußt dein Haus erlösen. Du kannst es nicht langsam vor sich hinsterben lassen. Es ist deine Pflicht, dem Haus einen letzten guten Dienst zu erweisen. »Du hast den Verstand verloren!« sagte er laut. Er lief zum Seeufer, glaubte, dort werde er etwas anderes denken können. Aber er kam nicht davon los. Er schämte sich. Siebzig Jahre bist du alt geworden, und jetzt fällt dir so etwas ein. Er schöpfte mit beiden Händen Wasser, fuhr damit über die Stirn. Nein, er hatte kein Fieber. Der alte Lehnert war bei klarem Verstand. Er träumte nicht, er wußte genau, was er tat und dachte. War es nicht sein gutes Recht? Dieser Trümmerhaufen dort war sein Haus. Hatte er nicht Ziegel herangekarrt und das Holz für das Gebälk geschlagen? Niemand war da, der ihm dieses Haus streitig machte. Die letzten Bewohner hatten es verwahrlost zurückgelassen. In ein paar Monaten wird das Dach völlig zusammenbrechen, werden die Wände einstürzen. Warum dem langsamen Verfall nicht vorgreifen? In Deutschland wäre so etwas strafbar, gewiß, und in Polen wird es nicht anders sein. Aber es gibt keinen Menschen, der dich anzeigt. Den Leuten hier ist es gleichgültig, was mit deinem Haus geschieht, Lehnert. Es ist ja gar kein Haus mehr, sondern eine Ruine, zusammengehalten von Erinnerungen.

Lehnert wartete, bis die letzten Lichter im Dorf erloschen waren. Er besaß nicht einmal Zeitungspapier. Er sammelte trockenes Gras, holte Späne von den zusammengebrochenen Balken.

Du mußt den Wind bedenken. Am besten ist es, hinten am Giebel anzufangen. Da trägt der Wind das Feuer durch das ganze Haus. Du mußt gute Arbeit leisten. Es darf nichts übrigbleiben, keine rauchschwarzen Wände dürfen stehen und weiter vor sich hinleiden, kein Schornstein darf die Trümmer überragen.

Er entschied sich für den Durchgang von der guten Stube zum Schlafzimmer. Auf die zersplitterten Bodenbretter häufte er das trockene Gras, deckte es behutsam mit Holzsplittern zu. Ein Brandstifter im eigenen Haus! Das hat dir niemand an der Wiege gesungen, Lehnert. Er pustete in die kleine Flamme, die Mühe hatte, sich in den Grashaufen hineinzufressen.

Wie lange es doch dauert, bis ein Haus Feuer fängt! Der Rauch trieb ihm die Tränen in die Augen. Er hielt das Taschentuch vor den Mund und hustete. Als er aufblickte, sah er im heller werdenden Schein die alten Bilder an den Wänden. Seinen Großvater in der Uniform eines Landsturmmannes mit ausladendem Vollbart. Die Mutter im Konfirmationskleid. Ein frommes Bild mit der Unterschrift: »Auf diesen Felsen kannst du bauen.« Ein Hirschgeweih. Ein vertrockneter Lorbeerkranz. Lehnert sah das alles an den Wänden hängen und langsam in Flammen aufgehen.

Als es zu heiß wurde, lief er in den Garten, verfolgt von dem sich ausbreitenden Licht, das schon die Fensterhöhlen ausfüllte. Wie ein ungezogenes Kind, dachte er. Erst Feuer legen und dann weglaufen. Er verbarg sich hinter den Weidenbüschen am Seeufer, sah aus sicherer Entfernung, wie sein Haus brannte. Keine Sirene heulte, keine Wassereimer gingen von Hand zu Hand, es gab kein brüllendes Vieh, keine schreienden Menschen, nur dieses ruhig brennende Feuer.

Endlich schlugen die Flammen aus dem Dachstuhl. So hell wie damals, als die russischen Flugzeuge Weihnachtsbäume über Gumbinnen abwarfen. Ein gleißender Schimmer auf dem See. Das Grün der Blätter verwandelte sich in ein mattes Gelb. Genauso wie damals.

Es dauerte lange, bis der Brand bemerkt wurde. Ein paar Leute kamen vom Gutshof herüber, keineswegs in Eile. Sie versammelten sich in sicherer Entfernung und palaverten. Kinder kamen mit Blechdosen zum See gelaufen, schöpften Wasser und hatten Spaß daran, es ins Feuer zu gießen. Als der Dachstuhl einstürzte, stoben Funken in den Himmel. Die Kinder riefen Ah und Oh, aber Lehnert lag im Gestrüpp und weinte. Es kränkte ihn ein wenig, daß niemand zupackte, um zu löschen, daß sie nur so herumstanden, als hätten sie schon lange darauf gewartet, das alte Haus brennen zu sehen. Als die Flammen zusammenfielen, verließ einer nach dem anderen die Brandstelle. Lehnert blieb allein mit seinem Haus und seinem Feuer. Er schlich zurück, freute sich über die Wärme, die sein altes Haus hergab. Wenigstens wärmen konnte es ihn noch. Er setzte sich in den Garten und schaute dem Feuer zu. Übermüdet schlief er ein, schreckte nur einmal auf, als der hintere Giebel einstürzte. Endgültig wach wurde er im hellen Tageslicht, als er die Kinderstimmen hörte. Die Kinder umringten ihn, tuschelten und lachten. Als er aufstand, um letzte Holzreste in die glimmende Asche zu werfen, wichen sie scheu zurück.

Aus dem Dorf kamen Männer. Sie redeten heftig auf ihn ein, aber er verstand sie nicht. Einige schimpften, andere lachten. Und es kamen immer mehr. Lehnert erinnerte sich nicht, jemals eine solche Menschenversammlung in seinem Apfelgarten gesehen zu haben. Er wäre am liebsten fortgelaufen, aber sie ließen ihn nicht. Da sah er, wie das Taxi von der Chaussee abbog. Sein Taxi. Der Fahrer hielt nicht oben an der Straße, sondern kam gleich ins Dorf gefahren, direkt auf die Brandstelle zu. Ohne sich um Lehnert zu kümmern, mischte er sich unter die Leute, sprach mit ihnen, redete gestikulierend auf sie ein. So ging das eine ganze Weile. Plötzlich griff er Lehnerts Arm und zog ihn fort zu seinem Auto. Lehnert folgte ohne Widerstand, ließ sich auf den Rücksitz schieben, empfand es als Wohltat, wie der Taxifahrer ihn in eine Decke hüllte. Das Auto bahnte sich hupend eine Gasse durch die Menschenmenge.

»Die Leute sagen, es ist verboten, im fremden Land Häuser abzubrennen.«

Lehnert wollte ihm die ganze traurige Geschichte erzählen, aber er fühlte sich schrecklich müde.

»Ich habe ihnen gesagt, daß es dein Haus gewesen ist vor langer, langer Zeit und daß es jetzt nichts mehr wert ist. Und daß du ein alter Mann bist und alte Menschen manchmal komisch werden im Kopf... Wie sagt man in eurer Sprache? Ein bißchen verrückt oder so...«

Ja, das mag wohl sein. Nach siebzig Jahren war der alte Lehnert etwas wunderlich geworden.

»Die Leute sagen, es ist nicht schade um dein Haus. Aber sie haben Angst. Im Dorf stehen noch viele Häuser aus früherer Zeit. Wenn überall die alten Besitzer kommen und ihre Häuser anstecken, das geht nicht, verstehst du? Sie wollten die Miliz holen. Aber ich habe gesagt: Warum wollt ihr die Miliz holen? Ich fahre in die Stadt und kann ihn abgeben bei der Miliz.«

Lehnert beugte sich über den Sitz.

»Willst du mich wirklich bei der Miliz abliefern?« fragte er.

Der Taxifahrer grinste.

»Ein Taxi fährt immer dahin, wohin der Fahrgast möchte. Also wohin willst du fahren, alter Mann?«

# Tobias oder das verhängnisvolle Denken

Nachher sind sie klüger. Diese Art von Arbeit hättest du gar nicht annehmen dürfen, sagen sie. Lieber in öffentlichen Anlagen Papier aufsammeln oder Kinos ausfegen, sagen sie. Deine Rente ist doch gar nicht so niedrig. Wenn du einen Zuverdienst brauchst, hätte es etwas anderes sein müssen. Gärtner wäre gegangen, sagen sie. Die Tulpenfelder in den Kuranlagen begießen, Torf auf Rosenbeete streuen und aufpassen, ob die Hunde wirklich an die Leine genommen werden. Für den Nachmittag meldete sich ein Reporter der Lokalzeitung an. Mit Fotograf. Vielleicht kommst du sogar ins Fernsehen, Tobias. Diese Aufregung um eine Nichtigkeit! Als wäre der erste Mensch nackt durchs Eismeer geschwommen. Tobias stellte sich vor, wie sie auf seiner dunkelgrünen Couch sitzen würden, der Reporter und sein Fotograf, die Leute vom Regionalfernsehen und die vom Verein wider den tierischen Ernst und ein Geistlicher und Karnevalsprinzen und viele viele mehr. Er sah ihr freundliches Lächeln, dieses verstehende, mitleidsvolle Lächeln, das die Menschen aufsetzen, wenn sie eine hinkende Oma über die Straße geleiten. Und immer wieder die gleiche Frage: »Mensch, Tobias, was haben Sie sich dabei gedacht?«
Gedacht war gut. Das traf genau den Punkt. Die Geschichte hing mit Denken zusammen, nur mit Denken. Und sie war an diesen einen Ort gebunden. Nur in der kleinen Kurstadt mit

dem alles beherrschenden Kurhotel konnte so etwas passieren. Jeden Tag eine Veranstaltung. Heute die Tierärzte, morgen die Dentisten, übermorgen Versicherungsleute oder Gewerkschaften. Nur hier gab es jene Nebenbeschäftigung für einen »rüstigen Rentner von gefälligem Äußeren«, die Tobias zum Verhängnis geworden war. Ein halbes Jahr hatte er damit zu tun gehabt. Bis gestern. Weiß Gott, es war eine angenehme Arbeit gewesen. Immer warm und trocken, gutes Essen aus der Hotelküche, aber eben dieser eine Haken: das Denken. Die Arbeit taugte nichts, weil sie ihm viel Zeit zum Denken gelassen hatte.

Den schwarzen Anzug, der fein geglättet und gebürstet neben ihm auf der Stuhllehne hing, hatte übrigens das Kurhotel gestiftet. Um die Mittagszeit wird es einen Jungen schicken, den Anzug abzuholen. Tobias gab ihn ungern zurück, hatte sich an das gute Stück gewöhnt. Anfangs war er sich darin wie ein Beerdigungsunternehmer vorgekommen. Tag für Tag in Schwarz. Um sich die vielen Menschen mit ihren feierlichen Gesichtern, stundenlang einem Mann am Rednerpult zuhörend. Das erinnerte tatsächlich an Beerdigungen. Ein Ritual wie im Gottesdienst. Unten eine andächtig lauschende Gemeinde, auf der Bühne ein wichtiger Mann, der von oben herab Wahrheiten verkündete. Nur Beifall gab es in Kirchen nicht. Ob die jemals begreifen werden, was für ein komisches Bild sie abgeben? Unten zweihundert gescheite, erwachsene Menschen, die ein interessiertes Gesicht machen und ergriffen zuhören, wie oben einer Texte verliest, die die zweihundert schon gedruckt vor sich liegen haben.

Bei der Einstellung hatte der Chef des Kurhotels gesagt, die Tätigkeit sei abwechslungsreich. Das war eine Lüge. Die einzige Abwechslung bot die Hotelküche. Und deshalb bekam er viel Zeit zum Denken.

Ohne Vorbereitung ließen sie ihn nicht an die Arbeit. Zwei Tage lernte er, Haltung anzunehmen und würdevoll auszusehen. Sie können das Schild nicht wie eine Mistforke schultern und damit in den Saal latschen, sagte der Empfangschef streng. Im leeren Kongreßsaal übten sie. Feierlicher Gesichtsausdruck, keine Gefühlsregung, das Schild gut sichtbar, immer schön vertikal. Mal nach links, mal nach rechts schauen. Ohne Hektik gehen, am besten schreiten, ja, der Empfangschef sagte schreiten. Vor dem Podium anhalten, sich mit dem Schild dem Publikum zuwenden. Kurze Pause, dann Abgang zur anderen Seite.

»Stellen Sie sich vor, Sie spielen im Theater! Sie sind der Schicksalsbote, der plötzlich die Bühne betritt und dem Stück die entscheidende Wendung gibt.« Auf keinen Fall erläuternde Hinweise geben. Sprechen war nicht erlaubt. Nein, Tobias mußte wie ein geheimnisvoller Geist durch die Versammlung schreiten und seine stumme Botschaft wirken lassen.

Weil er nicht sprechen durfte, blieb das Denken übrig. Anfangs konzentrierte er sich darauf zu raten, in welchem Teil des Saales die gesuchte Persönlichkeit sitzen würde, hinten oder vorn, im Mittelgang, in der Fensterreihe oder an der Garderobenseite. Wenn er den Saal betrat, legte er sich fest, entschied sich beispielsweise für die Fensterreihe. Dann spazierte er los, nein schreiten war richtig, und freute sich, wenn der Gesuchte tatsächlich in der Fensterreihe saß. Im Rückblick kam es Tobias so vor, als habe er immer mehr Treffer als Nieten gezogen.

Großen Spaß bereiteten ihm die Auftritte der Ausgerufenen draußen im Foyer. Wie sie sich bemühten, würdevoll und ohne Hast den Saal zu verlassen! Die meisten fanden Zeit, Tobias ein Trinkgeld in die Hand zu drücken; sie fühlten sich schuldig, die Veranstaltung gestört zu haben, und tilgten einen Teil der Schuld, indem sie Tobias reichlich beschenkten. Fast nie wurden die Großen herausgerufen. Tobias kam der Verdacht, die Kleinen und Unbekannten benutzten ihn, um auch einmal ins

Rampenlicht zu treten. Sie beauftragten vorher ihr Büro, dieses
oder jenes zu erledigen und danach im Kongreßhotel anzurufen. Wer aus einer Veranstaltung gerufen wird, muß eine
wichtige Person sein. Für einen Augenblick zieht er alle Blicke
auf sich, wird aus der Masse der zweihundert Zuhörer heraus-
gehoben und feierlich aus dem Saal geleitet.

Das Unglück nahm seinen Lauf, als Tobias anfing, sich mit den
Texten zu beschäftigen. Der Empfangschef merkte bald, daß er
gut in Orthographie war. Er überließ es ihm, die Texte auf das
Schild zu schreiben. Anfangs überprüfte er das Geschriebene,
später durfte Tobias ohne Kontrolle in den Saal. Dieses
schreckliche Einerlei der Texte! Dr. Müller bitte ans Telefon...
Direktor Meyer bitte ins Foyer... Mehr kam nicht vor.

Um sich abzulenken, konzentrierte Tobias sich auf die Namen
und Titel der Ausgerufenen. Auf Ärztekongressen kamen fast
nur Doktoren vor. War die Wirtschaft versammelt, ging es um
Generaldirektoren, Direktoren, Subdirektoren, Abteilungsdi-
rektoren, Bezirksdirektoren, Filialdirektoren und Prokuristen.
Auf einer politischen Veranstaltung mußte er einen Genossen
Haferbaum aus dem Saal holen, was Tobias schon als kleine
Sensation empfand. In bester Erinnerung hatte er die Bauern.
Als sie tagten, trug Tobias folgenden Text in den Saal: »Herr
Alfons Grödner bitte zu Hause anrufen. Sie sind soeben Vater
geworden.«

Es gab einen regelrechten Tumult im Saal. Der Bauernpräsident
unterbrach seine Rede, ging auf den Ausgerufenen zu und
schüttelte ihm die Hand. Die Anwesenden klatschten Beifall.
Erst nach fünf Minuten konnte der Redner fortfahren und der
junge Vater ans Telefon eilen.

Aber solche Gefühlsausbrüche kamen selten vor. Im allgemeinen waren die Veranstaltungen langweilig und trostlos, so daß
Tobias nichts übrigblieb, als zu denken. Was wohl geschieht,
dachte er, wenn du den Satz in den Saal trägst: »Siebzigjähriger
Rentner bittet um eine milde Gabe.«? Na, die würden sich

wundern, und seinen Posten wäre er auch los. Auch folgender Text hätte augenblickliches Berufsverbot zur Folge:»Vor der Tür liegt eine Bombe. Wer zehn Mark in meinen Hut legt, den führe ich sicher durch den Hinterausgang ins Freie.« Es machte ihm Spaß, sich absonderliche Sprüche auszudenken. Je mehr er sich damit beschäftigte, desto frivoler wurden sie. »Dr. Müller bitte nach Hause kommen, Ihre Frau geht gerade fremd!« fiel ihm ein, als die Immobilienmakler tagten. Oft stieg er zurück in die Vergangenheit, lieh sich Sprüche aus, die ihm in seinem siebzigjährigen Leben begegnet waren.»Psst! Feind hört mit!« Das wäre vielleicht etwas für den Datenverarbeiterkongreß.

»Räder müssen rollen für den Sieg!« reservierte er für die Eisenbahnergewerkschaft, vielleicht auch für die Automobilbauer.

Warum wurden seine ausgedachten Sprüche immer aggressiver? Warum verstieg er sich sogar zu der furchtbaren Entgleisung:»Alle Luden raus, der Puff brennt!«

Jetzt, da alles vorüber war, Tobias trübsinnig in seiner Rentnerwohnung saß und auf die Lokalpresse wartete, jetzt wußte er den Grund. Es hatte an der Mißachtung seiner Person gelegen. Wenn er den Saal betrat, starrten zweihundert Augenpaare das dämliche Schild an, aber niemand beachtete den Schildträger. Ein Hund mit Schleife, eine Brieftaube oder ein reitender Bote hätten größere Aufmerksamkeit erregt als der Rentner Tobias mit seinem schwarzen Schild. Er war sich nicht mehr wie ein Mensch vorgekommen, sondern wie ein Teil dieses leblosen Schildes, das sich in eingeübten, abgezählten Schritten durch den Saal bewegte. Warum ist noch niemand auf den Gedanken gekommen, für diese Aufgabe einen Roboter einzustellen? Der wäre nur auf dreißig Schritte geradeaus zu programmieren, dann die abrupte Kehrtwendung und Abgang auf der anderen Seite. Wieder dreißig Schritte.

Tobias ertrug es bis zu jenem denkwürdigen 30. September. Das war gestern. Ein ruhiger Tag. Nur hundert Menschen saßen stumm im Kongreßsaal und hörten etwas über den Wohnungsbau der Zukunft, über den Bedarf an umbautem Raum pro Kopf der Bevölkerung im Jahre zweitausendunddreißig. Niemand wollte ausgerufen werden. Gelangweilt saß Tobias im Foyer, wartete auf seinen Auftritt, malte Sprüche auf die Tafel, lustige und traurige, freche und besinnliche.

Nachher wußte er nicht mehr, wie er in den Saal gekommen war. Nur soviel war ihm in Erinnerung, als er eintrat, sprach der Mensch am Pult gerade über die kalte Miete in fünfzig Jahren. Das trifft sich gut, dachte Tobias und marschierte los, das Schild wie eine Fahne voraustragend. Marschierte bis vor das Rednerpult. Dort die eingeübte Wendung zum Publikum. Eine leichte Verbeugung. Das Schild hoch erhoben.

»In fünfzig Jahren seid ihr alle tot!« stand da.

Ein Raunen ging durch den Saal. Der Redner verstummte augenblicklich. Ein Glas, gefüllt mit Tafelwasser, fiel vom Pult und zerschellte am Boden. Manuskriptblätter flatterten wie tote, weiße Vögel vom Rednerpult ins Auditorium. Erst schallendes Gelächter. Plötzlich Stille.

Der Empfangschef kam mit hastigen Schritten auf das Rednerpult zu. Erst schmetterte er das Schild zu Boden, dann führte er Tobias ab, nun keineswegs würdevoll schreitend. Anschließend ging der Empfangschef noch einmal in den Saal, um sich in aller Form zu entschuldigen.

»Was haben Sie sich dabei gedacht?« brüllte er Tobias an.

Ja, was hatte er sich dabei gedacht? Das gleiche wird der Lokalreporter fragen, wenn er nachher auf der dunkelgrünen Couch sitzt. Tobias wußte nur, daß die ganze Sache etwas mit Denken zu tun hatte, aber er konnte es nicht erklären.

»Ich verstehe die Aufregung nicht«, wird er dem Lokalreporter sagen, »auf dem Schild stand doch nur die Wahrheit.«

# Veras Zwillinge

Der erste Weihnachtstag war neblig trübe, mehr nachdenklich als heiter, aber am zweiten Festtag schien die Sonne. Früh holte Ellwein die Zwillinge aus den Betten. »Nach dem Frühstück fahren wir zu Vera.« Eigentlich hätte er Mutter sagen müssen, aber er brachte das Wort nicht über die Lippen. Am Frühstückstisch saßen die Zwillinge neben Doris, der Junge rechts, das Mädchen links. Sie sagten Tante zu ihr, weil Ellwein es so wollte. Später vielleicht werden sie einmal Mutter sagen. Doris gab sich große Mühe mit ihnen. Sie kämmte die Zwillinge, säuberte ihre Hände, und dem Mädchen band sie sogar eine Schleife ins Haar. Purpurrot, weil Weihnachten war. Doris schenkte den Kleinen Kakao ein, dem Vater der Zwillinge und sich Kaffee. Sie teilte ein riesiges Lebkuchenherz in vier Stücke.

»Warum müssen wir zu Vera fahren?« fragte der Junge. »Wir können doch telefonieren.«

»Weihnachtsgeschenke kommen nicht durchs Telefon«, meinte Ellwein.

»Wenn ihr Geschenke haben wollt, müßt ihr sie von Vera holen.«

»Du siehst«, sagte Doris, »die Kleinen wollen gar nicht hin.«

»Sie hat ein Recht darauf«, erwiderte Ellwein. »Und Weihnachten sowieso.«

Doris holte den Blumenstrauß aus der Küche. Der Junge wollte ihn nicht nehmen.

»Aber ihr könnt doch nicht mit leeren Händen kommen«, sagte Doris.

Da nahm das Mädchen den Strauß.

Ellwein verstaute die Kinder auf dem Rücksitz. Unterwegs kaufte er eine Zeitung gegen die Langeweile. Während er auf Grün wartete, dachte er, die Kleinen würden wohl allein hinauffinden in den achten Stock. Das wunderte ihn am meisten. Früher hatte sie immer schreckliche Angst vor der Höhe. Niemals hatten sie jemanden besucht, der höher als im vierten Stock wohnte. Weil sie Angst hatte, aus dem Fenster zu springen. Aber jetzt wohnte sie im achten Stock.

Er brachte die Kleinen zum Eingang, drückte für sie den Klingelknopf. Als sie im Haus waren, schlenderte er zurück zum Auto. Um nicht zu frieren, ließ er den Motor laufen. Um keine Langeweile aufkommen zu lassen, vertiefte er sich in die Zeitung.

Die Zwillinge mieden den Fahrstuhl. Ihnen machte es Spaß, lärmend die Treppe hinaufzulaufen. Vor der Tür im achten Stock stand eine Frau, die sie nicht kannten. Jedenfalls war es nicht Vera. Sie sah aus, als hätte sie eben noch geschlafen; ihr strähniges Haar fiel über die Schulter auf einen geblümten Schlafrock. Sie lehnte, die Beine übergeschlagen, am Türpfosten, in der einen Hand einen Porzellanaschbecher, in der anderen eine Zigarette.

»Ihr seid bestimmt die Zwillinge«, sagte die Frau. Sie hatte eine rauhe Stimme, sprach ganz anders als Vera.

»Eure Mutter ist nicht da. Aber kommt nur rein, ich habe noch etwas Coca-Cola für euch.«

Im Flur nahm die Frau dem Mädchen den Blumenstrauß ab.

»Ihr könnt mich Tante Lisa nennen.«

Irgendwo spielte ein Tonband.

»Was sind denn das für Bettnässer?« schrie eine Männerstimme aus einem halbdunklen Raum. Der Mann, der zu der Stimme gehörte, lag auf dem Sofa, stippte Zigarettenasche in ein auf dem Fußboden stehendes Bierglas und schlug mit den Schuhspitzen den Takt zu einer Musik, die immer lauter wurde, je näher sie kamen.

»Veras Zwillinge sind zu Besuch gekommen.«

Scheu blieben die Kleinen vor dem Mann stehen. Er richtete sich auf, schlug einladend auf die Polsterung.

»Na, dann setzt euch mal.«

Er zog das Mädchen rechts neben sich und den Jungen links. Er fragte nach ihren Namen und ob sie schon zur Schule gingen und was man kleine Kinder noch alles fragt.

»Eure Mutter arbeitet noch«, sagte Lisa.

Sie stellte die Musik leiser, ging zum Telefon und wählte und wählte immer wieder, legte auf und wählte nochmals.

»Deine Zwillinge sind da!« rief sie in den Apparat. Sie wiederholte den Satz ein paarmal, fragte, ob sie die Kinder wegschikken solle oder nicht. Zum Schluß sagte sie: »Stell dich nicht so an, es ist doch Weihnachten!«

»Was ist los, Lisa?« rief der Mann vom Sofa, als sie den Hörer aufgelegt hatte. »Hast du keine Süßigkeiten für unsere Bettnässer? Weihnachten ohne Süßigkeiten! Na, ihr seid mir schöne Mütter.«

Über der Stuhllehne hing ein Mantel. Der Mann wühlte in der Manteltasche und fand eine angebrochene Rolle Pfefferminzbonbons, die er den Zwillingen aufs Sofa warf. Lisa kam mit einer Coca-Cola-Flasche.

»Mehr haben wir nicht«, sagte sie. »Bier ist reichlich da, aber wir können Veras Kindern unmöglich Bier geben.«

Während der Mann Coca-Cola in zwei Plastikbecher goß, zog sich Lisa vor dem Spiegel nackt aus. Sie betupfte Arme und Schultern mit rosa Puder und massierte die Brüste.

»Ich weiß nicht, ob das richtig ist, was du da machst«, sagte der Mann.

»Das sind doch nur Kinder.«

»Das meine ich ja. Weil es nur Kinder sind.«

Er ging zum Schallplattenschrank, holte einen Stapel Platten und legte sich damit auf den Fußboden.

»Mal sehen, ob wir etwas Weihnachtliches finden.«

Er kam mit Bing Crosby an. »I'm dreaming of a white Christmas«

»Na, ist das nicht schön?« rief er den Kindern zu, als das Weihnachtslied den Raum erfüllte und die nackte Lisa plötzlich im Halbdunkel wie ein großer leuchtender Weihnachtsengel aussah. Sie kämmte ausdauernd ihr Haar. Es fiel üppig über die Schultern, über die Arme und etwas sogar über die Brüste.

Auf einmal setzte sich Lisa zu den Kleinen.

»Wo steckt eigentlich euer Vater?«

»Der wartet im Auto«, sagte der Junge.

Sie schob den Fenstervorhang zur Seite und blickte nach unten. Da sah sie ihn.

Ellwein war ausgestiegen. Er säuberte die Scheiben und kratzte Rost von der Stoßstange, als das Taxi neben ihm hielt und eine Frau ausstieg. Er hätte sie fast nicht erkannt. Dieser auffallende Leopardenfellmantel, die hochhackigen Stiefelchen und das Haar so hell wie die Wintersonne.

»Hast du mir die Zwillinge gebracht?« sagte sie im Vorbeigehen. Ihre Stimme war unverändert. Noch immer dieser rauchige Unterton, eine Nachtlokalstimme.

»Warum willst du in der Kälte rumstehen? Komm doch rauf zu mir.«

»Ich warte lieber unten«, sagte Ellwein.

Lisa hatte dafür gesorgt, daß die Zwillinge sie vor der Wohnungstür empfingen. So wie sie auf der Schwelle standen, den ausgewickelten Strauß in der Mitte, glichen sie den Blumenkindern, die vor Kirchenportalen anzutreffen sind, dem Brautpaar Rosen auf den Weg streuend.

»Da seid ihr ja, meine lieben, kleinen Scheusale!« rief Vera.

Sie breitete die Arme aus, aber die beiden standen unbeweglich; nur das Mädchen trat einen halben Schritt vor und reichte ihr die Blumen.

»Kommt her, kommt zu eurer Mutter!«

Sie packte die Zwillinge, drückte einen links, einen rechts an ihren Körper, ließ den Blumenstrauß fallen. Lisa hob die Blumen auf und trug sie hinterher.

»Du hast schon wieder zuviel getrunken«, sagte sie.

Zum drittenmal sang Bing Crosby. Als Vera eintrat, stoppte der Mann die Musik.

»Was hat euch der Weihnachtsmann gebracht?« fragte Vera.

Als das Mädchen mit der Aufzählung begann, fiel sie ihm ins Wort: »Lieber Himmel, ich habe kein Geschenk für euch!«

Sie eilte durch die Wohnung, wühlte in Schränken und Schubläden, fand aber nichts. Endlich ein abgegriffenes Kartenspiel.

»Könnt ihr Karten spielen?«

Als die Kinder nicht antworteten, griff der Mann zu den beschmutzten Karten.

»Seht mal her, so wird es gemacht.«

Er ließ die Karten mit großer Geschwindigkeit zwischen Daumen und Zeigefinger hindurchlaufen. Das sah putzig aus. Die Kleinen lachten. Als sie selbst versuchten, die Karten zu mischen, fielen sie ihnen auf den Fußboden. Der Mann errichtete Kartenhäuschen, forderte die Kleinen auf, sie umzupusten. Wenn es ihnen gelang, schlug er ihnen anerkennend auf die Schulter.

»Ihr habt wirklich ganz schöne Puste«, lobte er.

»Lisa, lauf schnell zum Imbiß und hol Currywurst mit Pommes frites für die Zwillinge«, bat Vera.

»Der Laden hat geschlossen, heute ist Weihnachten.«

»Mein Gott, was soll ich bloß machen? Meine Zwillinge sind da, und ich habe nichts für sie. Nicht einmal Currywurst mit Pommes frites.«

»Nur etwas Coca-Cola «, sagte Lisa.

Als Vera nachschenken wollte, nahm Lisa ihr die Flasche aus der Hand.

»Laß mich das machen«, sagte sie, »sonst verplemperst du wieder die Hälfte. Du weißt doch, Coca-Cola gibt schreckliche Flecke.«

Vera bestand darauf, den Zwillingen die Plastikbecher zu füllen, denn es war Weihnachten, und irgend etwas Gutes mußte sie den Kindern tun. Sie schaffte es, ohne zu plempern, und war ziemlich stolz darauf. Sie durchwühlte ihre Handtasche, warf Puderdose, Lippenstifte und Parfumfläschchen auf den Boden, fand zwischen zerknudelten Papiertaschentüchern und Kämmen einen unansehnlichen Fünzigmarkschein. Gott sei Dank, wenigstens etwas für die Kleinen! »Den könnt ihr euch teilen!«

»Aber nicht kaputtreißen!« lachte Lisa.

»Euer Vater soll euch den Schein wechseln«, meinte der Mann.

»Auf keinen Fall!« schrie Vera. »Der Kerl hat damit nichts zu tun! Der soll mein Geld nicht anrühren. Der übergibt sich, wenn er mein Geld sieht!«

Sie nahm den Schein an sich, versprach, ihn zu wechseln und jedem Kind seinen Anteil zuzuschicken. Per Post. Irgendwann im neuen Jahr wird der Briefträger zu euch kommen und ein Geschenk von eurer Mutter bringen. Es ist soviel Geld, daß ihr einen Monat lang jeden Tag Eis kaufen könnt.

Unten drückte Ellwein auf die Hupe.

Lisa wollte den Kleinen in die Mäntel helfen, aber Vera ließ es nicht zu. Das sei ihre Sache, sagte sie. Sie hob die Kinder nacheinander auf den Arm, sah in ihre Ohren, untersuchte die Fingernägel und fragte, ob sie auch immer die Zähne putzten.

»Wer hat euch denn so hübsch gemacht?«

Die Kinder blickten schweigend zu ihr auf.

»Na, was ist los? Wollt ihr nicht antworten, wenn eure Mutter euch etwas fragt?«

Sie drehte sich zu Lisa um. »Ich glaube, der Kerl hat wieder eine Tante«, sagte sie.

Sie packte die Kinder und schüttelte sie heftig.

»Nun sagt endlich, wie sie heißt!«

»Tante Doris«, flüsterte das Mädchen.

»Sieh mal an, Doris heißt sie. Ihr wißt doch, daß sie euch nichts zu sagen hat. Wenn sie euch schlägt, kommt ihr zu mir. Sie darf euch nicht schlagen, niemand darf meine Kinder schlagen!«

»Ich werde die Kleinen runterbringen«, sagte Lisa und half ihnen nun doch in den Mantel. Vera ließ es geschehen. Sie setzte sich aufs Sofa und sammelte den Krimskrams ein, den sie aus der Handtasche gerissen hatte. Als die Kinder mit Lisa gegangen waren, holte der Mann die Whiskyflasche.

»Du säufst puren Whisky und gibst mir nichts ab!« rief sie.

»Auf den Schreck brauch' ich unbedingt einen Schluck.«

»Komm her und hol dir einen.«

Unten hupte Ellwein zum zweitenmal.

»Ja, ja, du kriegst deine Gören!« rief sie und trank das Glas leer. »Aber irgendwann hol' ich sie mir zurück. Für immer, daß du es nur weißt! Irgendwann werde ich aufräumen in diesem Schweinestall. Dann kommt ein richtiger Tannenbaum in die Stube, wenn Weihnachten ist. Und es gibt nicht Currywurst mit Pommes frites, sondern einen richtigen Gänsebraten für die Kleinen. Sie werden bleiben, solange es ihnen Spaß macht, denn sie sind bei ihrer Mutter. Und kein Schwein wird unten hupen.«

»Reg dich ab«, sagte der Mann. »Die Zwillinge kriegst du nie.«

»Sehen sie nicht süß aus? Wie die kleinen Engel, richtige süße Weihnachtsengel. Solche Kinder habe ich zur Welt gebracht. Das hast du alter Bock mir wohl nicht zugetraut, was?«

»Komm, zieh dich aus! Dabei vergißt du es am schnellsten.«

»Du bist auch so ein Schwein!« schrie sie. »Eben noch waren meine Kinder da, brachten ihrer Mutter einen Blumenstrauß zu

Weihnachten. Kaum sind sie aus der Tür, willst du mit mir schlafen. Dir geht es wohl nicht gut, was?«

»Ich wollte nur, daß du darüber wegkommst«, sagte er.

Sie trat ans Fenster. Unten sah sie das Auto. Und dann die Zwillinge, die über den Bürgersteig rannten. Sie sah Lisa, wie sie ans Seitenfenster trat. Sie sah den Mann, der die Scheibe runterkurbelte und an der Fassade heraufblickte bis in den achten Stock.

»Wenn Sie die Zwillinge wieder mal bringen, müssen Sie vorher anrufen«, sagte Lisa. »Dann machen wir es hübsch gemütlich für die Kleinen.«

»Was ist los mit ihr?« fragte Ellwein. »Hat sie wieder getrunken?«

»Nein, Vera trinkt überhaupt nicht mehr.«

Ellwein drehte sich nach den Kleinen um, die artig auf dem Rücksitz saßen. Sie lutschten den Pfefferminzbonbon, den der Mann ihnen gegeben hatte. Und weiter hatten sie nichts.

Als das Auto rollte, öffnete Vera das Fenster.

Plötzlich stand sie auf der Fensterbank. Unter sich die Straße. Am Himmel, fast auf gleicher Höhe mit ihr, eine ungewöhnlich klare Wintersonne. Schon als Kind hatte sie Angst gehabt vor der Tiefe. Allein das Denken an Tiefe hatte sie schwindelig werden lassen. Nun stand sie oben und umklammerte den Fensterrahmen, spürte zum erstenmal die anziehende Kraft der Tiefe.

Die Gardine wehte wie ein Fahnentuch in den Raum, und die kalte Luft fiel ein und senkte sich auf den Fußboden.

»Es zieht!« schrie der Mann vom Sofa her.

Als er sah, daß sie auf der Fensterbank stand, sprang er auf. Er packte ihren Arm, riß sie ins Zimmer. Sie stürzte auf ihn, aber er wich aus und ließ sie auf den Fußboden fallen. Da lag sie und wimmerte.

»Manchmal denke ich, du fängst an, den Verstand zu verlieren«, sagte er.

Er schloß das Fenster, hob sie auf und trug sie zum Sofa.
»Nun zieh dich endlich aus! Davon wird es besser.«
Sie begann die Knöpfe ihrer Bluse zu öffnen. Dabei sah sie ihn
verklärt an.
»Sei mal ehrlich«, flüsterte sie. »Sahen sie nicht aus wie kleine
Engel, wie richtige süße Weihnachtsengel?«

# Gespräch nach drüben

Nee, da kommt keener rüber!

Aber 'ne Katze läuft da hinten, Opa.

Ja, die Tiere lassen se rüber, nur die Menschen nich.

Dat die Tiere drüben noch wat zu fressen haben?

Wo is denn der Bunker, wo der Hitler drin jesessen hat, Opa?

Mensch, Krümel, der is längst hin.

Weest de noch, wie wir uns am Alex jetroffen haben, Vater? Du mit de frierenden Maijlöckchen in der Hand. Aber feen in Schale, der junge Herr. Dat erste, wat mir uffiel, waren deene jewichsten Schuhe. Mensch, warn die blank!

War ick da nich bei, Oma?

Nee, Krümel, du warst noch nich uf de Welt.

Aber Krieg jab's damals schon.

Ja, Krieg hatte jerade anjefangen. Aber von Schöneberg zum Alex konnteste noch fahrn, dat jing noch.

Oma, wat heest denn dat?

Na, hör mal, lernst du englisch in de Schule oder icke?

Komm mal her, Krümel, ick will dir dat übersetzen. Dat heest soviel, dat de uffpassen sollst, weil de hier den Westen verläßt.

Frische Farbe könnten se och mal druffjeben. Da blättert ja schon der Kalk ab. Is sowat denn scheen?

Mensch, Muttern, für Scheenheit haben die keen Geld. Außerdem soll dat jar nich scheen sein. Vor so nem Bauwerk sollste Angst kriejen, verstehste? Zittern mußte davor.

Man hat sich ja vielet vorjestellt, ick meen damals, als det mit unserm Deutschland uff den Rest jing. Aber an sowat hat keen Mensch jedacht. Mitten durch 'ne jroße Stadt so eenen Zaun!

Sieh mal die Möwe, Opa, die kommt rüber!

Ick sach doch, Möwen und Katzen.

Karnickel och?

Nee, Karnickel nich, weil die nich hoch jenug springen können. Känguruh würde jehen, Krümel.

Kiek mal, wie der kiekt.

Na, allet wat recht is, jute Fernjläser hab'n se drüben. Haste schon mal wat von Zeiss in Jena jehört, Krümel? Glob mir, wenn der dich von drüben ankiekt, kann der die Knöppe an deener Hose zähln.

Kieken die nur oder schießen die och mal?

Na klar schießen die.

Ick meen uff Spatzen.

Na sach bloß, warum soll'n die uff Spatzen schießen, Krümel? Die tun doch keenem wat.

Hinterm Reichstag verkoft eener Eis, Oma.

Du hast doch jrad erst 'ne Stulle jejessen, Krümel.

Nu bleibst du hier mal stehn und hältst de Luft an und kiekst dir dat herrliche Bauwerk an. Ick sach dir, Krümel, sowat jibt et nich überall uff de Welt zu sehen. Dat is det reinste Wunder, sach ick dir.

Weest de, ob dat Lokal noch steht, wo wir uns damals verlobt hab'n, Vater?

Ach, du meenst unsere Zwee-Mann-Verlobungsfeier in Prenzlau. Eijentlich waren wir ja schon dreie.

Nee, Krümel, du warst noch nich dabei, aber wat deene Mutter is, die war damals schon een kleenet bißken uff de Welt.

In Prenzlau is jetzt wohl 'ne volkseijene Bratwurststube drin, sagen die Leute.

Is dat een Russe, Opa?

Nee, die Russen haben mit diesem Bauwerk nischt zu tun.

Dafür haben se ihre Leute.

Mensch, wenn der Hitler wüßte, wat die hier anjerichtet haben, der dreht sich noch im Jrabe um.

Und der olle Willem erst.

Hast de den eijentlich noch jesehn, Vater?

Nee, der is schon achtzehn stiften jejangen, da war ick erst zwee.

Aber in Charlottenburg steht er noch.

Quatsch, Krümel, dat is der olle Kurfürst.

Wie lange soll denn dat Bauwerk hier noch rumstehen, Opa?

Na, wir beeden Ollen werden in dieser Jejend nich mehr Jänseblümchen pflücken. Aber du, Krümel, du wirst dat vielleicht noch erleben. Sagen wir mal im Jahr zweetausend. Ick denk doch, bis zweetausend muß dat erledigt sein. De Menschheit kann nich mit sowat von Bauwerk in een neues Jahrtausend marschiern. Nee, sowat muß aufjeräumt werden, sag ick immer. Bis zweetausend muß der janze Schrott wegjeschafft werden, der sich hier anjesammelt hat.

Die Katze hat det jeschafft, Opa, die is rüber!

Sach ick doch, zu Katzen sind se jut, Krümel.

# Der letzte Besucher

Es war an einem Mittwoch oder Donnerstag, vielleicht auch freitags. Der Kalender zeigte Januar, aber draußen kam der Frühling, und das Licht stieg über die Dächer der Stadt, und es strömte in dunkle Nischen und feuchte Winkel und machte sie warm.

»Ich will nur die Zeitung kassieren!«

Der Junge stand im Laubengang, wartete darauf, daß sich der Schlüssel drehte. Einmal... zweimal. Dann klirrte eine Kette.

»Komm rein!«

Hinter der Tür war es dunkel. Der Junge blieb auf der Schwelle, weil die Dunkelheit ihm entgegenfiel und seine Augen sich erst daran gewöhnen mußten. Auf einmal sah er die geschlossenen Vorhänge und das spärliche Licht einer winzigen Tischlampe mit uralten Fransen am Lampenschirm. Es roch nach Abwaschwasser und verschütteter Seifenlauge, genaugenommen auch ein wenig nach ausgelaufener Milch.

»Komm rein!« rief die Stimme wieder, aber der Junge rührte sich nicht. Da kam der Mann zu ihm in den Flur. Er hörte ihn, wie er sich an der Wand entlangtastete. Die Pantoffeln stießen gegen leere Milchtüten. Vor dem Berg alter Zeitungen neben der Eingangstür blieb er stehen.

»Unser Mülleimer ist immer voll«, sagte der Mann. »Seit Weihnachten versuche ich, den Abfall loszuwerden, aber wenn ich mit meinen Tüten unten ankomme, sind andere längst dagewesen.«

Der Junge reichte ihm die Quittung.

Der Mann fingerte an seiner Geldbörse, hatte Mühe mit dem Druckknopf. Ein Haufen Scheine quoll hervor.

»Ich weiß, es ist nicht gut, soviel Geld bei sich zu tragen«, bemerkte er. »Aber ich bekomme heute ein größeres Möbelstück, das muß ich bar bezahlen.«

Der Junge lächelte, weil er das schon kannte. An jedem Monatsende, wenn er die Zeitung kassierte und die Scheine aus der Geldbörse quollen, erzählte der Mann die Geschichte von dem Möbelstück. Zehn einzelne Markstücke zählte er dem Jungen in die Hand. Als der das Geld schon eingesteckt hatte, erbat er es zurück und gab ihm für das Hartgeld einen Zehnmarkschein.

»Ich muß Wechselgeld im Hause haben.«

Der Junge wollte gehen, aber der Mann hielt ihn zurück.

»Ich werde für ein paar Tage zu meiner Schwester aufs Land fahren. Sie hat am 24. Februar Geburtstag. Kannst du meine Zeitungen aufbewahren, bis ich wiederkomme? Weißt du, Zeitungen verstopfen so schrecklich den Briefkasten.«

Der Junge wunderte sich über den 24. Februar, aber er sagte nichts.

»Wenn du eine Mülltüte mit nach unten nimmst, gebe ich dir eine Mark extra.«

Der Mann öffnete wieder die Geldbörse, zählte mit zitternder Hand zehn Groschen ab und steckte sie dem Jungen in die Jackentasche. Der bückte sich, griff nach einer Plastiktüte, die gefüllt mit Unrat im Flur stand, und rannte die Treppe hinunter.

»Nicht so schnell!« rief der Mann hinterher. »Sonst verlierst du die Hälfte, und der Hausmeister beschwert sich wieder, weil das Treppenhaus voller Dreck liegt.«

Als er rief, blieb der Junge stehen und sah sich nach ihm um.

»Wie spät ist es eigentlich?« wollte der Mann wissen.

»Ich habe keine Uhr, aber es muß bald Mittag sein.«

Der Junge machte einen Satz, nahm drei Stufen auf einmal, drückte die Haustür auf und verschwand in dem breiten Strom warmen Lichts, der durch die Straßen flutete. Die Haustür knallte heftig zu. Der Mann stand oben in der Wohnungstür, wartete, ob der Junge zurückkäme. Wenn der Mülleimer voll wäre, müßte er die Tüte zurückbringen. Aber er kam nicht.

Als es ganz still war, verschwand der Mann im Halbdunkel, ging in die Küche, öffnete den Kühlschrank, kam mit einer Tüte Milch wieder und suchte unter den auf dem Tisch herumliegenden Zeitungsblättern nach der Schere. Er schnitt die Ecke der Milchtüte auf, schenkte ein und trank ein volles Glas aus. Kaum war die kalte Flüssigkeit in seinem Leib, krampfte sich der Magen zusammen.

Du hättest die Milch anwärmen sollen, dachte er und setzte sich in den Sessel.

Es wird gleich vorbei sein, dachte er.

Der Körper wird die Milch erwärmen, danach entkrampft sich der Magen.

Er packte ein Kissen auf seinen Leib, wartete auf das Nachlassen der Schmerzen. Er schloß die Augen.

Schlaf ist am besten, dachte er.

Vielleicht schlief er wirklich. Er wußte nicht genau, ob er geschlafen hatte. Jedenfalls fuhr er hoch, als ein Windzug die Gardine bewegte und die Tür anstieß.

Du hast vergessen abzuschließen, dachte er.

Plötzlich sah er den Fremden. Der stand auf dem Flur inmitten der leeren Milchtüten. Eine hochaufgeschossene Gestalt in schwarzer Kleidung ohne Kopfbedeckung.

Der hat nicht mal Haare auf seinem Schädel, dachte er. Und diese Handschuhe! Weiße Handschuhe, die die langen, schlanken Hände bedeckten und fast zum Ellenbogen reichten. Der Besucher lächelte und fragte, ob er nähertreten dürfe.

»Wie sind Sie überhaupt in meine Wohnung gekommen?«
»Die Tür stand offen, einladend weit. Da hab' ich gedacht, schau mal rein, was der alte Thormann macht.«
»Sie kennen meinen Namen?«
»Kunststück«, lächelte der Fremde. »Er steht an der Tür.«
Er trat ein paar Schritte näher, stand jetzt neben der Tischlampe, blieb aber in ihrem Schatten.
»Was wollen Sie von mir?« fragte der Alte und dachte an die Geldbörse mit den vielen Scheinen. Sein Magen war immer noch nicht in Ordnung. Deshalb preßte er das Kissen stärker auf den Leib, beugte sich vor, um den Besucher zu erkennen.
»Eigentlich wollte ich Sie nur wecken, es ist nämlich fünf vor zwölf.«
Thormann unternahm den Versuch, sich zu erheben. Er wollte zum Fenster, um die Vorhänge zur Seite zu ziehen. Aber kaum stand er auf den Beinen, verkrampfte sich der Magen wieder. Ein stechender Schmerz zwang ihn zurück in den Sessel.
»Ziehen Sie bitte die Vorhänge zur Seite«, bat er den Fremden.
Der schüttelte den Kopf. »Ich will keine Spuren hinterlassen.«
»Mein Gott, Sie wollen mir doch nichts antun! Bei mir ist nichts zu holen, ich bin ein alter Mann, der von einer bescheidenen Rente lebt.«
»Ich weiß«, winkte der Fremde ab. »Sie sind siebenundsiebzig Jahre alt. Im Mai wollen Sie den 78. Geburtstag feiern, aber daraus wird nichts.«
Thormann überhörte den letzten Satz. Er dachte nur, daß er sich mit dem Besucher gutstellen, ihn für sich gewinnen müsse. Deshalb bot er ihm einen Stuhl an. Aber der Fremde lehnte höflich ab, zog es vor, mitten im Raum stehenzubleiben. Ja, er stand da wie ein... na, wie wer? Wie ein Sargträger nach getaner Arbeit. Wie ein Richter, der das Urteil gesprochen hat. Zum Fürchten, dieser Mensch.

Der Fremde blickte sich interessiert im Raum um, betrachtete die Bilder, den Kalender mit dem Januarblatt, die Uhr, die irgendwann um halb fünf stehengeblieben war.

»Kein Zeichen von Religion?« fragte er lächelnd. »Kein Kruzifix, keine Madonna? Wovon haben Sie siebenundsiebzig Jahre gelebt?«

»Wenn Sie des Geldes wegen gekommen sind, es liegt drüben auf der Anrichte.«

»Haben Sie keine Bibel im Haus? Kein Gesangbuch? Können Sie überhaupt beten?«

»Sie können das Geld nehmen, aber bitte tun Sie mir nichts an.«

»Ach, da ist ja doch ein bißchen Religion.« Der Fremde tippte mit dem langen weißen Handschuh auf das Kalenderblatt für Januar, auf dem das Ulmer Münster abgebildet war.

»Wenigstens ein Gotteshaus«, sagte er.

»Was haben Sie vor? Ich habe nur das bißchen Geld, mehr kann ich Ihnen nicht geben. Es ist alles.«

Der Fremde setzte sich in Bewegung. Mit steifen Schritten durchquerte er den Raum in der Diagonalen und wieder zurück. Sein Fuß stieß gegen leere, ausgetrocknete Milchtüten, so daß es ziemlich laut polterte.

»Es wird Zeit, daß meine Schwester kommt und die Wohnung aufräumt«, sagte Thormann. »Auch die Fenster müssen geputzt werden.«

»Hast du Schmerzen?«

»Was soll die Vertrautheit?« rief der Alte ärgerlich. »Wir sind uns noch nie begegnet. Wir kennen uns nicht. Sie sind eingedrungen wie ein Räuber. Und nun duzen Sie mich sogar.«

»Ich dachte, wir wären uns schon etwas nähergekommen.«

Thormann schwieg, weil da dieses furchtbare Reißen im Unterleib war. So, als bände jemand die Därme ab und machte eine Schlinge daraus.

»Was deine Schwester betrifft, sie war sehr enttäuscht, daß du nicht zu ihrem Geburtstag gekommen bist.«

»Ich werde kommen!« rief Thormann. »Am 24. Februar werde ich zu ihr aufs Land fahren.«

»Im nächsten Jahr ist wieder 24. Februar«, sprach der Fremde und blickte zu dem Kalenderblatt. »Nicht einmal einen Brief hast du ihr geschrieben, keinen Kartengruß, nichts. Das ist ein schlechtes Zeichen, mein Lieber. Sie macht sich Sorgen. Heute früh ist sie in den Zug gestiegen, um dich zu besuchen. Sie wird in einer Stunde ankommen, aber es wird zu spät sein.«

»Hilft mir denn keiner? Wo bleiben die Kinder? Ich brauche sie, ich habe sie nie so dringend gebraucht wie jetzt. Sie werden kommen, sie müssen jeden Augenblick in der Tür stehen, und sie werden dich hinausjagen, wer immer du auch bist!«

»Du solltest dich schämen, mit siebenundsiebzig Jahren das Lügen anzufangen«, sagte der Fremde kopfschüttelnd. »Du hast keine Kinder. Kinder waren dir immer zu mühsam, zu anspruchsvoll. Sie hätten dich von deinen vielen Unternehmungen abgehalten, von den Reisen kreuz und quer durch fremde Länder. Sie hätten viel Geld gekostet und nichts eingebracht. Außerdem braucht man für so etwas bekanntlich eine Frau. Das heißt, du hättest dich um einen Menschen kümmern, auf ihn eingehen, ihn gern haben müssen. Aber das war dir alles viel zu anstrengend.«

»Das ist nicht wahr!« schrie Thormann. »Es gab eine Zeit, da wollte ich Kinder haben.«

»Ich würde nicht so laut schreien, davon werden die Schmerzen nur schlimmer.«

»Woher wissen Sie, daß ich keine Kinder habe? Das kann außer mir kein Mensch wissen. Mit niemandem habe ich über diese Dinge gesprochen. Das ist Privatsache, es geht keinen etwas an.«

»Lassen wir das mit den Kindern! Sprechen wir über den Zeitungsjungen, der vor einer halben Stunde bei dir war. Du hättest ihn nicht fortlassen sollen. Unter irgendeinem Vorwand hättest du ihn aufhalten müssen. Und wenn du ihm dein ganzes Geld gegeben hättest, damit er einen Tag bei dir bleibt, einfach nur da ist und diesen dunklen Raum mit Leben erfüllt.«

»Die Tür hätte ich hinter ihm abschließen sollen, dann wärst du nicht hereingekommen«, murmelte Thormann.

Endlich nahm der Fremde Platz. Er stellte den Stuhl so, daß er dem alten Thormann gegenübersaß. Zwischen ihnen stand nur die winzige Lampe. Stumm saß er da, blickte Thormann an wie ein Mechaniker, der eine Maschine bei der Arbeit beobachtet.

»Sind Sie vielleicht Arzt?«

Der Fremde antwortete nicht. Thormann bat ihn, ins Bad zu gehen und die Hausapotheke zu holen. Er besaß reichlich Pillen, die bisher immer geholfen hatten bei starken Blähungen und Verdauungsstörungen und den vielen Unpäßlichkeiten des Magens.

»Pillen helfen dir nicht, sie wirken nur oberflächlich.«

Daraufhin schwiegen beide. Dem alten Thormann kam es so vor, als sei die Heizung ausgegangen. Eine merkwürdige Kühle drang von allen Seiten auf ihn ein, von der Tür, vom Fenster her. Auch der Fremde, so schien es, strahlte Kälte aus.

»Sie tragen ja immer noch Handschuhe«, bemerkte Thormann, weil ihm das Schweigen unheimlich wurde. »Ja, es ist zu kühl in meiner Wohnung. Wissen Sie, auf einmal fangen die Leute an, Feuerung zu sparen. Die Heizung kostet mich viel Geld, trotzdem wird es immer kälter. Das ist ungerecht, finden Sie nicht auch?«

»Warum immer noch das förmliche Sie?«

»Oder tragen Sie Handschuhe, weil Sie keine Spuren hinterlassen wollen?«

Der Fremde lachte. Ja, er lachte, und es klang, als wenn jemand mit dem Messer Metall schneidet. Thormann sah, daß die Handschuhe wie Schnee glitzerten, nein, nicht wie Schnee. Eher wie Rauhreif im November. Mein Gott, die Kälte kam von den weißen Handschuhen! Jetzt spürte er es genau.

»Meine Bemerkung wegen der Kinder war übrigens unfair«, entschuldigte sich der Fremde. »Es sollte kein Vorwurf sein. Es gibt gute Gründe, keine Kinder haben zu wollen. Aber dann müßt ihr euch etwas anderes einfallen lassen, müßt euch zusammentun, um euch zu stützen und zu wärmen. Verstehst du, was ich meine? Nicht immer nur nehmen wollen, sondern auch geben können. Wärme, Wärme, das ist das Wichtigste für euch.«

»Was sind Sie bloß für ein Mensch!« stöhnte der alte Thormann.

»Es ekelt mich an, wenn ich euch leben sehe. Wie ihr euch selbst zuwider seid, wie ihr euch nicht berühren mögt. Ihr werdet eines Tages noch das Händeschütteln abschaffen, weil es unhygienisch ist. Es würgt euch in der Kehle, wenn ein anderer Mensch in eure Nähe rückt, wenn ihr seinen Schweiß riecht, seinen Atem spürt. Hat euch noch niemand gesagt, daß ihr schon zu Lebzeiten halb tot seid?«

Als Thormann das Wort tot hörte, zuckte er zusammen.

Der Fremde hob beschwichtigend die weiße Hand.

»Beruhige dich, bei mir bist du geborgen.«

Nach diesem Satz spürte Thormann, wie der ganze Raum mit Kälte erfüllt war. Es war wirklich Januar, und Rauhreif hing an den Gardinen, und der Turm des Ulmer Münsters glitzerte im Frost. Am liebsten wäre er zum Fenster gestürzt, um die Vorhänge fortzureißen, aber er brachte es nicht fertig. Die Schmerzen hatten nachgelassen, aber eine furchtbare Schwäche drückte ihn in den Sessel.

»Findest du es nicht seltsam, daß ausgerechnet ich dir Geborgenheit verspreche? Ihr habt alles zerstört, was Geborgenheit zu geben vermag. Eure Verlassenheit ist so grenzenlos, daß allein der Tod euch Geborgenheit sein kann.«

»Wer bist du?«

»Frage nicht! Ich gebe dir Geborgenheit, das ist genug.«

Der alte Thormann spürte, wie das Bild vor ihm verschwamm. Er sah den Fremden wie in einem beschlagenen Spiegel. Er riß die Augen auf, aber es half nichts, er konnte ihn kaum noch erkennen.

»Du hättest den Jungen nicht fortlassen sollen«, hörte er seine Stimme.

»Meinst du wirklich, die Menschen sterben schneller, wenn sie allein sind?« fragte Thormann.

»Eine törichte Frage! Solange es Menschen gibt, haben sie versucht, ihre Sterbenden zurückzuhalten. Sie haben an ihren Betten gesungen, sie haben ihre Hände gehalten, mit ihnen gesprochen, damit sie nicht so schnell davoneilen. In der Lüneburger Heide ist mir ein Fall vorgekommen, da haben sich Menschen zu einem Sterbenden ins Bett gelegt, um ihn zu wärmen und festzuhalten.«

»Aber es hat nicht geholfen.«

»Natürlich hat es geholfen! Denkst du, das Leben ist nur Chemie? Wärme, Zuneigung, Hoffnung sind Zutaten, die es verlängern. Hättest du den Zeitungsjungen behalten, ich wäre an deiner Tür vorbeigegangen.«

Thormann begann zu zittern. Der ganze Körper flog, er konnte es nicht verhindern.

»Es ist jetzt zwölf Uhr fünfunddreißig«, hörte er die Stimme des Fremden. »Um zwölf Uhr vierzig läuft der Zug ein.«

»Kannst du mir einen letzten Wunsch erfüllen und meine Schwester vom Bahnhof abholen. Sag ihr, sie soll sich beeilen. Ich brauche sie. Ich will keine Minute länger allein bleiben.«

»Das ist alles zu spät, viel zu spät«, sprach der Fremde.

»Aber es ist üblich!« rief Thormann. »Jeder Mensch bekommt einen letzten Wunsch erfüllt!«

Er sah, wie der Fremde vorsichtig an den weißen Handschuhen zupfte. Sehr umständlich tat er das. Zentimeter um Zentimeter zog er das weiße Gewebe von der nackten Hand. Als Thormann die Knochenhand sah, bäumte er sich auf, warf sich auf den Boden und kroch durch den Raum, erreichte noch den Vorhang und riß ihn zur Seite.

Sonnenlicht flutete in den Raum, verbreitete frühlingshafte Wärme. Auf den Lichtstrahlen tanzten Staubkörnchen. Der Lärm der Straße stieg an der Fassade empor, drang durch schmutziges Fensterglas in den Raum, in dem der alte Mann lag. Sehr fern die Geräusche der großen Stadt, das Hupen der Autos, das Ankommen und Abfahren vieler Züge.

Am Nachmittag fanden sie ihn. Die Wohnungstür stand immer noch offen. Der Junge sagte, es sei ungefähr halb zwölf gewesen. Und der Arzt schrieb in die Papiere, Thormann sei eines ganz natürlichen Todes gestorben.

# Christus kam nicht nach Duderstadt

Es begab sich zu der Zeit, daß ein Gebot vom Kaiser Augustus ausging, daß alle Welt geschätzet würde... ein jeglicher in seiner Stadt. Da machte sich auch Josef auf, daß er sich schätzen ließe mit Maria, seinem vertrauten Weibe. Doch als sie die Grenze vor Duderstadt erreichten, flog vor ihnen eine Mine in die Luft.

»Nicht schießen! Nicht schießen!« rief Maria und warf sich auf den feuchten Waldboden. Der Mann neben ihr deckte seinen Mantel über die zitternde Frau.

»Sie können uns nichts tun«, flüsterte er.

Weit voraus stieg eine Signalrakete in den trüben Himmel, leuchtete die finstere Erde aus, verweilte wie ein an unsichtbaren Himmelsfäden aufgehängter Lampion über den Wäldern, um schließlich behutsam in die Dunkelheit einzutauchen.

»Sieh mal den schönen Stern«, sagte sie.

Es waren Hirten in derselbigen Gegend auf dem Felde bei den Hürden, die hüteten des Nachts ihre Herde. Sie schossen in die Finsternis und ließen die Hunde von der Kette. Die Tiere stürzten kläffend aus der Tannenschonung, umstellten die beiden Menschen.

»Stehenbleiben!«

Der Lichtstrahl einer Taschenlampe irrte durchs Unterholz, heftete sich an Marias Mantel, wanderte die Knopfreihe hinauf, bis er das Gesicht der Frau traf.

»Es tut weh«, sagte sie.

Hinter dem Licht zwei Gestalten, strahlende Uniformen, eine Maschinenpistole.

Es werden Engel sein, dachte sie.

»Hab keine Angst, sie können uns nichts tun«, flüsterte Josef.

Der Engel mit der Taschenlampe rief die Hunde zurück.

»Wo wollt ihr hin?« fragte der andere.

»Nach Duderstadt«, antwortete Josef. »Es soll ein Gebot von Kaiser Augustus ausgegangen sein. Jeder Mensch hat heimzukehren in die Stadt seiner Geburt. Und wir sind aus Duderstadt.«

Der Lichtstrahl wanderte weiter und traf Josefs Gesicht.

»Der spinnt wohl«, meinte der Engel mit der Maschinenpistole.

»Eine Stimme hat uns befohlen, nach Duderstadt zu gehen«, sprach Maria.

»So, so, Stimmen habt ihr gehört.«

Der Engel mit der Taschenlampe lachte. »Das ist ja ein ganz neuer Trick. Solche Vögel haben wir noch nie an der Grenze gehabt.«

»Bei uns gibt es keine Stimmen«, erklärte der Engel mit der Maschinenpistole. »Und einen Kaiser haben wir schon lange nicht mehr. Wir brauchen keinen, bei uns regiert das Volk.«

»Ja, das Volk!« rief Josef feierlich. »Das Volk, das im Finstern wandelt, siehet ein großes Licht!«

»Ohne Passierschein kommt hier keiner durch, und nach Duderstadt schon gar nicht.«

Der Engel mit der Maschinenpistole befahl ihnen aufzustehen. Sie seien verhaftet, erklärte er. Sie hätten die Grenze verletzt. So etwas sei verboten in der Republik.

»Aber wir haben eurer Grenze nichts getan«, sagte Maria. »Grenzen sind doch nur von Menschen erdachte Linien. Wie kann man sie verletzen?«

»Es hat keinen Zweck«, sprach der Engel mit der Taschenlampe. »Ihr seid nicht ganz richtig im Kopf.«
Er nahm die Hunde und ging voraus. Und der Engel mit der Maschinenpistole folgte. Und in der Mitte gingen Maria und Josef. Und auf einmal erkannten sie, daß es Soldaten waren.
»Hab keine Angst, die können uns nichts tun«, sprach Josef und ergriff ihre Hand.
Nach einer Viertelstunde Fußmarsch erreichten sie die überheizte Baracke. Im Hintergrund klapperte überlaut eine einsame Schreibmaschine. Zwischen Papierkorb und Aktenschrank stand eine lamettageschmückte Fichte, klein, aber nicht zu übersehen in dem einfachen, nüchternen Raum mit dem grellen Neonlicht.
»Ist heute Weihnachten?« fragte Josef den Uniformierten, der hinter der Schreibmaschine saß.
»Na, ihr seid komische Vögel«, sagte der Wachhabende. »Wißt ihr wirklich nicht, daß heute der 24. Dezember ist?«
Er kurbelte den Papierbogen aus der Schreibmaschine, heftete ihn sorgfältig ab, verwahrte die Akte. Dann stand er auf und umkreiste neugierig das Paar, das die Soldaten von der Grenze mitgebracht hatten.
»Mit denen dürfen Sie nicht viel reden«, bemerkte der Soldat mit der Maschinenpistole. »Wenn Sie unsere Meinung wissen wollen, die beiden sind verrückt, komplett durchgedreht. Sie halten sich für Maria und Josef, hören Stimmen und faseln von einem Kaiser Augustus, der ihnen befohlen habe, nach Duderstadt zu gehen.«
»Mensch, die Frau ist ja schwanger!« rief der Wachhabende.
Er eilte in den Nebenraum, kam mit einem Stuhl wieder und stellte ihn hinter Maria.
»Du sollst dich setzen«, flüsterte Josef. Er drückte Maria sanft auf den Stuhl.
Es tat ihr wohl zu sitzen. Sie spürte, wie ein Zittern durch ihren Körper lief, wie sich die Verkrampfung löste.

Der Wachhabende telefonierte.

»Wenn ihr die beiden Grenzverletzer abholt, bringt einen Arzt mit. Die Frau ist nämlich hochschwanger. Ich will nicht, daß die bei mir in der Schreibstube ein Kind bekommt. Das wäre 'ne schöne Bescherung zum 24. Dezember.«

Nach dem Telefongespräch setzte er sich wieder an die Schreibmaschine, begann mit zwei Fingern ein Protokoll zu tippen.

»Wo der Engel nur bleibt?« fragte Maria ängstlich.

»Er wird kommen, wie es die Stimme gesagt hat«, antwortete Josef.

Hinter der Barackenwand rumorte der Wind in den Bäumen. Er drückte Zweige gegen die Fensterscheiben. Irgendwo knatterte ein Fahnentuch.

»Hörst du die Stimmen der himmlischen Heerscharen?«

»Ja, ich höre sie wohl. Es wird alles gut werden. Nicht weinen, nur nicht weinen, Maria.«

Sie weinte doch, weil es wie ein Krampf durch ihren Körper lief und den Unterleib zusammenpreßte.

»Möchten Sie etwas essen?« fragte der Wachhabende.

»Nein, danke.«

»Aber vielleicht trinken?«

»Ja, trinken wäre gut.«

Der Soldat mit der Maschinenpistole holte Mineralwasser aus dem Nebenraum, stellte das Glas vor Maria hin und sah zu, wie sie trank.

Es ging auf Mitternacht zu, als das Auto aus der Stadt kam.

»Es hat länger gedauert als sonst, weil wir den Doktor holen mußten«, sagte der Fahrer zu dem Wachhabenden.

Der Doktor war ein älterer Mann, der seinen Mantel über die Stuhllehne hängte, zu dem Wachhabenden ging und sagte: »Nicht mal in der Weihnachtsnacht gebt ihr Ruhe.«

»Bevor wir sie abfahren, solltest du die Frau untersuchen, Doktor«, schlug der Wachhabende vor. »Mir scheint, sie ist hochschwanger.«

Jetzt erst sah der Arzt das Paar im Hintergrund. Er ging zu Maria, blieb vor ihr stehen.

»Würden Sie bitte aufstehen«, bat er.

Josef zog sie vom Stuhl.

»Gehen wir nach nebenan«, sagte der Arzt. Er nahm sie beide mit in den Nebenraum und schloß die Tür hinter sich.

»Vielleicht sollten wir sie gleich ins Krankenhaus bringen«, meinte der Wachhabende, als der Arzt nach kurzer Zeit wieder erschien.

»Dafür ist es zu spät. In zehn Minuten ist das Kind da.«

»Mensch, Doktor, so was haben wir noch nie in der Schreibstube gemacht! Da verstehen wir nichts von.«

»Ich brauche Decken, Wasser, am besten eine ganze Wanne voll. Und Handtücher, soviel Sie auftreiben können. Gibt es keine Pritsche, auf die wir die Frau legen können?«

Die Soldaten trugen alles zusammen.

»Das Wasser muß warm sein!« schrie der Doktor.

Er saß neben Maria und hielt ihre Hand. In den immer kürzer werdenden Pausen zwischen den Wehen sprachen sie miteinander.

»Ist es wahr, daß wir nicht nach Duderstadt dürfen?«

»Warum wollen Sie nach Duderstadt?«

»Eine Stimme hat uns befohlen, nach Duderstadt zu gehen. Wissen Sie, es ist unsere Stadt, wir sind beide dort geboren.«

»Liebe Frau«, sagte der Doktor. »Wer kommt heutzutage noch in seine Stadt? Nehmen Sie mich zum Beispiel. Meine Stadt ist Königsberg, eine unerreichbare Stadt. Nie wieder werde ich sie sehen, man kennt nicht einmal ihren Namen. Städte verschwinden vom Erdboden, tauchen unter im Bombenhagel der Kriege, umgeben sich mit Stacheldraht und Minenfeldern, ändern ihre Namen, sind nicht wiederzuerkennen, wenn wir nach einem langen Leben zu ihnen zurückkehren wollen.«

In der Wachstube begann ein Radio zu spielen. Dazwischen schrillte das Telefon. Stimmen kamen und gingen.

»Wir haben heute ganz was Neues! Uns wird ein Christkind geboren.« Das war die Stimme des Wachhabenden.

»In hundert Jahren wird in den Geschichtsbüchern stehen, daß ein russischer Philosoph namens Kant in Kaliningrad geboren wurde und dort gelebt hat«, sagte der Doktor. »Und niemand wird sich darüber wundern.«

Draußen Gewehrfeuer. Maria zuckte zusammen.

»Nicht schießen, bitte nicht schießen!« flehte sie.

Wieder kläfften Hunde, weit entfernt in den Wäldern mit der von Menschen erdachten Grenze, die Stunde um Stunde verletzt wurde, so daß sie blutete, unsagbar blutete.

Eine Viertelstunde nach Mitternacht kam das Kind auf die Welt. Es war tot.

»Das kommt von eurem Rumgeknalle«, sagte der Doktor zu dem Wachhabenden. »Die Frau hat sich erschreckt und das Kind verloren.«

»Wir tun nur unsere Pflicht, Doktor.«

»Ich weiß, ich weiß«, winkte der Arzt ab, »mit Pflichterfüllung haben wir die größten Blutbäder der Weltgeschichte angerichtet.«

Er ging zurück zu der Frau, strich über das lange Haar, wischte mit einem Handtuch den Schweiß von ihrer Stirn.

»Sie sind noch jung, Sie können noch viele Kinder haben.«

Maria schüttelte den Kopf. »Dieses Kind war Jesus Christus!«

Josef stürzte plötzlich zu der klappernden Schreibmaschine und schrie: »Haben Sie gehört, Christus ist tot!«

»Mann, nimm dich zusammen«, sagte der Wachhabende.

Josef rannte an ihm vorbei, riß die Barackentür auf.

»Christus ist tot! Sie haben Christus umgebracht!« schrie er in die Nacht hinaus.

»Die sind wirklich durchgedreht«, fluchte der Wachhabende.

»Geben Sie dem Mann eine Spritze, Doktor, damit er sich beruhigt.«

»Ich weiß nicht, ob Spritzen helfen können.«

Der Doktor saß unbeweglich neben der weinenden Frau, dachte an Königsberg, das seine Stadt war, und an Bethlehem und an die Weihnachtsgeschichte, denn es war gerade die Heilige Nacht, eine furchtbar traurige Heilige Nacht mit einem totgeborenen Kind.

»Wenn es heute Christi Geburt gäbe, wie weit würde er wohl kommen, dieser Christus?« sagte er plötzlich. Der Wachhabende stand auf und schüttelte den Kopf über den alten Mann.

»Nicht einmal bis Duderstadt käme er. Lange vor Bethlehem wäre Maria unter einen Panzer geraten. Sie hätten Jesus im Libanon erschlagen, er wäre im kambodschanischen Regenwald verhungert, in den afghanischen Bergen ans Kreuz geschlagen worden, er wäre an der Mauer in Berlin verblutet, in den elektrisch geladenen Grenzzäunen dieser schönsten aller Welten hängengeblieben. Bomben hätten ihn in den schmutzigen Straßen Londonderrys zerrissen, Napalm hätte ihn tausendfach verbrannt. Im afrikanischen Busch wäre der Mutter Gottes der Bauch aufgeschlitzt worden, Maria und Josef wären zwischen die Fronten vor Abadan geraten, ermordet in den Dschungeln Mittelamerikas. Oder das Kind wäre in der Sahelzone umgekommen, vertrocknet unter der sengenden afrikanischen Sonne.«

»Mensch, Doktor, was führst du für Reden?« sagte der Wachhabende.

»Wenn man so alt ist wie ich, darf man das. Ich habe zuviel gesehen. Ich habe gesehen, wie sie die Engel vom Himmel geschossen haben. Dort oben gibt es kein Hosianna mehr, nur noch den Lärm der Düsenjäger. Die Welt hat keinen Platz mehr für Bethlehem, nur noch für Golgatha. Und für psychiatrische Anstalten. Wissen Sie, wo Maria und Josef heute hinkämen? In ein Irrenhaus. Menschen, die Stimmen hören und hellen Sternen folgen. Was soll man mit ihnen anderes anfangen?«

»Ist schon gut, Doktor. Wir bringen sie beide ins Krankenhaus. Dort wird man weitersehen.«

Soldaten brachten eine Tragbahre. Der Doktor wickelte die Frau in Decken, begleitete sie zur Tür. Als sie die Dunkelheit erreichten, richtete Maria sich auf und suchte Josefs Hand.

»Hast du die Stimme des Engels gehört?« sprach sie leise.

»Fürchtet euch! hat der Engel gerufen. Nie wieder verkündige ich euch große Freude, denn ihr habt heute den Heiland verloren!«

Es begab sich aber zu der Zeit...

Nein, es begab sich nichts mehr. Die Himmel glichen ausgebrannten Fabrikhallen. Und Engel? Ach, sie sind längst auf dem Wege zu anderen Planeten.